정통 달마 관상법

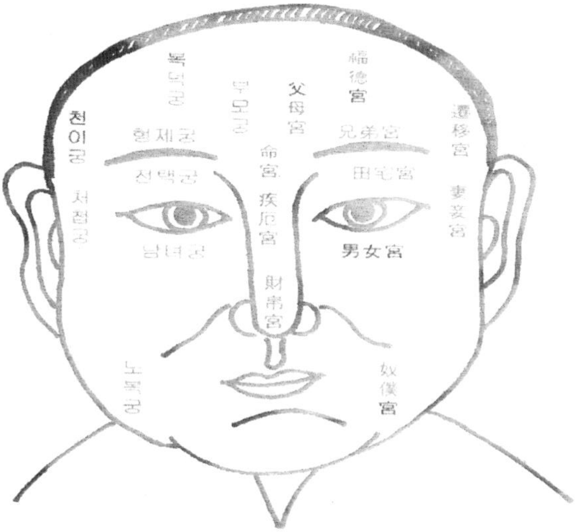

태을출판사

정통 달마 관상법

汝 海 評繹

정통 달마 관상법

목차

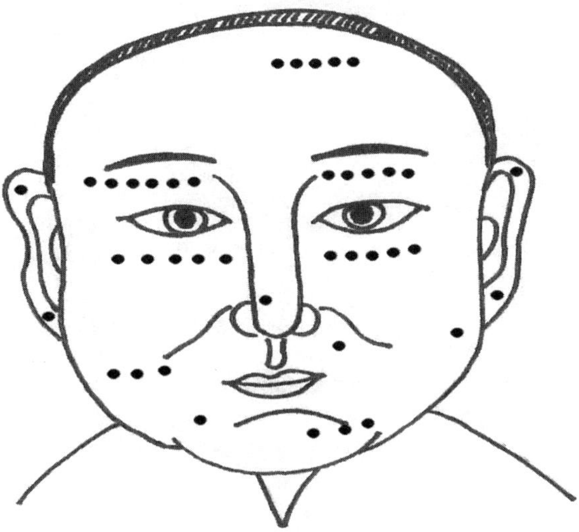

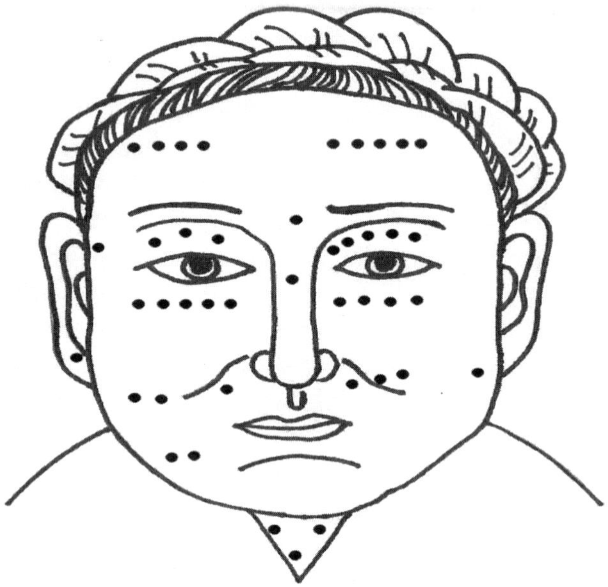

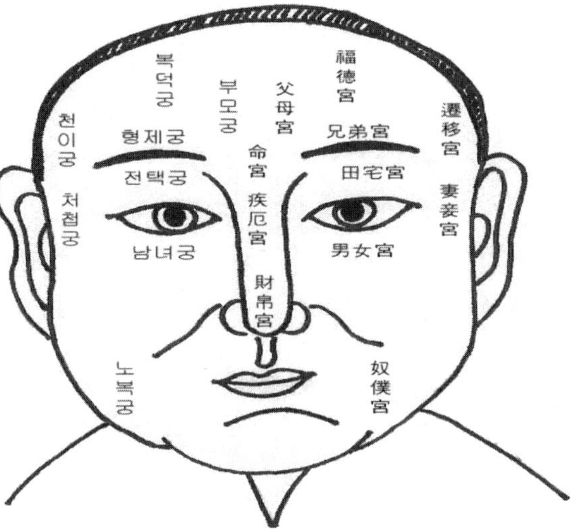

복덕궁
福德宮
부모궁
父母宮
천이궁
遷移宮
형제궁
兄弟宮
命宮
전택궁
田宅宮
처첩궁
妻妾宮
疾厄宮
남녀궁
男女宮
財帛宮
노복궁
奴僕宮

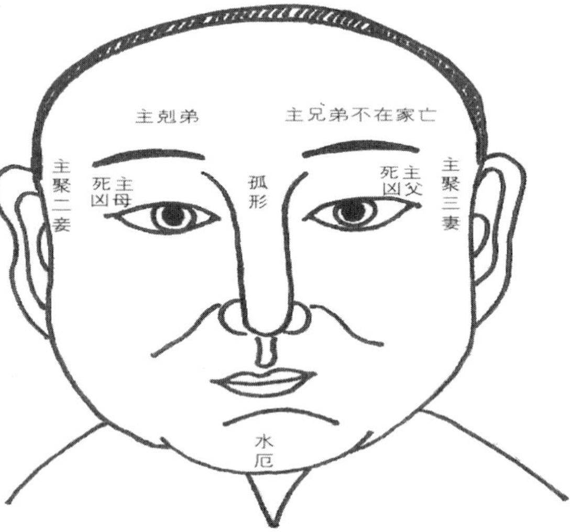

主剋弟
主兄弟不在家亡
主聚二妾
主母死凶
孤形
主父死凶
主聚三妻
水厄

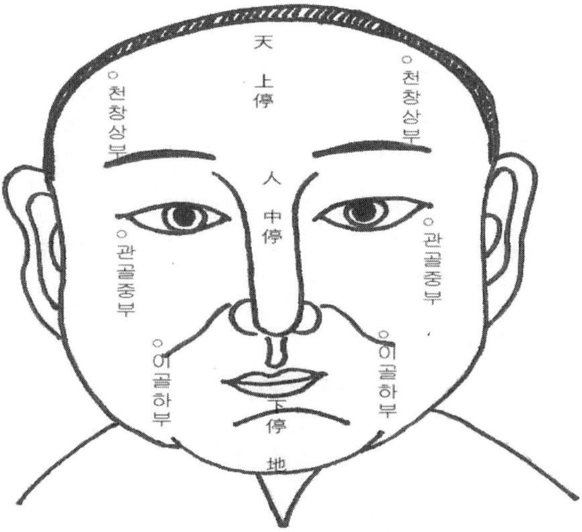

天
上停
○천창상부
○천창상부
人
中停
○관골중부
○관골중부
○이골하부
○이골하부
下停
地

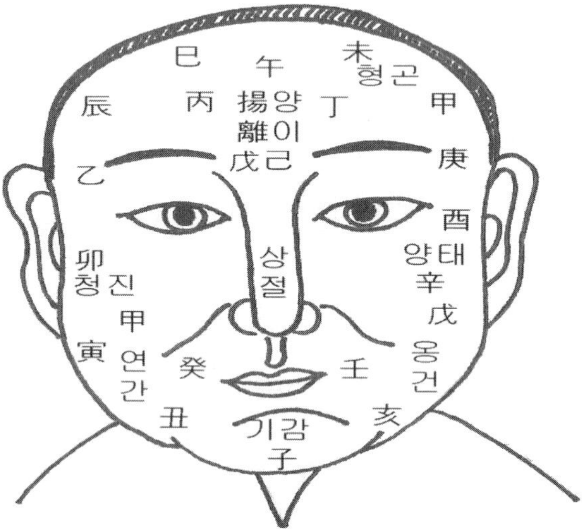

巳
午
未
형곤
辰
丙
揚양
離이
戊己
丁
甲
乙
庚
酉
양태
辛
卯
청진
상
절
戌
甲
寅
연
간
癸
壬
옹
건
丑
기감
子
亥

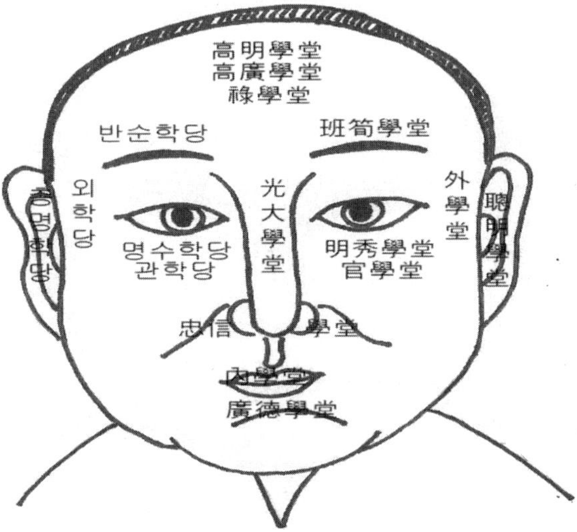

高明學堂
高廣學堂
祿學堂
반순학당
班筍學堂
외학당
光大學堂
外學堂
총명학당
聰明學堂
명수학당
관학당
明秀學堂
官學堂
忠信
學堂
內學堂
廣德學堂

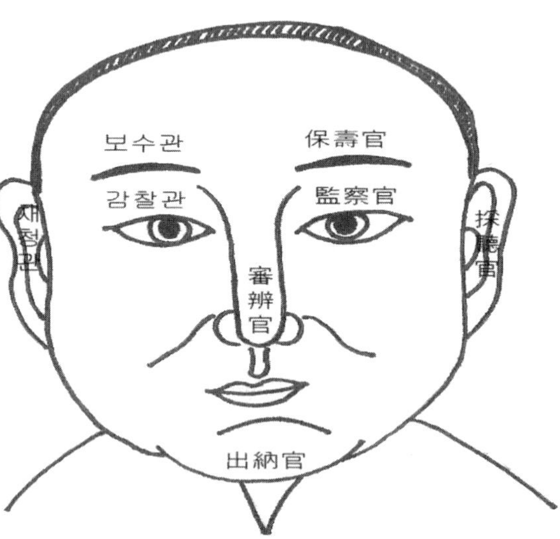
보수관
保壽官
감찰관
監察官
채청관
採聽官
審辨官
出納官

여는 글

관상학(觀相學)은 사람의 운명을 판단하고 얻어진 결론으로 흉한 건 피하고 길한 것을 찾아 그 방법을 강구하는 것을 의미한다. 이러한 관상학은 과학적인 방법으로 판단하기 때문에 예로부터 전해지는 점술(占術)과는 근본적으로 다르다.

달마 상법(達磨相法). 이 상법은 물론 중국에서 일어났다. 춘추시대(春秋時代) 진(晉)나라 사람 고포자경(姑布子卿)이 공자의 눈이 겹눈동자인 것을 보고, 장차 대성인(大聖人)이 될 것을 내다본 것은 상법의 오묘함으로 풀이할 수 있다.

남북조 시대에 남인도(南印度)에서 달마 대사가 중국으로 들어와 선종을 일으키는 한편, 달마상법을 후세에 전하였다. 이러한 달마상법은 송나라 초기에 마의선사가 창안한 마의상법과 함께 이대상전(二大相典)으로 알려졌다.

그렇다면 이러한 관상학이 우리나라에 들어온 것은 언제 부터인가? 기록에 의하면 상법은 신라시대이며 고려 시대에는 혜징(惠澄)이라는 스님이 달마 상법에 통하여 이름을 날렸다는 문헌이 있다. 달마상법은 이후 끊임없는 발전을 거듭하여 지금까지 내려오고 있다.

달마상법은 다음과 같이 나누어 생각할 수 있다. 첫째는 기본 인상(基本人相)에 해당하는 머리와 이마·눈·코·입·이·귀 등의 중요한 부위를 관찰한다. 다음으로는 얼굴을 3등분하여 위에서부터 상정(上停)·중정(中停)·하정(下停)으로 길흉을 살핀다.

두 번째는 황도십이궁(黃道十二宮)으로 살피는 방법이다. 즉, 복록궁(福祿宮)·명궁(命宮)·천이궁(遷移宮)·형제궁(兄弟宮)·복덕궁(福德宮)·처첩궁(妻妾宮)·전택궁(田宅宮)·남녀궁(男女宮)·질액궁(疾厄宮)·재백궁(財帛宮)·노복궁(奴僕宮)·상모(相貌) 등이다.

세 번째는 찰색(察色)이다. 얼굴 각 부위의 혈색을 살피는 것이다.

네 번째는 얼굴 이외의 부분이다. 1) 주름살을 비롯하여 사마귀·점·모발·신체의 각 부분을 살핀다. 2) 동작이나 언어 호흡과 식사·걸음걸이 모양·앉은 모양과 누운 모양 등을 관찰하는 것이다.

본서에서는 달마상법의 예화를 우리 나라의 사례로써 소설화하여 알기 쉽게 나타낸 것 등이다.

汝海 評繹

정통 달마 관상법

汝 海 評繹

가문을 일으킨 한명회의 검은 사마귀

관상학에서 흑자(黑子;점)는 위치에 따라 길흉을 대비하는 것으로 설명된다. 역대의 제왕이나 풍운을 일으킨 인물들은 한결같이 몸에 많은 점과 사마귀를 지닌 채 겉으론 드러내지 않았으며 얼굴이나 이마에도 점이나 사마귀를 달고 있었다. 관상서인 『신상전편정의(神相全篇正義)』에는 다음 같이 풀이하고 있다.

<흑자는 산에 나무와 숲이 생기고 땅에 흙더미가 쌓이는 것과 같다. 산의 토질이 좋으면 좋은 나무가 생기고 그렇지 않으면 흉한 언덕이 생겨나 더러움을 나타내 보인다. 사람도 귀하면 흑자가 생긴다. 그러나 그 흑자는 우리의 눈으로 직접 볼 수 없어야만 흉하지 않고 천하지 않다>

흑자는 어떤 형태로든 육안으로 보이는 곳이면 결코 좋은 것이 아니라는 의미다. 상학적으로 보면 이마에 붉은 점이 있으면 삼족을 멸한 흉측한 얼굴로 풀이한다. 특히 사마귀가 귀의 뿌리에 있는 것은 길옆에서 죽을 것이며, 승장의 깊은 주름은 물에 빠져 죽을 위험이 있다(耳根黑子 倒死路旁 承漿深紋 恐投浪裏)는 것 등이 좋은 예다.

얼굴에 나타난 흑자는 그 차이에 따라 길흉이 크게 달라지기도 한다.

재동(齋洞)은 가회동과 안국동 사이에 자리잡은 곳으로 옛지명은 잿골이다. 또는 회(灰)동으로 불렸는데 불이 타고남은 재에 재(齋)를 빌어다 쓴 지명이다.

조선 왕조 단종 때에 수양대군의 모사 한명회(韓明澮)의 계책으로, 충신들을 참살한 사건이 일어났다. 역사적으로 기록되기론 계유정난(癸酉靖難)이다. 단종이 누님인 경혜 공주의 집에 간 틈을 타, 수양대군은 장사들을 이끌고 좌의정 김종서를 습격하여 일가족을 참살하였다. 뒤이어 영의정 황보인 등의 여러 충신들을 궁으로 불러 살해하여 백성들이 볼 수 있도록 궐문에 메달아 놓았다.

이때 참살된 충신의 피는 내처럼 흘렀으며, 그 피비린내를 없애고자 동리에 재를 뿌린 게 '재골'이라는 이름이 탄생하게 되어 한자로 재동(齋洞)이 된 것이다.

계유정난을 성공으로 이끈 수양대군이 '나의 장자방'이라고 극찬한 한명회는 어떤 인물인가?

그의 본관은 청주, 자는 자준(子濬)이며 호가 압구정(狎鷗亭)이다. 예문관제학을 지낸 상질(尙質)의 손자며 부친은 기(起), 어머니는 예문관 대제학 이적(李逖)의 따님이다.

한명회의 부귀영화를 뜻하는 '압구정'이라는 아호는 미묘한 의미를 담고 있다. 그는 송나라의 승상 한충헌(韓忠獻)을 자신에게 견주어 부귀와 권세를 탐하지 않았다는 것을 보여주기 위하여 정자를 지은 것으로 알려져 있다.

명나라 때에는 사신이 오면 이 정자에서 호화로운 잔치를 열어 접대하였다. 그런 의식이 있을 때에는 당연히 큰 차일을 쳤는데, 하필이면 용봉(龍鳳) 차일을 친 탓에 대신들로부터 규탄을 받아 유배당하는 수난을 겪은 한명회.

재물을 모으는 데에 일가견이 있었던 탓에 지방의 수령방백들의 걸음이 이 정자에 끊어지지 않고 줄을 댈 정도여서, 이 근처에는 갈매기도 얼씬하지 않았다는 풍자시가 전할 정도다. 즉, 어느 선비가 '친할 압(狎)' 자를 '누를 압(押)' 자로 바꾸어 압구정(押鷗亭)이라 했으며 어떤 이는 그를 '갓쓴 원숭이'에 비유했다.

군왕이 하루 세 번 은근히 불러 총애하니
정자는 있으나 노는 주인이 없네
가슴 가운데 기심만 끊어졌다면
비록 벼슬 바다 앞이라도 갈매기와 친압(親狎) 하련만

한명회는 일찍 부모를 여의고 불우한 소년 시절을 보냈다. 글을 읽어 뜻을 펴려는 때도 있었으나 과거시험만 보면 늘 실패했다. 문종 2년(1452)에 문음으로 경덕궁 문지기가 되었고, 어린 단종이 즉위하자 친구 권람의 주선으로 계유정난을 일으켜 공을 세운 것이다.

난의 성공으로 보위를 찬탈한 수양대군이 세조로 즉위하자 한명회는 좌부승지에 승진되고 그해 가을에는 좌익공신 1등으로 우승지가 되었다. 그런가하면 두 딸은 장순왕후(章順王后;예종의 비)와 공혜왕후(恭惠王后;성종의 비)가 되었으며 대단한 명문거족으로 탈바꿈 한 것이다.

『달마상법』에서는 그의 이러한 출세를 '검은 사마귀' 때문으로 풀이한다.

본시 한명회는 여덟 달만에 태어났기 때문에 팔삭동이라 부른다. 그가 세상에 나올 때엔 모든 기관이 갖추어지지 않은 상태였다. 그러므로 부모들은 집안에 들이려고 하지 않았다.

그런 이유로 한동안은 노비들이 묵는 솜 속에 아이를 눕히고 지극 정성으로 돌보았다. 몇 달이 흘러 아이가 숙성하자 등과 배에 이상한 무늬가 나타났다. 그것은 북두칠성 형태의 사마귀였다.

일찍 부모를 여윈 탓에 아이는 종조부 상덕의 손에서 성장했다. 그는 입버릇처럼 말했다.

"우리 한씨 집안은 이 아이가 일으킬 것이다."

과연 상덕의 예측은 한 치도 벗어나지 않았다. 완벽하게 적중한 것이다.

관상학에서 사마귀도 흑자(黑子)처럼 보이는 곳에 있는 것은 좋지 않다고 지적한다. 즉, 고운 피부에 있으면 아름다움을 상징하지만, 거칠고 흉측한 곳에 있을 때엔 천박스럽기 이를 데 없다.

대체로 사마귀를 점법에 응용하는 방법은 다음의 기준에 의한다.

첫째, 사마귀 색깔이 검을 때엔 옻칠한 것이 좋고, 붉을 때엔 주사와 같은 색이 좋다.

둘째, 약간 붉은 기운을 띄면 사람들로부터 비난을 받으며

셋째, 흰색을 띄면 때때로 놀랄만한 일을 당한다.

넷째, 노란색을 띄면 도둑을 만난다.

남이는 스물 일곱에 요절할 식한(識限)

운명이니 사주니 하는 이론서의 복명(卜命)이란 항목에 늘상 빠지지 않고 등장하는 인물이 남이(南怡) 장군이다. 조선 초기에 반역의 너울을 쓰고 형장의 이슬로 사라진 남이 장군의 인물담은 『연려실기술』을 비롯해 『청야만집(靑野謾集)』·『대동기문(大東奇聞)』 등에 전한다. 흥미로운 곳을 건드리자면 설화의 입장은 짐승의 원혼이 환생하였다고 쓰여 있다. 거대한 지네(蜈蚣)나 뱀이 그 폐해를 없애려고 한 이인(異人)에게 복수를 하기 위해 태어났다는 것이다. 그런 점에서 남이 장군의 설화에는 독특한 비범성이 꿈틀거린다.

얘기는 그의 청년 시절로 돌아간다. 어느 날 길거리를 걸어가는 데 어떤 계집종이 보자기에 싼 함지박을 이고 앞서 갔다. 그런데 남이의 눈에만 분을 잔뜩 바른 여자 귀신이 함지박 위에 앉아 흔들흔들 가고 있었다.

남이가 계집종을 따라간 곳은 당대의 세도가 권람(權擥)의 집이었다.

잠시 문 앞에 있었더니 안에서 통곡하는 소리가 들려왔다. 급히 그 까닭을 물었더니 하인 녀석은 이 집의 넷째 딸이 갑자기 숨이 넘어갔다는 애기였다. 남이는 하인에게 귀띔했다.

"어서 들어가 대감 마님에게 이르거라. 서둘러 내가 들어가야만 이 집의 아가씨가 살아날 것이다."

하인이 고하는 소리에 반신반의한 권람은 차마 믿어지지 않은 낯으로 허락했다. 혹여 볼썽사나운 일이 있을 새라 몇 가지 다짐을 받아두는 것도 잊지 않았다.

"비록 죽었다고는 하나 그 아이는 이제껏 외간 사내들에게 손목 한 번 잡히지 않았다. 그런즉 네 행동을 각별히 하지 않는다면 큰 봉변을 당하리라."

남이 역시 선선히 대답했다. 잠시후 안으로 들어가자 처녀의 가슴에 앉았던 분바른 여자 귀신이 혼겁 하여 달아났다. 숨이 넘어갔던 처녀가 깊은 숨을 몰아쉬며 깨어나자 집안 사람들은 소스라치게 놀랐다. 모두가 놀라워할 때에 남이는 자신이 보았던 바를 들려주었다.

당시 권람은 좌의정 자리에 있었다. 자신의 넷째 딸을 살려준 젊은이가 태종의 외손 뻘인 남이로 낙백(落魄)한 왕가의 외손이었다.

그러다 보니 당대의 세도가인 권람으로서는 혼인의 저울추가 맞지 않을 것은 당연했다. 몇 번이나 딸의 마음을 돌려보려 했지만 헛수고였다. 넷째는 막무가내로 남이가 아니면 어느 누구에게도 시집을 가지 않겠다고 고집을 피웠다. 그런데 뜻밖의 일이 벌어진 것이다.

"이보시오 대감. 세상에 이런 일이 어딨겠습니까."

권람의 부인은 혹시나 하는 생각에 두 사람의 궁합을 맞춰보았다는 것이다. 그런데 점사(占辭)가 아주 괴이했다.

"두 사람이 한결같이 오상화해(五上禍害)와 칠하절명(七下節命)의 흉한 괘를 타고났답니다."

오상화해란 남녀본명생기법(男女本命生氣法)으로 짚어갈 때 팔괘 중의 다섯 번째에 해당한다. 행술을 할 때에 식지·중지·무명지로 짚어 가면 무명지에 붙은 흉한 괘였다.

부인은 말한다.

"대감, 딸아이가 남이만 찾는 바람에 혹시나 하고 궁합을 맞춰 보았습니다. 점쟁이가 하는 말이 '남이라는 청년은 장차 임금의 총애도 받고 벼슬도 높아지겠지만 중한 죄에 연루되어 스물 여덟을 넘기기 어려울 것 같습니다' 하지 뭡니까. 기가 막혀 말문이 막혔는데 점쟁이 하는 말이 '마님 댁의 따님은 그 보다 먼저 세상을 떠날 것이니 남녀의 혼사로 다시없는 궁합입니다' 하는 거예요. 대감, 두 사람을 이어주십시다."

그렇다면 남이의 상법은 어떤가?

『달마상법』에서는 이마를 화성(火星)이라 한다. 이곳은 천장(天庭)·천중(天中)·사공(司空)의 자리가 함께 하는 아주 중요한 곳이다. 특히 이마는 높은 벽을 세운 것 같아야 하고 윤택하고 모나고 길어야 장수한다. 그러나 한쪽으로 편벽 되게 이지러졌다면 길한 것으로 보기는 어렵다.

당시 점쟁이는 식한가(識限歌)에 빗대어 권람의 부인에게 설명했다. 이를테면 8세, 18세, 28세는 산근(山根)에 이르고 위로 머리(髮)에 이른다. 만약 살아날 계책이 없으면 양두(兩頭;두 줄)가 없어지는 게 특색이다. 이렇게 되면 30세에 인당(印堂)에 살(殺)이 두르지 않는다.

32세, 42세, 52세는 산근에서 오르내리다가 준두(準頭)에서 정지하기 마련이다. 또 53세, 63세, 73세는 지각(地殼)의 문에 오게 한다고 하였다. 한곳 한곳을 따라가 보면 재앙과 복을 헤아릴 수 있으며, 화성(火星)은 1백세에 인당에 보태지는 것이 비결이다. 이러한 상법에 근거하여 식한(識限)하면 남이는 겨우 스물 일곱을 넘기고 요절할 상이었다.

권람은 깊은 탄식을 뿌리며 넷째 딸을 남이에게 시집 보냈다. 남이는 1457년 무과에 장원급제하고 세조의 총애 속에 요직을 두루 선선했나. 1466년에 발영시(拔英試)에 급제하였는 가 하면, 이시애의 난을 토벌한 공으로 적개공신 1등에 책록되고 의산군(宜山君)에 봉해졌다.

그런가하면 서(西) 건주위를 칠 때에는 선봉으로 나가 공을 세웠는데 회군할 때 지은 시가 불행이라는 먼지를 잔뜩 묻혀왔다.

백두산의 돌은 내 칼로 다 없애고(白頭山石磨刀盡)
두만강 물은 말이 모두 마시게 하리(豆滿江水飮馬無)
남아 이십에 나라를 평정치 못하면(男兒二十未平國)
후세에 어느 누가 대장부라 하겠는가(後世誰稱大丈夫)

1468년에 오위도총부 도총관을 겸하였으며 이어 병조판서의 자리에 올랐다. 그러나 예종이 즉위한 후에는 한직으로 밀려났다. 어느 날 혜성이 나타나 분위기가 어수선해지자 남이는 동료들에게 천기를 들려주었다.

"이것은 묵은 것을 없애고 새로운 것을 펼치려는 하늘이 상서로운 기운을 나타내는 것이다."

남이의 승승장구에 잔뜩 시기심을 품었던 유자광(柳子光)은 이것을 좋은 기회라 여기고 무고했다. 즉, 혜성이 나타난 것과 관련하여 남이가 지은 시 가운데 미평국(未平國;나라를 평정하지 못하면)을 미득국(未得國;나라를 얻지 못하면)으로 고쳐 역모로 몰아붙인 것이다.

평소 남이에 대해 좋은 감정을 갖고 있지 않던 예종은 일단 잡아들여 친국(親鞫;임금이 친히 죄를 물음)을 서둘렀다. 왕이 물었다.

"네가 선왕의 총애를 받아 병조판서에 이르렀거늘 무엇이 부족하여 역모를 꾀하였느냐?"

"그런 일이 없습니다."

"네가 짐을 제거하고 춘양군을 세우려한 것을 모른 줄 알았느냐?"

춘양군은 보성군의 아들이다.

"신은 두 마음을 품은 적이 없습니다."

"흐음, 그래. 그렇다면 증거를 대마. 하늘에 혜성이 나타나자 너는 묵은 것을 없애고 새 것을 편다는 제구포신(除舊布新)의 징조라 하지 않았느냐."

"마마, 예로부터 혜성이 나타나면 그렇게 믿는다는 뜻이었을 뿐입니다."

"그래? 허면 네가 지은 시에 '남아 이십에 나라를 얻지 못하면 어찌 대장부라 하겠느냐'는 무슨 뜻이냐?"

"신은 미득국(未得國)이라 한 적이 없습니다. 신은 '남아이십미평국(男兒二十未平國)'이라 하였사옵니다."

예종은 믿지 않았다. 주리를 틀고 인두로 지졌다. 살이 찢어지고 그곳은 불 인두로 지져져 살이 탔다.

뼈는 부러지고 덜렁거려 설령 죄가 없다는 것이 판명되어 나간다 해도 더 이상 살아갈 수 없다는 것에 절망했다. 남이는 무엇을 결심한 듯 술술 입을 열었다.

"그렇소, 나는 역모를 했소."

"누구와 역모했느냐?"

"조경수 · 변영수 · 변자의 · 문효량 · 고복로 등과 모의하여 춘양군을 세우고 상감을 폐하려 했소."

죄인이 술술 토설한 이상 친국은 중지되었다. 남이가 내뱉은 이름 자의 가족들은 잡아들여 하루아침에 남자는 참수되고 여자는 관비로 떨어졌다. 어차피 자신은 죽을 몸이라고 생각했다. 사지 육신이 갈가리 찢어질 바엔 먼저 죽는 것을 최선이라 생각한 것이다.

그러던 중에 다시 생각했다. 자신이 친국을 당할 때 영의정으로 있던 강순(康純)은 돌부처 마냥 입을 다물고 서 있었다. 그것을 생각하자 울화가 치밀었다. 며칠 후 마지막 친국이 있을 때, 남이는 강순을 몰고 들어갔다.

"이 일엔 강순도 함께 하였소."

순간 강순은 사색이 되었다. 그는 흰 수염으로 바닥을 쓸며 납작 엎드렸다.

"마마, 신은 팔십 평생에 단 한번도 다른 마음을 먹은 적이 없습니다. 이 늙은 몸이 이제 얼마나 더 산다고 그런 일을 꾸미겠습니까!"

예종도 그 점이 이상했다. 강순은 여든이 다된 원로다. 제 한몸 추스르기에도 힘겨울 터인데 어찌 역모를 꿈꿀 수 있겠느냐는 생각이 들었다. 그러나 남이의 말은 강렬했다.

"만약 강순의 말을 믿는다면 이 세상에 죄 있는 사람은 하나도 없을 것이오."

강순도 끌려가 고문을 당했다. 늙은 몸에 가해지는 고문을 참을 수가 없어 결국 허위자백 했다.

왕이 물었다.

“병조판서 허종은 어떠했느냐?”

“그는 충신이오. 역모에 가담치 않았소.”

이렇게 되어 허종은 살아났다. 처형을 당하기 전날 강순은 꾸짖었다.

“네가 무슨 억하심정으로 그리했느냐?”

“대감, 대감께선 영의정으로 계시면서 누구보다 내가 죄가 없다는 것을 알고 계십니다. 그런데도 입을 다물었으니 나와 죽는 것이 당연합니다.”

남이가 죽은 뒤, 역적을 낳았다 하여 그의 어머니도 죽임을 당했다. 이밖에도 남이의 당이라 하여 조영달을 비롯하여 이지정 등 스물 다섯 명이 극형에 처해졌다.

남이의 부대로 조직된 장용대(壯勇隊) 대장 맹불성과 이산도 목숨을 잃었다. 이러한 참극은 남이의 나이 스물 여덟 살 때 일어났다.

많은 관상가들은 그런 평을 내린다. 유자광의 이름자에서 보듯 그는 스스로 빛을 발한다. 더구나 자(子)와 광(光)은 이름 자로는 적합하지 않은 불용문자다. 자(子)는 오행으로 수(水)고 광(光)은 화(火)다. 이른바 수극화(水剋火)다. 이것은 물이 불을 끄는 형세다. 남이의 남(南)이 오행으로 화(火)이고 보면 결국 유자광의 살수를 피할 수 없는 게 운명인 셈이다.

눈에 광채가 있고 입이 단아한 심희수

사람은 나름대로의 특질이 있기 마련이다. 그러한 특질을 찾아 관상가는 기색을 살피고 운수점을 쳐 길흉을 피하도록 방책을 마련한다. 이렇듯 사람이 움직이는 것으로 성품이 어떤 지를 파악할 수 있는 방법이 동상(動相)이다. 이것은 아주 과학적이라고 할 수 있다.

예를 들어 만약 노인이 움직이는 것을 싫어하고 계속 잠자는 것을 좋아한다면 이 세상살이가 그만큼 귀찮고 저승길이 가까워졌다는 의미다. 그런 점에서 잠이 많은 젊은이들은 창작력이 부족한 우둔한 젊은이로 보아도 결코 틀린 말이 아닐 것이다.

만약 친구 중에 겉으로 화를 내고 속으로 미소를 짓는 사람이 있다면 한시라도 빨리 멀리해야 한다. 왜냐하면 그 자는 간악한 성질이기 때문이다. 또 누구와 얘기할 때에 상대를 쳐다보지 않고 냉소를 지으면 성품이 악한 자다. 대화를 나눌 때에 쇳소리를 내는 것은 살기(殺氣)를 띄고 있으며, 앉아 있을 때에 무릎을 떠는 자는 모은 재산도 털어 내버릴 위인이다.

물론 이것은 버릇이라 얘기할 수 있지만 이러한 습벽(習癖)을

'동상'이라는 점복의 한 과목으로 본다면 심각한 일이다.

걸어갈 때에 몸이 흔들리는 사람은 파산하고 고향을 등진 자이다. 식사를 할 때 음식물을 흔들리는 자는 언제나 빈천하다. 어디 그뿐인가. 처음 만난 사이에 멋진 말만을 흘려놓는다면 분명 성품이 간악한 자이다. 이러한 동상의 관찰에 능한 여인이 바로 일타홍(一朶紅)이었다.

그녀에 대해 얘기하자면 먼저 특별한 사내의 이력을 더듬어 볼 필요가 있다. 바로 심희수(沈喜壽)다. 심희수의 본관은 청송이며 자는 백구(伯懼)다. 호는 일송 또는 수뢰노인(水雷老人)이라 하는데 그를 아는 사람들은 조롱 섞인 말로 광동(狂童;미치광이)라고 불러댔으니 그의 성품이 얼마나 괴팍스러웠는 지 짐작이 가는 일이다.

세수를 언제 했는 지 얼굴은 꾀죄죄하고 눈곱은 너덜 하게 붙어 있고 한눈에 보기에도 추레했다. 이렇다보니 '미치광이'라는 별명이 그렇게 적절할 수가 없었다.

해가 뜨면 상갓집이나 잔칫집을 기웃거리기를 좋아했는데 잔치가 열리는 곳은 십리 길을 마다하지 않았다. 하루라도 술을 마시지 않으면 오히려 그것이 이상할 정도였다.

이러한 형상을 스스로 말한 것처럼 청련거사라 할 정도였으니 가히 이태백의 「당시(唐詩)」에서 모습을 찾아볼 수 있을 것이다.

술을 마시다보니 어느새 날은 저물고(對酒不覺夜)
옷자락에 수북히 쌓인 낙화여(洛花盈我衣)
취한 걸음 시냇물의 달을 밟고 돌아갈 때에(醉起步溪月)
말도 사람도 없이 나 혼자로세(馬選人亦稀)

그는 도무지 세상살이에 미련이 없는 것 같았다. 하루하루가 흐르는 시냇물처럼 살아가는 정취였다.

어느 날 심희수의 옆집에 사는 이판서 댁에 생일잔치가 열렸다. 잔치 마당이면 장안 어디라도 못 갈 것이 아니었는데 더구나 집 옆이니 얼마나 반가웠겠는가. 그는 많은 사람들이 모여 있는 자리에 염치나 수치도 모르는 듯 자리를 잡고 있었다.

아무리 눈총을 주고 무시해도 도무지 안중에 없다는 태도로 술을 마셨다. 누가 무어라 하면 히죽히죽 웃는 것으로 그만이었다. 그런데 미치광이 심희수의 얼굴을 뚫어져라 바라보는 여인이 있었다. 바로 기녀 일타홍이었다. 그녀는 한 달음에 달려가 심희수의 잔에 술을 쳤다.

"한잔 받으십시오."

일타홍은 연거푸 석 잔을 따르고 나서 속삭였다.

"도련님을 뵙고 드릴 말씀이 있습니다. 혼자 가시겠습니까. 아니면 쇤네와 가겠습니까?"

"날 만나고 싶다면 기다렸다 가지."

일단 잔치 마당으로 들어간 일타홍은 연회를 마치고 빠져나왔다. 한 손에 백자 술병을 들고 다른 손엔 한 보퉁이의 안주를 들었다. 그녀는 다짜고짜 심희수 집으로 동행했다. 가져온 음식으로 다소곳이 술을 쳤다.

"쇤네가 도련님을 만난 것이 늦은 것 같습니다. 참으로 한스럽습니다."

심희수 역시 머쓱하여 상대의 말을 받았다.

"나 역시 당신을 늦게 만난 게 얼마나 애석한 지 모르오. 어쨌든 이렇게 만났으니 술이나 한 잔 하세."

두 사람이 술잔을 기울이는 일이 안으로 전해지자 모친은 질겁했다. 하라는 과거 준비는 하지 않고 난봉꾼으로 허송세월 하는 것도 그렇지만, 이젠 기생을 집안으로 끌어들여 술판을 벌인다 생각 하니 기가 막혔다. 엄히 문책하려고 아랫것들을 시켜 불러오게 하였다.

"서방님, 노마님께서 안으로 들어오시랍니다."

일타홍이 대신 받았다.

"아니야, 내가 만나 뵈어야겠다. 반드시 뵈어야 할 일이 있다고 안으로 연락을 드려라."

계집종은 안으로 들어와 그대로 전했다.

"무어라, 그 기생이?"

노마님은 잠깐 생각하고 나서 일타홍을 들어오게 하였다.

"마님, 나는 기녀 일타홍입니다. 어릴 때 관상술에 뛰어난 이인(異人)을 만나『달마상법』을 익혔사온대 오늘 우연찮게 도련님이 관상을 살폈더니 장차 크게 될 상으로 보입니다. 그런데도 도련님은 때를 놓치고 있습니다. 지금이라도 학문에 정진한다면 큰 인물이 될 수 있다고 믿삽기에 이렇듯 무례를 무릅쓰고 도련님을 따라 왔습니다. 쇤네가 재물에 욕심이 있었다면 재상가를 출입할 것이지 이곳엔 오지 않았을 것입니다. 쇤네 비록 불민하오나 도련님께서 글을 읽을 수 있도록 훈도한다면 머지않아 벼슬길에 나갈 것으로 보옵니다. 하오니 노마님께 이렇듯 청을 드리는 것입니다."

일타홍이 이렇듯 자신 있게 말한 것은 '사독(四瀆)'이라는 상법 때문이었다. 사독이란 네 개의 큰 강으로 이것을 인체에 비유하여 설명해 내는 상법이다. 귀는 강독(江瀆), 눈은 하독(河瀆), 입은 회독(淮瀆), 코가 제독(濟瀆)이다.

강이란 어떤 것인가? 먼저 제방을 쌓고 물길을 저장해야만 농사를 지을 수 있고 재물을 모을 수 있다. 그런 점에서 귀는 구멍이 넓고 깊어 겹으로 성을 쌓아야 하고 누군가가 도와주어야만 파산하지 않는다.

다음으로 눈은 깊고 서늘해야 총명하다. 눈동자가 짙으면 장수하나 옅으면 단명하고 둥글며 요절하기 십상이다.

입은 모나고 넓어야 하며 입술은 서로 덮어 주어야 한다. 그러나 아래가 엷으면 수명이 짧고 가산을 없앤다.

또한 코는 풍성하고 성대하여야 좋으며 이지러지거나 파손하지 않고 하늘을 보아야 집안이 부유하다.

이러한 사독의 방법으로 보았을 때에 심희수는 대기만성형이다. 즉, 그를 관상하면 총평은 하목해구 식록천종(河目海口 食祿千鍾)으로 눈에 광채가 있으며 입은 단아했다.

노마님은 한동안 일타홍의 얼굴을 물끄러미 바라보았다. 아무리 보아도 기색이 곱다. 기녀의 신분이라지만 총기가 있음을 직감할 수 있는 분위기여서 노마님도 기쁨을 종내 감추지 못했다.

"자네처럼 고운 여자가 우리 집에서 견디어 낼 지 그게 걱정이네."

일타홍은 큰절을 올리고 나서 노마님의 배려에 감사했다. 가지고 온 패물을 팔아 식량을 준비하고 집안을 말끔히 청소했다. 이제껏 시금털털한 술 냄새가 진동하던 집안은 그윽한 먹 향기가 풍겨났다.

낭랑한 글 읽는 소리가 들리는 깊은 밤, 젊은 남녀가 한방에 있다보니 그 분위기가 몹시 애틋했다. 그러나 일타홍은 완강했다.

"도련님께서 대과에 급제하기 전까지는 몸을 허락할 수 없습니다. 우선 장가부터 드십시오."

"그 무슨 해괴한 말인가?"

심희수는 펄쩍 뛰었다. 그러나 일타홍은 양반가에는 정실이 기둥목처럼 버티어 집안을 다스려야 한다는 것을 강조했다. 결국 심희수는 장가를 들 수밖에 없었다. 한편으로는 시집 온 새아가씨를 깎듯이 공대했다. 마음이 언짢아진 심희수가 그날 이후 글을 읽지 않자 일타홍은 노마님 앞에 나아가 하직인사를 올렸다.

"천한 쇤네가 노마님을 모시고 오랫동안 정을 붙이려 하였으나 도련님께서 글을 읽지 않으시니 쇤네는 이만 떠나겠습니다. 도련님께서 대과에 급제하셨다는 소문이 들리면 다시 찾아오겠습니다."

일타홍이 보이지 않자 심희수는 다음날부터 안절부절했다. 어느 날 노마님을 찾아가 일타홍의 행방을 묻자 준엄한 질책이 떨어졌다.

"위로 부모를 모시고 있으면서 한갓 여자 하나를 거느리지 못하고 허둥대니 어찌 사내대장부라 하겠느냐. 네가 장원급제하면 일타홍 그 아이가 돌아온다 했으니 집안의 흥망이 네 손에 있다."

그날부터 심희수는 글읽기에 전념했다. 그리고 4년이 흐른 선조 34년(1570), 진사시에 합격하고 1572년 별시문과에 병과로 합격하였다. 일타홍의 관상술은 정확히 입증되었다.

남편을 살린 아내의 관상법

김주(金湊)는 본관이 낙안(樂安)으로 고려말과 조선 초기의 문신이다. 문과에 급제한 후 공민왕 때에는 성균관직강(成均館直講)이 되었으나 신돈의 죄를 통렬하게 간하여 유배당했다. 얼마 후 신돈이 죄를 얻어 사사되자 귀양길에서 풀려나 비서감승에 임명되었다.

조선이 개국되자 한때 감사를 지냈는데 당시에 호정(浩亭) 하륜(河崙)과 맺은 인연이 두고두고 관상가들의 입에 오르내렸다.

당시 하륜은 예천군사(醴泉郡事)로 벼슬살이를 할 때였다. 부임한 첫날부터 온갖 음행을 저지르며 도무지 주위를 안중에 두지 않았다. 관아를 순회하던 도사가 하륜의 죄를 따져 물으며 최하위의 성적을 매기려 들었다.

당시는 개국 초이므로 관리들의 횡포가 적지 않았다. 그러므로 개국 초 각도에 두었던 도사는 종5품의 벼슬로 이들이 지방관리의 불법을 규찰(糾察)하는 소임을 띠고 있었다. 한편으로는 그들이 과시(科試)를 맡고 있었으므로 기세 또한 등등했다. 이들이 매기는 성적은 상을 최(最)라 하였으며 하가 전(殿)이었다. 도사인 김주가 최하위의 점수를 주려 하자 그의 아내가 속삭였다.

"잠시 기다리십시오. 소첩이 예천군사의 상을 보니 여간 비범한 게 아닙니다."

"그게 무슨 말이오?"

"쇤네는 오래 전부터 『달마상법』에 흥미를 가지고 그 방면의 책들을 탐독한 바 있습니다. 그러므로 온전히 식감(識鑑)할 수는 없다 해도 그 법의 8할은 맞을 것이라 장담합니다."

"그래서요?"

"나으리께서 예천군사의 허물을 지워주시는 것이 훗날을 위해 좋을 것으로 보입니다."

"그만한 대가를 받을 수 있단 말씀이오?"

"그렇습니다. 그러니 아무 말씀 마시고 예천군사를 난처한 입장에서 구하십시오."

김주는 곧 일행을 불러 하륜의 죄를 덮어 주라 했다. 반발하던 관원들도 마침내 우격다짐식인 김주의 고집에 수그러들었다. 이날 밤, 잠자리에서 김주는 아내에게 다시 물었다.

"내가 지금 하륜을 도와주어야 하오?"

"나으리, 소첩의 말을 들어주십시오. 사람의 상은 인중의 길고 짧은 것으로 수명을 판가름합니다. 인중은 수명과 자녀의 수를 보는 궁도니까요. 일반적으로 인중은 길어야 하고, 중앙의 골은 깊고 밖은 넓어야 한다. 또한 곧고 삐뚤어지지 않고 밑으로 처져야만 좋은 상으로 알려져 있습니다."

『달마상법』에는 인중에 대하여 다음과 같이 지적하고 있다.

첫째, 인중이 가늘거나 좁은 사람은 재물이 부족하다. 이와는 달리 인중이 가득하고 평평하면 그 사람은 재앙이 있고 매사에 어려움이 따른다.

둘째, 위가 좁고 아래가 넓으면 자손이 많고, 그 반대인 경우는 자손이 없다.

셋째, 위와 아래가 함께 좁으면 자식들이 병으로 신음한다. 무슨 일이라도 성취하기가 힘들다.

넷째, 위아래가 평평하고 얕은 경우는 자식을 생산하지 못한다.

다섯째, 인중이 깊고 길면 장수하고, 얕고 짧으면 요절한다. 또한 굴곡이 있으면 신용이 없다.

여섯째, 인중의 끝이 곧으면 충성되고 의리가 없다. 인중이 바르고 늘어지면 부자로서 장수한다. 젖혀지고 쭈글쭈글하면 가난하고 요절한다.

일곱째, 인중 위에 검은 사마귀가 있으면 아들이 많다. 아래에 있으면 딸이 많다. 중간에 사마귀가 있으면 이혼한다. 다른 여인을 받아들이므로 자식을 기르기가 어렵고, 양쪽에 있으면 쌍둥이를 낳는다.

여덟째, 인중에 가로지름이 있으면 슬하에 자식이 없다. 세로로 주름이 있으면 자식을 낳아도 고질병이 있다. 그 외에도 여러 가지가 있지만 인중에 관한 내용은 이런 정도다.

이런 쪽에서 보면 하륜은 여섯 번째에 해당되었다. 김주는 굳이 하륜의 허물을 논하여 긁어부스럼을 낼 필요가 없다는 것이었다. 그리고 나서 세월이 흘렀다. 하륜이 충청도 관찰사가 되었을 때, 정안군(靖安君;이방원) 사저에서 열리는 연회에 참석하였다. 몇순배 술잔이 돌았을 때 정안군이 술을 따라 주었다. 그때 하륜은 거짓으로 취한 척 하며 반찬과 국을 엎질러 정안군이 옷을 더럽혔다. 당연히 정안군은 화를 내고 안으로 들어갔다. 술취한 하륜의 목소리가 좌중을 한 바퀴 돌았다.

“아하하하, 왕자님께서 화를 내고 안으로 들어갔으니 마땅히 들어가 사과를 해야겠네."

하륜도 안으로 들어갔다. 정안군 옆을 따르는 복종(僕從;종으로 부리는 남자)이 하륜이 오고 있다는 것을 알렸으나 정안군은 화난 얼굴로 묵묵히 걷다가 안쪽 문에 이르러서야 돌아보았다. 하륜이 말했다.

"지금 왕자님의 처지가 급하게 됐습니다. 마마의 옷에 국과 반찬을 엎질러, 모든 일이 반은 엎어지고 반은 쏟아졌음을 뜻하는 것입니다."

정안군은 하륜을 침실로 데려갔다. 하륜이 말했다.

"신은 왕명을 받았으니 임지로 떠납니다. 그러하오니 안산군수 이숙번(李叔蕃)이 정릉이안군(貞陵移安軍)을 거느리고 한양에 도착했으니 이 사람에게 부탁하십시오."

하륜은 떠났다. 곧 이숙번을 불러 얘기했더니 손바닥을 뒤집는 것보다 쉬운 일이라 했다. 이숙번은 궁중의 복종을 이끌고 가서 군기감을 빼앗아 경복궁을 포위하였다. 김주는 난이 끝난 후 백성들을 혹사했다는 죄로 위기에 빠지자, 김주의 아내는 하륜의 말머리에 앉아 남편을 살려주기를 애원했다. 하륜은 힘껏 구제했다. 처음에 영주에 유배되었으나 나중에 복직되어 영화를 누렸다. 상법에 능한 아내의 덕이었다.

준두(準頭)에서 난대(蘭臺) 속으로 들어간 최칠칠

『근역서화징(槿域書畵徵)』에는 다음과 같이 쓰여 있다.

<…세상 사람들이 그의 족계(族系)와 관현(貫縣)을 잘 알지 못하나 북(北) 자를 반으로 잘라 칠칠(七七)이라 부르며 행세했고, 그림을 잘 그렸는데 한쪽 눈이 멀어 평시에 안경을 끼고 그림을 그렸으며 술을 잘 마셨다는 것이다>

그런가하면 『호산외사(壺山外史)』엔 이렇게 씌어 있다.

<최북의 자는 칠칠(七七)인데 자 또한 기이하다. 어떤 귀인이 그림을 요청하였다가 얻지를 못하자 아랫것들을 시켜 협박하였다. 최칠칠은 노기가 등등한 낯으로 일어서며 버럭 고함을 질렀다. 남이 손을 대기 전에 자신이 손을 써야한다는 알 수 없는 말을 지껄였다. 그 귀인이 놀랄 겨를도 없이 최칠칠은 자기 눈 하나를 찔러버렸다>

왜 그런 짓을 자행했을까? 훗날에 와서 <칠칠의 참(讖)>이라 불리는 이 사건의 내막은 어린 시절로 돌아간다.

사람의 운은 세월의 흐름에 따라 달라진다. 흐르는 운기로서 신수를 볼 때는 남자는 얼굴의 왼쪽을, 여자는 오른쪽을 본다. 최칠칠이 태어난 후 수골(壽骨)을 유심히 살피던 점쟁이는 준두(準頭)에서 난대(蘭臺) 속으로 들어가는 부위가 심상치않다는 것을 지적했다. 즉, 최칠칠은 상학적으로 49세를 넘기면 유년 운기가 완전히 소멸된다는 것이다. 다시 말해 근거 없이 객사를 한다는 것이다.

이런 이유로 최칠칠은 사람이 죽는다는 것을 가벼운 게임 정도로 생각한 것이 분명해 보인다. 남공철의 『금릉집(金陵集)』「최칠칠전」에는 이런 얘기가 실려 있다.

<…언젠가 최칠칠이 금강산으로 들어갔다. 산천경계의 아름다운 경관에 취해 술을 마시고 놀다가 구룡연(九龍淵)을 구경하고 놀면서 큰소리로 웃고 떠들었다. 그러다가 갑자기 소리를 내어 통곡을 터뜨리더니 '천하의 최북이 천하의 명산에서 죽는다!'고 외치며 못 속으로 뛰어들었다. 근처를 지나가는 등산객이 있어 다행이 목숨을 구할 수가 있었다>

흥미로운 것은 그 다음 부분이다.

최칠칠을 구해 준 사람은 그를 붙들고 산아래 바윗돌 밑에 앉게 하더니 휘파람을 불었다. 그 소리가 어찌나 요란했던 지 근처의 새들이 깨어나 수풀 속을 벗어나 날아갔다는 것이다.

그는 평소 술을 잘 마셨다. 길거리를 돌아다니며 술을 파는 아이가 집을 찾아오면 가지고 있는 책 같은 것으로 술과 바꾸어 마셨다. 그러다 보니 집안을 돌볼 겨를이 미처 없었다. 때로는 평양으로 가서 그리다가 동래로 가서 팔며 최칠칠다운 일화를 남겨놓았다.

하루는 어떤 이가 와서 그림을 그려달라고 청했다. 산수화를 그려달라고 하자 산만 그려놓았다. 그림을 그려달라는 이가 의아스럽게 여기며 왜 물은 그리지 않았느냐 물었다. 그는 붓을 던지며 일어섰다.

"이보시오, 종이 밖이 모두 물이오."

어떤 이는 그림을 가져갈 때 그림 값을 많이 내놓았다. 그러자 자신의 그림 값을 모른다하여 다시 빼앗아 발기발기 찢어버렸다.

이것을 좋게 평하면 항오(亢傲)한 성품이라 할 지 모른다. 그러나 정확히 셈을 하면 현실감각이 무디다고 보는 것이 옳다. 예를 들면 다음 같은 경우 때문이다.

하루는 서평공자(西平公子)와 더불어 백냥을 걸고 내기 바둑을 걸었다. 중반전에 이르렀을 때 서평공자는 한 수 물러달라고 청했다. 최칠칠은 바둑을 쓸어버리며 물러앉더니 냉랭한 어조로 책망했다.

"바둑이란 본시 오락인데 이렇듯 무르기만 하면 온종일 두어도 한 판을 마치기가 어렵습니다."

그래서 많은 사람들은 그를 괴벽(怪癖)스럽다고 말한다. '벽'이란 뭔가? 이것은 어느 쪽에 푹 빠져 그 상태가 고질이 되어 도저히 고칠 수 없는 상태다.

술독에 빠져 허우적거리는 것을 주벽, 도박에 빠져 우왕좌왕하는 것을 도벽, 바둑에 빠져 일손을 놓는 것을 기벽, 하루종일 시만 읊조리는 것을 시벽이라 한다. 최칠칠처럼 괴이한 행동을 거침없이 저지르면 괴벽(怪癖)이다.

이것이 그의 운명이었는 지 모른다. 그렇기에 자신의 이름자 북(北)을 찢어 칠칠(七七)이라 하였고, 7×7=49라는 숫자풀이처럼 마흔 아홉에 목숨을 끊었다. 하늘이 내린 운명을 스스로 조롱한 것이다.

철갓을 쓴 이지함은 쌍어문(雙魚紋)

이지함(李之菡)은 중종 12년(1517)에 태어나 선조 11년(1578)에 세상을 떠난 기인이사(奇人異士)다. 본관은 한산이오 자는 형백이고 호는 수산 또는 토정(土亭)이다. 목은 이색의 후손으로 현령을 지내던 부친을 여의고 맏형 이지번(李之蕃) 밑에서 글을 배워 서경덕(徐敬德) 문하로 들어가 도학의 영향을 받게 되었다.

『달마상법』에 능한 서경덕은 그가 찾아왔을 때 비범한 인물이라는 것을 한눈에 알아보았다. 그것은 그의 손금이 쌍어문이기 때문이다. '쌍어문'은 문장이 크게 뛰어남을 예시한다. 비범한 재간이 있는 이지함에게 더없이 훌륭한 스승이 함께 했으니 그의 학문은 일취월장할 수밖에 없었다. 훗날 비결서를 지을 때 천문 · 지리 · 음양 · 오행 · 수리 · 의학 · 복서(卜筮)에 능하게 된 것도 모두 스승 때문이었다.

선조 6년(1573)에 주민들의 추천으로 지금의 포천 현감이 되었을 때, 임진강이 범람할 것을 미리 알고 예방하였던 일화는 너무 유명하다. 이듬해 그는 벼슬을 사임하고 고향에 돌아갔으나 다시 등용되어 아산 현감에 임명되었고, 부임 즉시 걸인청(乞人廳)을 만들어 정착지 없는 백성들을 구제하였다.

그는 생애의 대부분을 마포 강변 흙담 움막집에서 지냈다. 날이 새면 강둑 위로 올라가 관악산 중등을 노려보거나 또는 푸른 하늘을 떠가는 구름이 어찌 변하는 지를 바라보며 상체를 흔들대며 『주역(周易)』을 외어댔다. 그래서 사람들은 흙집에 사는 선비라는 뜻으로 토정 선생이라 하였고, 그가 머물었던 곳이 지명학상 토정리다.

그는 욕심이 없었다. 그래서 많은 사화집에 '철갓' 얘기가 등장한다. 너무 가난하여 살림살이가 변변한 것이 있을 리 없었다. 밥솥 역시 마찬가지였다. 여러 해 쓰다 보니 밑이 뻥 뚫려 무엇으로 틀어막고 쓰긴 했으나 갈라지고 말았다.

이와 때를 같이 하여 여러 해 쓰고 다니던 갓이 소나기를 한번 맞고는 영 뒤틀려버렸다. 그래서 이지함은 이 일을 어찌할 것인가를 생각하다가 좋은 방도를 찾아냈다. 솥뚜껑을 갓처럼 쓰고 다니다가 먹을 걸 끓일 때만 솥으로 대용한다는 것이다. 이것이 철갓이다. 사람들은 그를 몹시 비웃었으나 전연 개의치 않았다. 그러던 어느 날이었다. 성리학의 대가 조식(曺植)이 마포 강가로 찾아왔다. 나이가 여섯이나 위였으나 진심으로 상대방을 위해 주었다. 이지함은 의관을 정제하고 안으로 모셔들였다. 그러자 조식은 이지함을 도연명(陶淵明)에 비유하여 의고시 한 편을 뽑아들었다.

동방에 한 선비 있으니 의복이 항상 남루하더라
삼순(三旬;30일)에 구식(九食;아홉번 식사)이 고작이오
십 년토록 관 하나로 지내더라
가난 고생이 비할 바 없건만 언제나 좋은 얼굴로 있어

내 그 분을 보고자 하여
이른 아침 개울 언덕을 넘어 갔다네
청송은 길게 끼고 울창하였는데
흰 구름은 처마 끝에 잠들더라
내가 일부러 찾아온 뜻을 알고
거문고 줄을 골라 날 위해 퉁겨 대니
높은 음은 별학조를 타 놀라게 하고
낮은 음은 고란곡을 타더라
원컨대 여기 머물러 그대 곁에 살며
천수가 다할 때까지 이르고 싶구나

조식은 시를 외고 나서 낯빛을 굳혔다.

"도연명이 읊었던 동방의 선비는 토정 당신인 듯 싶소."

이지함은 만면에 웃음을 지어 보이며 당치않은 일이라고 애써 변명했다. 당시 근처에 사는 사람들은 철갓을 쓴 괴이한 인물에 대해 기인이라는 생각을 하고 있었다. 더구나 그가 복서에 밝다는 소문이 퍼지자 사람들이 찾아들었다. 그가 말년에 오공즙(蜈蚣汁;지네즙)에 대한 해독을 잘못하여 독성으로 죽게 되었을 때 부인이 물었다. 사람들의 관상이나 신수점을 치고 무얼 봐준 것이었느냐고.

"내가 그들을 봐주지 않았어도 다른 곳에서 볼 거야. 그걸 사람들이 좋아하거든."

이지함은 소리 없이 웃으며 눈을 감았다.

법안(法眼)이 밝은 홍계관

남인도 향지국(香至國)의 셋째 왕자 달마(達磨)는 양무제(梁武帝) 때 금릉에 갔다가 숭산의 소림사에서 면벽 좌선 9년만에 도를 통달하여 선종(禪宗)의 시조가 되었다. 그래서 원각대사(圓覺大師)라 칭한다.

사람의 마음은 본래 청정하다는 이(理)를 깨달아야 한다는 것을 주장하고 이 선법을 제자 혜가(惠可)에게 전수하였다 사실 달마의 전기는 분명하지 않으나 돈황(敦煌)에서 출토한 자료에 의하면 그의 근본 사상인 이입사행(二入四行)을 설교한 사실이 밝혀졌다..

그런데 흥미로운 기록 하나가 엿보인다. 그것은 9년 동안 면벽 수행을 하여 뼈만 앙상히 남았는데, 달마 대사는 한줌의 곡식으로 원기를 회복하였다. 그러면서 불교의 게(偈)에서 말을 한다.

<황하의 물은 본디 천상에서 흘러나오는데 그의 뿌리가 깊어 거대한 바람이 불어와도 두려워하지 않는다>

이렇게 운을 떼고 나서 제자 혜가에게 다시 이른다.

"나는 바다를 건너 이곳까지 와서 너를 만났으니 할 일은 다한 것이다. 너는 이것을 전수 받아 모든 중생을 구제하라. 그러나 내가 죽은 뒤에라도 어리석은 제자들에게 물려주지 말라. 너는 각별히 조심하라."

이러한 『달마상법』의 총결(總訣)에 법안(法眼)이라는 항목이 있다. 법이란 율법이 바른 법이다. 눈이 바르기 때문에 사특하지 않으며 그 마음이 단정하다. 이러한 사람에겐 삶과 죽음 그리고 처자를 맡길 수 있다 하였다. 이러한 상은 선인군자(善人君子)가 가지면 부귀를 누리고 장수할 수 있다. 그러나 자신의 상운이 감당할 수 없을 때엔 큰 앙화를 받게 된다. 바로 홍계관(洪繼寬)의 경우다.

그는 산통점(算筒占)의 명인이었다. 신명 나게 산통을 흔들다가 산가지(祌竿)를 뽑아 괘사를 부르면 맞지 않은 것이 없었다. 어느 날 산통점을 치다 점괘가 괴이하게 떨어져 깜짝 놀랐다. 머지않아 상감의 옥체에 이상이 생긴다는 괘사였다. 참으로 해괴한 점괘였기에 윤원형의 첩 난정(蘭貞)에게 귀띔했다. 난정의 청으로 홍계관은 상감 앞에 나아갔다.

"도대체 흉악한 일이 닥친다는 데 어찌해야 액업을 물리칠 수 있단 말인가?"

홍계관은 지체없이 방도를 내놓았다.

"마마께 닥친 액업을 피하려면 이레 동안 용상 아래에 숨어 있어야 합니다."

그럴 수야 있나 싶어 딴전을 피우는 데 대소 신료들은 그렇게 해야 한다고 유월개구리처럼 떠들었다. 왕은 별 수 없이 용상 밑으로 들어갔다. 앞을 못 보는 점쟁이의 말을 듣고 조선의 지존이 용상 아래에 숨는다는 것은 아무리 생각해도 짜증스러웠다. 그때 쥐 한 마리가 달려가는 것이 왕의 시선에 걸렸다. 왕이 그 쥐를 잡게 한 후 물었다.

"이보오, 홍봉사. 조금 전 과인 앞으로 지나간 게 무언가?"

"그것은 서생원(쥐)이온대 세 마리옵니다."

왕은 당치않다는 듯 핀잔했다. 그곳에 있는 대소신료들이 보았다시피 쥐라는 것은 맞췄지만 고작 한 마리였다. 그런데 홍계관이 세 마리라 했으니 이것은 군왕을 기망한 죄에 해당되었다. 효수 되는 게 당연했다. 온몸을 결박당한 채 소 달구지에 실려 형장으로 끌려가면서 홍계관은 수레 옆을 따르는 관원에게 물었다.

"여보시오, 이 달구지 황소가 끕니까?"

"암소요. 근데 어찌 묻소?"

"암소가 끌면 나는 죽습니다."

암소는 황소보다 걸음이 빠르므로 설령 왕명이 다시 떨어져도 목숨을 구할 방도가 없다는 것이었다. 바로 이 즈음. 명종은 이상한 예감에 사로잡혔다. 자신이 숨어 있는 용상 아래로 쥐가 지나가는 것은 맞추었는데, 세 마리라고 하였다. '세 마리'라는 것은 묻지 않은 부분이다. 그런데 세 마리라는 것을 자신 있게 답한 것이 마음에 걸렸다. 왕이 쥐의 배를 가르게 하자 과연 그 속에 두 마리의 새끼가 있었다.

명종은 즉시 파발을 띄워 형집행을 중지시켰다. 관원이 말 위에서 손을 흔들며 형장으로 달려오자 형리는 죽이라는 것으로 알고 홍계관의 목을 쳐버렸다. 이것은 한 번도 과녁에서 벗어난 적이 없는 오묘한 점법 때문에 하늘의 시기를 받은 것으로 풀이한다. 당시 점법에 대한 평가가 어땠는지를 살펴보면, 『필원잡기(筆苑雜記)』 권1에는 다음과 같은 내용이 있다.

<…세조 대왕께서는 음양서에 널리 통하지 않으신 게 없으므로 그 옳고 그름을 통달하시고 이를 예지로 판단하였다. 일찍이

신 서거정에게 말씀하시기를, '녹명(祿命;점복에 대한 문답)의 서적은 유생이 궁리하는 일의 하나인데 네가 아느냐?' 하였다. 신이 대답하여 '대략은 섭렵하였나이다'라고 아뢰었다. 그러자 다시 '경은 녹명(사주)이 어떠하다고 믿는고?' 물으셨다. 이에 다음같이 아뢰었다….>

이를테면 갑사년(甲巳年) 정월 병인(丙寅), 갑사일(甲巳日) 갑자시(甲巳時)에 태어난 사람은 육십갑자로 유추하면 그 수는 720이다. 726년을 720에 더하면 운명의 법칙인 사주는 51만8천4백에 이른다. 그런데 천하가 태평할 때의 호구 수는 1천5백이나 6백에 이르는데 어떻게 51만 8천4백에 이르겠는가. 아무리 같은 사주라 해도 생활정도가 다르다.

지리적인 조건이나 보고들은 바의 경력 등으로 볼 때에 풍속이 다르므로 서거정은 이렇게 기술한다.

<사주는 중국 천하의 궁벽한 변두리 지역의 오랑캐는 같지 않을 이유가 없습니다. 그리고 중국에서는 공・후・백・자・남・경・사대부・이서・서인의 구분이 있고 작위와 관제의 고하를 일일이 분별할 수 있습니다. 그러나 오랑캐 풍속에는 간혹 금수와도 같아 귀천의 구별이 없으니 어찌 51만 8천4백의 운명에 얽매이겠습니까. 그러니 녹명에 관한 책은 믿을 바 못됩니다>

허목의 손과 발에 나타난 책문(策紋)

허목(許穆)은 조선 후기의 문신이다. 본관은 양천(陽川)이며 자는 문보(文甫) 또는 화보(和甫)이며 호는 미수(眉叟)다. 아홉 살 때부터 글을 배웠으며 거창 현감이 된 부친을 따라 가서 문위(文緯)를 사사 받았으며 이후 정구(鄭逑)를 스승으로 섬겼다.

1626년 인조의 생모인 계운궁 구씨의 복상 문제와 관련하여 박지계(朴知誡)와 언쟁을 벌인 것은 유명하다. 박지계가 원종의 추숭론을 제창하자 그는 동학의 재임으로서 군왕의 뜻에 영합하여 예를 혼란시킨다고 힐책했다. 그러자 인조는 허목으로 하여금 과거를 보지 못하도록 정거(停擧) 명을 내렸다.

그는 곧 자봉산(紫鳳山)에 은거했다. 이후 병자호란이 일어나자 사천에서 살았으며 효종 때(1650)에는 정릉 참봉에 제수되었으며 한 달 후에 그만 두었다. 그때가 그의 나이 55세 때였다.

효종이 승하하고 역사가들의 관심을 끌었던 예송(禮訟)이 일어난 것은 이때였다. 인조의 후취 장열왕후(莊烈王后) 조씨(趙氏;자의대비)의 복제 문제였다. 이조판서 송시열과 좌참판 송준길은 자의대비가 기년복(朞年服;평복) 입기를 주장한 것에 반하여 윤휴(尹鑴)는 3년복을 주장하였다. 이로 인해 조정은 소란스러웠다.
송시열은 강하게 주장했다.
"…예법으로 볼 때에 장자(長子)가 세상을 떠나면 그 부모는 3년복을 입는다. 자의대비는 전날의 장자 소현세자(昭顯世子;인조의 장남)가 죽었을 때 3년복을 입은 바 있으니 장자가 둘이 있을 수 없다. 그런즉 결코 3년복을 입어서는 안 된다. 또 예설(禮說)에 체이부정(體而不正)이면 3년을 입지 않는다고 했다. 체이부정이란 몸으로는 계승하였지만, 원래 장자가 못되는 사람을 뜻한다. 승하하신 효종도 장자가 아닌 만큼 마땅히 기년복을 입어야 한다. 또 우리나라의 아드님 되는 군왕이 승하하였다고 하여 3년복을 입는 전례는 없다."
그러나 윤휴의 의견은 달랐다.
"승하하신 효종은 인조의 적자로서 막중한 왕통을 계승하였는데 어찌하여 자의대비가 기년복을 입는단 말인가. 예법에는 장자를 위하여 3년복을 입는 것은 그 장자가 조상의 종통(宗統)이었기 때문이다. 체이부정이라는 이유로 기년복을 주장하였는데 그것은 지난날 소현세자가 장자였다 해도, 소현세자의 아들이 조부인 인조의 종통에 계승하지 않고 둘째 아들로서 종통을 계승한 것은 못마땅하게 생각을 하는 데에서 나온 주장일 뿐이다."
이러한 논쟁에 대하여 허목은 윤휴의 설이 옳다고 여겼으나 예송에 관여하지는 않았다.
그러나 다음 해 4월이 되었을 때에 상황은 급물살을 탔다. 허목이 예송에 불을 지른 것이다.
"자의대비의 기년복제는 갑자기 상을 당하여 처음부터 미처 의례(儀禮)를 자세히 고찰할 수 없었던 탓으로 갑자기 결정된 것이다. 지금 효종은 자의대비에 대해서는 이미 적자요, 또 인조의 종통을 이어 받았으니 마땅히 3년복을 입어야 한다. 송시열이 체이 부정이라는 말을 하는 것은 천만 부당한 일이다. 더욱이 송시열은 효종의 특별한 총애를 받았지만 이처럼 불경한 말을 써서 모욕하고 있으니 청컨대 예관에게 명하시어 상복 문제를 바로 잡으시옵소서!”

이때 우찬성에 있던 송시열은 허목의 의견에 대해 구체적인 인증을 들어 공격하였다.

허목은 다시 상소를 올렸다. 당시 그의 나이는 66세였다. 허목은 이때부터 송시열에 대하여 강하게 맞서기 시작하였다. 정언으로 있던 이수경(李壽慶)도 허목의 편에 섰다. 그는 그림을 비롯하여 글씨와 문장이 동방 제일인자라는 평을 받고 있었다.

대쪽같은 성격의 허목. 그는 태어날 때부터 몸에 특별한 징후가 있었다. 손에는 문(文) 자가, 발에는 정(井) 자였다. 『달마상법』에는 이렇게 설명한다.

<손금을 보는 데 있어 ‘문(文)’이나 ’정(井)‘이 있으면 복과 덕을 갖춘다. 특히 글을 읽는 선비의 손금에 정 자가 겹치면 반드시 과거에 급제한다. 또한 발바닥에 책문(策文;글자 모양)이 위로 뻗치어 있으면 반드시 정승이나 그 다음 자리에 오르게 되는 ’귀족(貴足)‘이다>

만승(萬乘)의 종을 눈썹에 매달은 만공

고종 8년(1871) 3월 이렛날. 전라북도 태인군 태인읍 상일리. 봉제사와 접빈객이 세업인 송신통 씨의 집에 한 아이가 태어났다. 아이의 얼굴을 보는 순간 송신통은 자신도 모르는 사이에 한숨부터 쏟아내었다.

평소 손님을 맞이하는 접빈 업무가 세업이다 보니 『달마상법』에 대하여 남다른 식견이 있었다.

"이 녀석은 집에 붙어 있지 않을 것 같소."

남편의 시무룩한 말에 아내는 눈을 동그랗게 떴다.

"그게 무슨 말씀이십니까?"

"이 아이의 나계성(羅計星)으로 보아 그렇다는 것이오. 장차 집을 떠날 듯 싶소. 눈썹 자리가 분명하고 살을 붙인 듯하니 이는 삼양(三陽)과 응하고 있는 것이오. 이러한 상은 관직에 있지 않다 해도 의(義)가 드러나 먼 곳까지 이름을 떨친다고 했소이다."

이러한 상은 『달마상법』에서 가리키는 '불유차모거관직(不惟此貌居官職) 은의창명파원방(恩義彰名播遠方)'이라는 것이 었다.

송신통의 우려는 아이가 두 살이 되면서 더욱 짙어졌다. 그래서 아이의 이름을 함부로 움직이지 못하도록 도암(道岩)이라 하였다.

이러한 우려는 아이 나이가 열 넷이 되면서 확연해졌다. 우연히 김제의 금산사에 갔다가 부처님의 자비에 깊은 감명을 받더니 이후로 중이 될 생각 외에는 다른 데엔 관심이 없었다.

"머릴 깎고 중이 될 생각은 말아라. 너는 여산(礪山) 송씨 가문의 뒤를 이어야 한다."

도암은 부친의 당부에는 아랑곳없이 송광사로 도망쳐 버렸다. 그러나 그곳에는 도암을 가르칠 스님이 없었다. 다시 계룡산 동학사로 옮겼다. 도암은 이곳에 머문 지 1년만에 진귀한 객승을 만난다. 바로 경허(鏡虛) 선사였다.

"나와 함께 천장사로 가자."

천장사는 경허 스님이 몸을 담고 있는 절이었다.

도암은 이곳에서 사미계를 받고 득도했다. 은사는 태허, 계사는 경허였으며 법명은 월면(月面)이며 법호는 만공(萬空)이었다.

득도한 지 11년. 그의 나이 스물 다섯 살 때에 봉곡사에 머물렀다. 그해 7월 25일에 법당의 동쪽 벽에 기대어 서쪽 벽을 바라볼 때였다. 문득 벽이 없어지는 기이한 체험을 하게 되었다. 그러나 만지면 벽은 그대로 있었다. 단지 그에게만 보이지 않고 마음속에 일원상(一圓相)까지 나타난 것이다. 이때 만공은 '일귀하처(一歸何處)'라는 화두에 매달려 있었다. 이 화두는 다음날 깨뜨려졌다.

인간이 지혜를 알고자 하면(若人欲了知)
삼세는 모두 불성이라(三世一切佛)
법계의 본질을 꿰뚫으면(應觀法界性)
인체가 마음의 조화일세(一切有心造)

새벽 예불을 알리는 쇠종 소리가 은은한 가운데 게송(偈頌)을 외다가 법계성을 깨닫고 오도송(悟道頌)을 남겨놓았다.

공산의 이기는 고금을 벗어나고(空山理氣古今外)
백운과 청풍은 오락가락 하누나(白雲淸風自去來)
무엇 하러 달마는 서역을 넘었는가(何事達磨越西天)
축시에 닭이 울고 인시에 해가 뜨거늘(鷄鳴丑時寅日出)

만공은 봉곡사를 떠나 마곡사로 걸음을 옮겼다. 이곳에서 수도에 전념하기를 2년 여가 지났다. 어느 날 도가 얼마나 진전됐는지 알아보기 위해 경허 스님이 직접 찾아왔다. 이를테면 시문(試問)이었다.

"일찍이 다비문(茶毘文)을 본 일이 있었겠지."

"있습니다."

"유안석인제하루(有眼石人齊下漏)라는 뜻을 아는가?"

마치 벼락 치는 듯한 물음에 만공은 눈앞이 캄캄했다. 그러나 아무리 생각해도 '돌로 만든 사람이 눈물을 흘리고 있다'는 뜻을 알 수 없었다.

"알겠느냐?"

"모르겠습니다."

"그것을 모르고 어찌 법을 안다 했는가?"

그런 다음에 다시 말했다.

"만법귀일(萬法歸一) 일귀하처(一歸何處)의 화두는 진전이 없지 않은가. 그렇다면 이제부터 조주(趙州) 화상의 무자화두(無字話頭)를 들어라."

그렇게 하여 무자 화두를 들었다.

만공의 나이 서른 넷인 1904년에 경허는 갑산으로 들어가기 전 만공에게 전법게(傳法偈)를 내렸다. 이것은 만공에게 있어서 굉장한 사건이었다.

이런 일화가 전한다.

1937년 2월 27일. 조선총독부에서 각 사찰의 주지들을 한 곳에 불러모았다. 장소는 총독부 제1회의실이었다. 당시 총독은 미나미(南次郞)로 조선 불교의 진흥을 위하여 주지들에게 한 마디 하라는 것이었다. 당시 총독은 묵묵히 앉아 있는 만공에게 한 마디 하라고 눈길을 주었다. 주지들은 총독의 정치를 찬양하며 눈치를 살폈다.

이때 총독은 묵묵부답 앉아 있던 만공이라는 노승에게 다시 물었다. 만공의 입에서 불호령이 터져 나왔다.

"예로부터 조선의 사원에서는 음행을 저질렀거나 술을 먹는 중이 생길 경우, 반드시 등에 북을 지우고 나팔을 불며 내쫓는 습관이 있소이다. 그런데 언제부터인가 이런 승풍(僧風)은 무너지고 말았소이다. 조선의 중들은 첩을 거둬들이고 육식을 하는 파계승이 되었으니 이러한 책임을 누가 진단 말이오. 그대들 당국자들은 조선의 중들을 모조리 파계를 시킨 죄밖에 더 있는가 말이야. 그 외에 다른 공로가 있다면 말씀해 보시오. 어찌 되었건 역대의 총독들이 죄를 얻어 지옥 불에 떨어지는 것을 건져내기 위해서라도 우리 주지부터가 계를 지키고 힘써 수행하는 게 바로 조선의 불교를 진흥시킬 묘책이오. 아시겠소?"

좌중의 스님들은 핏기가 가신 낯으로 더듬거렸다. 주지들은 한결같이 미친 노승의 말을 더 이상 들을 필요가 없다는 것을 강조했다. 더구나 그곳이 총독 주제의 회의고 보니 형사가 가만있을

리 없었다. 그러나 생사를 초월한 만공의 태도에 총독은 허허 웃었다. 이러한 소문을 듣고 한용운은 선학원으로 찾아가 치하했다.

갚았구나 갚았구나
삼천만의 원수를 오늘에야 갚았구나
죽어도 한이 없다 만공 스님 갸륵하다

그리고는 즉흥적으로 춤을 추었다.

이러한 만해 한용운이 세상을 떠났다는 부음을 들었을 때엔 혼잣말로 탄식했다.

'아, 이제야 갔구만. 이젠 서울을 갈 맛이 없게 됐어.'

이렇게 말한 만공 자신도 세월의 흐름은 어쩔 수 없었다. 세상의 인연, 그 인연이 끊기게 된 것이다.

1946년 정혜사에서 사바 세계의 인연이 끊어지니 세수(世壽)는 76세요, 법랍은 64였다.

눈썹이 셋으로 나뉜 정약용

다산 정약용(茶山 鄭若鏞).

조선 후기의 문신이며 실학자인 그의 본관은 나주(羅州)다. 아버지는 진주목사 재원이며 어머니는 해남 윤씨 두서(斗緖)의 손녀다.

정약용의 일생을 학자들은 3기로 나눈다. 제1기는 벼슬살이를 하던 때이며, 제2기는 귀양살이를 하던 때, 제3기는 향리로 돌아와 자연을 벗삼아 유유자적하던 무렵이다.

작은 산이 큰산을 가리니(小山蔽大山)
멀고 가까운 거리가 같지 않다(遠近地不同)

일곱 살 때에 정약용이 지은 시다. 이 시를 읽은 부친은 장차 아들이 수학과 역법(曆法)에 능할 것이라고 예감했다. 부친의 예감은 정확히 맞아떨어졌다. 정약용은 우담(愚潭) 정시한(丁時翰)의 성리학과 해좌(海左) 정범조(丁範祖)의 문학을 배우고 나중에는 성호이익을 사숙하였다. 어디 그뿐인가 나중에는 광암(曠庵)

이벽(李蘗)의 서학에도 깊은 관심을 기울였다.

정약용은 일곱 살 때에 천연두를 앓았다. 당시에는 천연두를 앓으면 얼굴에 심한 흉이 지기 마련이었다. 천연두는 심히 앓았는데도 흉은 한 곳도 지지 않았고, 다만 오른쪽 눈썹만 셋으로 갈라졌다. 이른바 삼미(三眉)였다. 이러한 이유로 정약용은 삼미자(三眉子)라 불렸으며, 훗날 열살 이전의 작품을 모아 펴낸 것이 『삼미집(三眉集)』이다.

『달마상법』에 의하면, 눈썹은 맑고 수려하며 긴 경우에 이름을 날린다고 하였다. 그러나 눈썹 모서리의 뼈가 높고 세로로 무늬가 지면 부모가 생존하기 어렵다고 하였다. 그러나 정약용은 천연두로 인하여 눈썹이 셋으로 나뉘어졌지만 맑고 청수하여 이로웠다는 것이다.

그래서인지 스물 둘에 생원에 합격하였고, 여섯 해 뒤인 스물여덟에 문과에 올랐다. 이 무렵 정조는 문치 중흥을 꾀하였으므로 정약용의 힘은 적지 않았다. 그의 학문에 대해 정조는 극찬을 아끼지 않았다.

“이처럼 아름다운 지처(地處)와 문화(文華)로써 어떠한 벼슬도 못할 게 있겠는가.”

정조는 정치적으로 탕평(蕩平)을 주장하였다. 그러나 시파와 벽파의 분열에는 어쩔 수가 없어 남인 시파 중에서 체제공 일파를 등장시키고, 한편으로는 비밀리에 체제공과 이가환·이익운 및 정약용에게 명하여 남중(南中)에서 인물을 추천하게 한 적이 있었다.

이때 그들 셋은 권심언(權心彦) 한 사람을 추천했으나 정약용만은 단독으로 스물 여덟 명을 추천하여 등용하게 하였다.

선조 때에 이조판서를 지낸 이수광(李睟光)은 『지봉유설(芝峯

類說)』에 다음같이 적고 있다.

<무릇 의약과 점은 같이 칭한다. 의약은 죽음에서 삶을 구하는 것이고, 점은 흉한 기운을 쫓고 좋은 기운을 따르는 일이다. 그 시초는 성인에게서 나왔으니 결코 소홀할 수가 없는 것이다>

점차 역학에 깊은 관심을 보이더니 얼마 후엔 『역학서언(易學緖言)』을 비롯하여 『복서통의(卜筮通義)』 등의 점법서를 저술하였다. 그에 관한 수많은 일화 중에 하나만 뽑으면 곡산의 얼음에 관한 예지력이다.

정약용이 곡산부사(谷山府使)가 되었을 때였다. 이곳은 백성들의 풍속들이 요란스러워 다스리기가 만만치 않았다. 그런데도 정약용은 정당을 세우고 창고를 짓고 호적을 정리하였으며 교화를 일으켰다.

한편으로 군포를 감하고 미약전을 세우는 것 등으로 모든 일은 본래의 모습으로 되돌아갔다. 그러던 어느 날이었다. 그 관속들을 이끌고 뒷산으로 올라갔는데 산기슭에 있는 돌 틈으로 물이 새어 나왔다. 정약용은 평평한 곳을 한길 남짓으로 파고 날씨가 추운 날을 골라 그곳에 기름종이를 대고 물을 대어 8치 남짓으로 얼음을 얼렸다. 그런 다음 다시 기름 종이를 깔고 그 정도 높이에서 얼리기를 반복했다.

다음해 청나라에서 사신이 왔을 때, 연내에서 마련한 음식은 많았는데 얼음이 없어 걱정들이었다. 이때 곡산의 얼음을 풀어 어려움을 해소시켰다.

이제마의 두드러진 광대뼈

진몽법(鎭夢法)이라는 게 있다. 꿈으로써 길흉을 따지는 것이다. 이러한 진몽법 가운데 동물을 위주로 한 것이 있다. 특히 말(馬)에 대해 살펴보면 대략 이런 내용이다. 말이 놀라면 병에 걸리기 쉽고, 말을 타고 빠른 속도로 달리면 좋은 일이 있다.

말이 천천히 아주 느리게 달리면 흉하며, 금전을 실으면 관록을 먹는다. 말을 타고 왔다갔다하면 문서를 만들 일이 있으며 백마를 타면 질병을 얻고, 죄인이 말을 달리면 재앙이 모두 사라진다.

그렇다면 말을 준비하는 것은 어떤가? 그것은 먼 곳으로 갈 징조다. 또한 집안에서 말이 태어나는 것 역시 아주 좋은 일이 생길 징조다. 바로 이러한 일이 사상의학으로 이름을 날린 이제마(李濟馬)와 깊은 관계가 있다.

때는 1936년이었다. 단오절이 지난 지 며칠 후, 보름달이 온 천하를 은광으로 덮을 때였다. 함흥 땅 반룡산(盤龍山) 아래의 사촌(沙村) 주막에는 이날 조촐한 술잔치가 벌어졌다.

세 명의 사내는 근처에 사는 친구들로 거나하게 술이 취하자 좌중은 흥그러운 주모의 웃음소리만이 떠다니고 있었다. 술에 약한 이진사는 이미 몸을 가누지 못할 만큼 널브러져 버렸고, 두 명의 친구는 연신 시답잖은 농지거리를 나누었다. 이윽고 밤이 깊어져 두 사내는 돌아가고 이진사 혼자 남게 되었다. 주모는 얼른 이진사를 딸 아이 방으로 잡아끌었다.

날이 훤히 밝은 대낮에는 볼 수 없다 할 정도로 박색인 주모의 딸은, 필경 처녀 귀신으로 죽을 것이라는 사람들의 빈정거림 탓에 주모는 일을 꾸몄다. 어떻게든 좋은 사람과 하룻밤이라도 짝을 짓게 하여 처녀 귀신만은 면해볼 요량이었다. 그렇게 하여 이진사가 이번 일에 걸려든 것이다.

하늘도 무심하지 않았던 지 이날 밤의 인연으로 한 생명이 태어났다. 이듬해인 1937년 음력 3월 19일 정오였다. 이날 낮잠을 즐기던 조부 충원공(忠源公)은 괴이한 꿈을 꾸었다.

한 마리의 용마가 큰 바다를 건너와 자신의 집으로 들어온 꿈이었다. 흔히 말하기를 '용마도하(龍馬渡河)'의 꿈이었다. 이러한 천리구(千里鉤)가 집안으로 들어왔으니 반드시 좋은 일이 있을 것이라 생각했는데, 주막집에서 손자가 태어났다는 연락을 받은 것이다. 그런 연유로 이름이 제마(濟馬)였다.

비록 서출이었지만 충원공은 적자나 다름없이 대우해야 한다는 것을 강조했다.

반상의 차이가 엄격하다보니 아무래도 글보다는 무예를 익히는 것이 장래를 보장할 수 있었다. 활을 쏘고 말을 달리며 무예를 익힌다는 의미로 아호를 동무(東武)로 하였다. 그의 나이 일곱 살 때였다. 관북의 학자로 알려진 큰아버지 직장공(직장공)에게 한문을 수학하였는데, 어느 날 친지들이 자리를 마련하게 되자 '가빈호독서(家貧好讀書)'라는 시제로 글을 짓기로 하였다. 모두들 좋은 글귀를 생각하느라 고심하던 차에 밖에서 놀던 이제마가 들어와 한 편의 시를 써놓고 훌쩍 뛰어나갔다.

천하를 주름잡던 진시황에게 황혼이 찾아오고(山河日暮秦皇局)

제왕이 된 양무제의 거소도 등불 밑엔 수심만 가득하다(宇宙燈深梁武盧)

이렇듯 어려서부터 비범함을 보이던 이제마는 상학적으로도 확연히 드러났다. 『달마상법』에 의하면 그는 두드러진 광대뼈로 인하여 장차 비범해질 것을 나타내었다.

『영대비결(靈臺秘訣)』에는 육부(六府)에 대한 설명이 나온다. 관상서에 의하면 육부는 도톰하여야 좋다고 했다. 특히 '관골중부'는 결함이나 흔적이 없어야 길하다. 이러한 상학적인 관점 때문에 직장공은 이제마가 흥미를 갖는 쪽인 『주역』 공부를 시킨 것이다.

이제마는 어느 학문보다도 역학에 빠져들었다. 뛰어난 재능이 있었지만 그에게는 선천적으로 달고 나온 고질병이 있었다. 유문협착증(幽門狹窄症)이었다.

이제마가 역학과 의학에 관심을 가졌던 것은 자신의 병을 치료하는 데 첫 번째 목적이 있었다. 결국 그는 역리(易理)에서 시작점을 찾아내어 사상의학(四象醫學)의 실마리를 붙잡은 것이다.

동양 한의학의 원조로 여기는 『황제내경(黃帝內徑;靈樞素問篇)』에는 체질의 '오태인론(五泰人論)'이 나온다.

나뉘어진 방법은 오행설에 입각하여 태양인(太陽人)·태음인(太陰人)·소양인(少陽人)·소음인(少陰人)과 음양화평지인(陰陽

和平之人)의 다섯이다. 여기에서 다시 25형이 있으나 음양운행 작용의 형상에 대한 심리학적 형태와 기질로 분류되어 있다.

종래의 본초학(本草學), 즉 한방약효학에서 새로운 방법을 찾아내 사상약리학의 영역을 개발한 불멸의 공을 이룬 것이다. 이제마는 말한다.

"인생에는 다섯 가지의 낙이 있으니 그 첫째는 수(壽), 둘째는 미심술(美心術), 셋째는 호담서(好談書), 넷째는 가산(家産), 다섯째가 행세(行世)다.

한편으로는 좋은 생각과 즐거운 마음을 갖는 것이 좋은 약이다. 다른 사람을 질시하고 원망하는 것이 모든 병의 원인이 된다.

사상의학은 종전의 의학과는 차이가 있다. 그것은 환자의 체질에 따라 처방을 달리 하는 새로운 이론이기 때문이다. 이제마는 임종이 가까워졌을 때에 유언을 남겼다.

"나는 지금 떠난다. 그러나 앞으로 1백년이 지나면 세계는 사상의학으로 귀일 될 것이다."

그는 의학의 주체성을 확립한 조선의 새별이었다.

김자점의 삼족을 멸할 이마의 붉은 점

선조 임금 시절에 성천 땅엔 괴이한 일이 있었다. 성천 군수로 부임해 가는 수령마다 변사(變死)를 당하는 일이 생긴 것이다. 가기만 하면 죽는 바람에 군신들 걱정은 이만저만이 아니었다. '가면 목숨을 잃는다는 성천'. 사정이 이렇다보니 누구 하나 부임하겠다는 사람이 없었다. 바로 이 무렵에 미관말직으로 있던 김함이 성천 군수를 자원했다.

부임지에 도착한 그는 관아를 돌아보며 생각에 잠겼다. 꼬집어 말할 수는 없지만, 분명 관아에는 요사스러운 기류가 흐르고 있는 것이 감지되었다. 숙소로 돌아와 육방관속을 단속한 후 명주실 열 꾸러미를 준비시켰다. 그리고는 자신은 상방에 앉아 줄기차게 담배를 빠끔거렸다.

방안은 순식간에 연기가 가득했다.

김함은 마치 구름 속의 신선처럼 연기 속에 몸을 가라앉힌 채 『주역』을 낭랑하게 외어댔다.

그렇게 시간이 흘러갔다. 그의 귓가에 괴이한 소리가 날아든 것은 자정이 다 되었을 무렵이었다. 귀를 기울이면 '사르륵, 사르

륵' 대는 섬뜩한 소리. 무언가 방을 향해 다가오는데 분명한 것은 사람의 발짝 소리는 결코 아니었다. 김함은 정신을 한곳에 모아 닫힌 듯 열린 문틈으로 밖을 노려보며 고개를 끄덕였다. 문밖에 와 있는 요사스러운 괴물의 정체를 알아차린 것이다.

"들으라, 큰 솥을 대령하여 그곳에 기름을 펄펄 끓여라!"

다음날 일찍 김함은 그런 명을 내렸다. 그런 다음에 사방을 휘둘러보며 명주실오라기가 어디로 이어져 있는 지를 살피게 하였다.

"실 끝이 내아(內衙)의 용마루 밑으로 들어갔습니다."

김함은 소리쳤다.

"그곳을 파라!"

잠시 후 두터운 흙이 떨어져 나가자 무언가 꿈틀거렸다. 그것은 사람의 키만한 지네(蜈蚣)였다. 김함은 즉시 지네를 자르게 하였다. 여섯 토막으로 나뉘어진 지네는 잠깐 한눈을 파는 사이에 다시 붙어버렸다.

"여봐라, 아궁이에서 재를 가려와 나뉘어진 요물의 몸에 뿌려라!"

관원은 한달음에 달려가 아궁이의 재를 쓸어와 토막이 난 지네의 몸에 뿌렸다. 꿈틀대는 몸들은 서로 이어지지를 못하고, 마치 소금을 뿌린 미꾸라지처럼 요동했다. 김함은 그것들을 즉시 끓는 기름 솥에 던져버렸다.

바로 그때였다. 마지막으로 요동치는 지네의 아가리에서 한줄기 빛살이 뿜어져 나왔다. 그것은 순식간에 김함의 이마에 비춰졌다.

그 순간 이마에는 마치 도장을 찍은 듯한 반점이 생겨났다. 붉은 점은 아무리 씻어도 사라지지 않았다. 지네가 죽기 전에 부린 조화는 인과응보의 조화였다.

애기는 거슬러 올라간다. 단종 1년인 1453년에 단종의 숙부 수양대군이 계유정난(癸酉靖難)을 일으켰다. 영의정 황보인을 비롯하여 좌의정 김종서 등이 목숨을 잃고 수양대군은 스스로 영의정이 되어 조정의 실권을 잡았다. 두 해 뒤인 1455년 윤6월에는 추종세력인 신숙주와 정인지 등에 의하여 국왕으로 추대되었으며 단종은 상왕으로 물러났다. 이 과정에서 김종서를 따르던 함길도 도절제사 이징옥이 난을 일으켰으나 실패하였는데 그 여파로 인해 나라 안의 민심은 흉흉했다.

더군다나 수양대군의 왕위찬탈은 세종과 문종의 총애를 받았던 집현전의 일부 학사들에게 심한 반발을 받았다. 성삼문을 비롯하여 박팽년 등은 무관인 유응부·성승 등과 함께 세조를 제거하고 단종을 복위할 계획을 세우고 있었다. 그날은 명나라의 책명사가 조선에 오겠다고 통보를 한 1456년 6월 1일, 창덕궁에서 명나라 사신을 초대하여 연회를 베풀 때였다. 그런데 이날 세조를 제거할 행동책에 해당하는 별운검(別雲劍)이 갑자기 취소되는 바람에 거사는 실행에 옮겨지지 못했다. 거사가 단번에 아뤄지지 못하고 연기되자 탄로날 것을 두려워한 김질은 장인 정창손에게 거사 계획을 누설하고, 함께 세조에게 나아가 고변을 함으로써 거사를 주동한 사육신과 70여명의 연루자가 처형됨으로써 단종의 복위 운동은 실패로 돌아갔다.

성삼문 등은 시뻘겋게 달군 인두로 고문을 당하면서도 세조를 전하라 하지 않고 '나리'라 불러 왕으로 대하지 않았으며 나머지 사람들도 진상을 자백하면 용서한다는 말을 거부하여 형벌을 받았다.

세조는 이 사건이 일어난 직후부터 유신들의 중심기관인 집현전을 폐쇄하는 한편 경연을 중지하고 새로운 유생들을 발탁시켜 이들을 중심으로 왕권을 다져나갔다.

본래 김함의 부친은 강원도 관찰사를 지낸 억령(億齡)으로 3대조는 수양대군(세조)에 대항하여 단종을 복위하려다가 목숨을 빼앗긴 사육신 등의 동지들을 배반한 김질이었다. 집안의 내력을 본다면 장차 태어날 후손이 어떤 천성을 가질 것인지는 짐작이 가는 일이다.

성천 고을을 소란스럽게 만든 변사에 대한 매듭을 풀고 김 함이 한양으로 돌아온 지 두 해가 지났다.

부인 유씨(兪氏)와 회포를 풀고 난 후에 이마의 붉은 점이 씻은 듯 사라져 버렸다. 『주역』의 수리에 밝은 김함은 스스로 점(占)을 치며 탄식을 터뜨렸다.

'이것은 상서로운 일이 아니다. 천년 묵은 지네가 우리 집안에 복수를 하기 위해 그렇듯 붉은 점으로 변한 것이 아닌가. 그런데 그 붉은 점이 아내와 동침한 후 사라졌으니 좋지 않은 일이 일어날 것이다.'

과연 그의 우려했던 대로 이날 밤 부인은 회임 하여 아들을 얻었다. 그러므로 아들의 이름을 '이마의 붉은 점'이라는 뜻으로 자점(紫占)이라 하였다. 그러나 얼마 후엔 이마의 붉은 점을 노골적으로 나타낸 것만 같아 스스로 자(自)로 바꾸어 자점(自占)으로 고쳤다.

김자점은 신동이라는 소리를 들으며 성장했다. 그럴 때마다 김함의 가슴에는 서늘하기만한 불안감이 칼날처럼 다가옴을 느꼈다. 그러므로 '서당에 가지 말아라' '글을 읽지 말아라' 하는 것으로 아들의 글공부를 막았다. 그런데도 아들의 학문을 하루가 다르게 일취월장하였다.

성혼(成渾)에게 학문을 수학하더니 조상 덕분으로 벼슬길에 나가 병조좌랑에 이르렀다. 광해군 때에는 대북 세력에 맞섰다가 쫓겨났으나 인조반정 후 동부승지로 승진되었고, 같은 해 반정공신인 정사공신(靖社功臣) 1등에 책록 되었다. 문과 급제를 거치지 않은 공신이었다.

권력을 추구하기 위해서는 청나라에 대한 매국적인 행위를 서슴없이 행하였으며, 자신이 적이라고 생각하는 인물은 수단과 방법을 가리지 않고 제거하였다. 이러한 독수에 걸려 임경업 장군이 목숨을 잃었다.

벼슬이 영의정에 이르렀으나 손부(孫婦) 효명옹주의 동복인 승선군을 추대하려다 발각되어 그의 아들과 손자는 사형에 처해지고 모든 가산은 몰수되었다.

『달마상법』에서는 이마에 붉은 점이 갑자기 생기면 죽을 운명으로 여긴다. 이것은 편작(扁鵲)이라는 명의가 살아온다 해도 고칠 수 없다는 것이다.

나이가 들거나 병이 들 때에 이마에 점이나 주근깨가 생겨나는 것을 볼 수 있다.

이것 역시 불길한 조짐이다. 왜냐하면 주근깨도 점과 동일하게 보기 때문이다.

명궁은 밝으나 천중(天中)에 점이 있던 김삿갓

아들의 장원 소식을 듣고 어머니는 뛸 듯이 좋아했다. 그러나 시제(詩題)의 내용을 듣는 순간 질겁하여 엉덩방아를 찧고 말았다. 「가산에 사는 정시의 충절을 기리고 김익순의 하늘 끝까지 미칠 죄를 탄한다(論鄭嘉山忠節史 嘆金益純罪于天)」는 게 시제의 내용이었다.

김익순이 누구인가? 바로 김병연(金炳淵)의 할아버지다. 얘기는 순조 11년 11월로 돌아간다. 이때는 삼정(三政;전부·군정·환곡)이 문란하고, 관서출신에 대한 차별대우가 극심하여 홍경래난이 일어났었다. 당시 선천부사로 와 있던 김병연의 조부 김익순은 함흥 중군에서 선천부사로 부임한 지 한 달이 채 못된 상태였다. 잔뜩 술에 취해 단잠에 떨어졌는데 깨어보니 이미 그의 몸은 반란군의 손에 묶이어 있었다.

김익순은 천추 만대에 씻어내지 못할 굴욕적인 항복을 하게 되었고, 이듬해 난이 평정되었을 때 불충·불의의 죄로 처형되었다. 이때 김병연은 다섯 살이었다.

부친 김안근(金安根)이 화병으로 세상을 떠나자 가족들은 종놈으로 데리고 있던 김성수(金性洙)의 고향인 황해도 곡산 땅에 몸을 숨긴 채 살았다. 물론 하나의 희망을 가슴에 품고 있었다.

김병연이 세상에 태어난 지 세 해가 지났을 때였다. 우연히 집에 들른 관상가는 그런 말을 했었다.

"이 집안은 이 분 도련님으로 인하여 크게 일어나겠습니다."

"오호, 그게 정말인가?"

"그렇습니다. 도련님의 상을 살피면 아주 좋습니다. 관상의 십이궁(十二宮)으로 보면 명궁(命宮;양 미간)이 유난히 맑고 깨끗하여 광채가 나지 않습니까. 이 빛이 마치 눈부신 햇살처럼 문명을 떨칠 것입니다."

관상가는 상당한 재물을 들고 일어서다가 눈을 동그랗게 떴다. 천중(天中)에 검은 점이 있음을 발견한 것이다. 관상가는 순간적으로 당황했지만 새삼스럽게 흉악한 기운을 들려줄 필요가 없어 서둘러 그 자리를 떠나버렸다.

『달마상법』의 「지상(痣相)」에는 천중에 점이나 사마귀가 있는 것을 좋지 않게 여긴다. 즉, 천중에 사마귀나 점이 있으면 일찍 부모와 헤어진다. 그런 것이 천장(天庭)에 있으면 어머니가 일찍 죽고 사공(司空)에 있으면 부모가 일찍 죽거나 이별한다.

그런 것이 연상(年上)에 자리하면 빈한하고 수상(壽上)에 있으면 아내를 잃는다. 코 옆에 있을 때엔 병고가 있으며, 코끝에 있으면 칼에 맞아 죽는다. 콧마루에 있으면 흉측한 일을 당한다. 이런 일을 방지하려면 미리 그런 것을 제거해 버리는 것이 좋다.

관상가의 의중을 알 수 없는 김병연의 모친은 곡산 땅에 이제껏 숨어 지내면서도 자식에 대한 믿음은 저버리지 않았다. 집안을 중흥시킬 일이 결코 꿈으로 끝나지만은 않을 것이라는 기대가 있었다.

그런데 그 기대는 향시(鄕試)에 내걸린 시제로 인하여 억장이 무너지는 아픔을 느낀 것이다. 김병연의 장원시를 들은 모친은 통곡을 터뜨렸다.

아조(我朝)의 세신(世臣) 김익순아 내 말 들어보아라
정공(鄭公)은 향대부(鄕大夫)에 불과하나
나라에 충사하였다…(중략)
둘 다 청명한 조정의 한 임금 신하건만
사지(死地)에 이르러 어찌 두 마음을 품었는가…(중략)
너의 가문은 높은 장동 김씨의 으뜸 가는 명문거족이요
이름은 장안에 아름을 떨치는 순자(淳字) 항렬이라…(중략)
너의 죽은 혼조차 황천에는 못 갈 것이니
저승에는 우리 선대왕(先大王)이 계신 까닭이다…(하략)

김병연은 그제야 모든 사실을 알게 되었다. 자신의 저주받은 인생을 알게 된 것을 탄식하며, 이런 시를 써 조부를 욕되게 한 스스로의 행위가 하늘 보기 부끄럽다 하여 삿갓을 썼다. 그래서 별호가 김삿갓(金笠)이다. 그는 담담하게 스스로의 운명을 받아들였다.

온갖 일이 모두 운명에 정해져 있거늘(萬事皆有情)
덧없는 인생은 부질없이 헤맨다(浮生空自忙)

그는 세상을 떠돌며 자조하는 것으로 위안을 삼았다. 어지러운 세정을 떠돌며 술을 마시며 육신을 혹사시켰다.

'스무' 나무 아래 서러운 손이(二十樹下三十客)
'망흔' 집에서 '쉰' 밥을 먹다(四十家中五十客)
인간에게 어찌 이런 일이 있느냐(人間豈有七十事)
집에 돌아와 '설은' 밥 먹느니만 못하네(不如歸家三十食)

이러한 상황에서도 김삿갓의 방황은 계속되었다. 그런데도 그는 독특한 해학으로 읊어나갔다.

굽은 기둥에 찌부러진 처마는 땅에 닿았고
됫박 만한 방은 겨우 몸을 눕힐 정도다
평생 긴 허리 굽히지 않으려 했더니
이 밤은 다리 하나 펴기 어렵구나
쥐구멍으로 연기가 들어와 칠흑처럼 어둡고
쑥대 억새풀로 가린 창은 날이 새도 모르리라
비록 그렇기는 해도 의관을 적시지 않았으니
떠날 때는 주인보고 감사 드렸다

그런가하면 각 도를 유랑하면서 하룻밤씩 묵은 대부분의 집이 한결같이 구차한 살림살이였다. 그들의 생활이 어느 정도였는지는 다음의 시 한 편이 잘 말해주고 있다.

네 다리 솔 소반에 죽 한 그릇 놓였는데
푸른 하늘 흰 구름 그림자가 거기 어울려 어른거리도다
주인이여 미안하게 여기지 마시라
나는 청산이 거꾸로 물에 비쳐오는 것을 사랑하오

한번은 그가 강원도 통천(通川)을 지날 때였다. 그 마을의 서당에서 하룻밤 쉬어가기를 청하였는데, 그를 하찮게 본 서당 훈장은 운자를 내놓고 시를 짓게 했다. 김삿갓은 자신의 실력을 나타낼 겸 서당 훈장을 놀려주려고 운이 떨어지자 즉시 시를 지었다.

"멱(覓)!"

"허다한 운자 중에 하필이면 멱자요(許多韻字何呼覓)."

"멱!"

"하룻밤 자고 못 자고는 이 멱에 달렸네(彼覓有難況此覓)."

"멱!"

"산골 훈장은 멱 자만 아나 보다(山村訓長但知覓)."

그렇게 하여 하룻밤 잠자리를 얻었다. 길을 가는 도중에 아들이 보낸 소식이 들은 것은 인생의 황혼기에 접어들어서였다. 반드시 모셔오라는 청이었으나 김삿갓은 그 말을 털어 버렸다.

"그것 역시 세속의 먼지와 같은 것이야. 돌아가거라 뜻은 알았으나 떠도는 것은 계속할 것이라고 전해라."

김삿갓의 방랑은 철종 14년인 1863년에야 막을 내렸다. 동복(洞福;화순군) 땅 옹성산 자락의 검붉은 바위 아래서였다. 그는 객사했다.

자기(紫氣)가 윤택하고 둥근 신사임당

신사임당(申師任堂)의 본관은 평산(平山)이다. 연산군 10년인 1504년 10월 29일 강릉 북릉촌(北陵村)에서 태어났다. 부친 신명화(申命和)와 어머니 이씨 사이에서 태어난 5녀 가운데 둘째다.

본관은 평산이었지만 신명화는 강직한 선비였다. 그는 나이 마흔 하나 때에 진사에 나갔다. 당시 영의정이었던 윤은보 등이 조정에서 높이 쓰려고 했으나 굳이 벼슬을 사양했다. 그로부터 세 해 뒤인 마흔 넷에 기묘사화가 일어났다.

비록 사화의 불에 맞진 않았으나 젊은 선비들이 맥없이 죽어나가자 신명화는 울분을 참지 못하며 향리에서 학문 연구에 몰두하였다.

사임당의 어머니 이씨는 무남독녀로 친정은 북평촌이었다. 시국이 어수선하여 남편이 본댁에 머물자 그녀는 딸아이를 데리고 한양 땅에 눌러앉았다. 이런 점에서 보면 사임당은 줄곧 어머니와 함께 한양에서 지낸 것이다.

사임당의 어머니 이씨에 대한 기록은 이율곡의 「이씨감천기(李氏感天記)」에 실려 있다.

<비록 말은 서툴렀지만 행동은 민첩했다. 모든 것을 신중하게 처리했으며 선한 일에는 멈칫거림이 없었다>

이씨는 서울에 올라와서도 홀로 계신 어머니를 모셨다. 그러나 강릉의 북평촌에 있는 친정 어머니가 병환이라는 소식에 시어머니의 승낙을 얻어 친정 어머니의 병구완에 힘을 기울였다. 그러다 보니 남편과는 서울과 강릉에서 열 여섯 해나 별거생활을 한 것이다.

조모가 세상을 떠난 것은 신명화가 마흔 여섯, 이씨가 마흔 둘일 때였다. 뒤를 이어 남편이 병을 얻었다. 온갖 약을 다 썼으나 남편의 병세가 좋아질 기미가 보이지 않자 이씨는 은장도를 품고 외증조부 최치운(崔致雲)의 무덤에 가서 죽기를 각오하고 기도를 올렸다.

이 덕분인지 남편은 일시적으로 병세가 나아진 듯 했으나 결국 세상을 떠났다. 이러한 이씨의 행위가 조정에 알려져 부인에게 상을 내리고 정문을 세웠다. 부인의 나이 마흔 넷이오, 사임당은 스물 넷이었다.

사임당 신씨는 열아홉 살 때에 덕수 이씨 원수(元秀)에게 시집갔다. 당시 이원수는 세 살 위였다. 그러나 혼인을 한 후에도 딸만 다섯 인 친정에서 바로 시댁으로 간 것은 아니었다. 이 부분에 대해 이율곡의 「선비행장(先妣行狀)」에는 '내가 딸을 여럿 두었지만 네 처만은 내 곁을 떠나게 할 수 없다'하여 출가한 후에도 친정에 머물러 있었다.

시댁으로 간 것은 아버지의 3년상이 끝난 그녀의 나이 스물 하나일 때였다. 이후 사임당은 이곳 저곳을 전전했다. 시댁이 선조 때부터 몸을 담았던 파주의 율곡리에도 살았고, 친정에서도 지냈다. 이렇게 10년을 보낸 율곡의 나이 여섯 살 때에 지금의 수송동과 청진동 사이에 자리를 잡았다. 그러나 홀로 남은 친정 어머니를 그리워하며 안타까워하였다.

사임당은 슬하에 4남 3녀를 두었다. 남편 이원수는 여섯 살 때에 부친을 여의고 독자로 자란 탓에 공부에 전념할 여유가 없었다. 그래서인지 혼인한 후에는 사임당에게 유학을 배워 그가 마흔살 때에야 수운판관(水運判官;종5품)의 자리에 나갈 수 있었다. 물론 아내의 공이었다.

『달마상법』에서는 사임당의 상을 이렇게 평가한다. '사임당 신씨의 자기(紫氣)는 윤택하고 둥글다. 이런 경우 남자는 영웅이고 여성의 경우는 현명하다(紫氣宮中潤又圓 拱朝帝主是英賢)'. 그래서인지 그녀 소생의 아들들은 한결같이 영민 했다.

사임당은 그녀의 나이 스물 하나일 때에 큰아들 선(璿)을 스물여섯 살 때에 맏딸 매창(梅窓)을 낳았다. 이어 둘째 아들 번(璠)과 딸을 낳았으며, 그녀의 나이 서른 셋일 때 유학의 대가 이(珥;율곡)를 낳았다. 아들로서는 셋째다. 서른 아홉에 넷째 아들 우(瑀)를 낳으니 이렇게 되어 4남 3녀가 된 것이다.

큰딸 매창은 학식이며 인격이 어머니를 닮아 동생 율곡에게 많은 영향을 끼쳤다. 특히 사임당의 글씨와 그림에 뛰어나 일곱 살 때에 안견(安堅)의 산수화를 놓고 사사했을 정도라 하였다. 그녀가 세상을 떠난 것은 1551년 5월 17일이다. 아버지를 돕기 위해 수행했던 아들들이 평안도에서 놋그릇을 가져왔는데 모두 빨갛게 녹이 슨 괴이한 일이 일어났다. 이로써 아들들은 어머니의 죽음을 예견하였다는 것이다.

화성(火星)의 기운이 약한 인현황후

난봉꾼이나 한량들을 말할 때 '주색잡기(酒色雜技)'에 능하다는 말을 쓴다. 주는 술, 색은 남녀간의 욕정, 잡기는 투전이나 골패 등을 뜻한다. 세 가지 모두 절제하기가 어렵지만 왜 술을 첫머리에 두었을까? 생각하기에 따라서 술을 마시는 것보다 이성을 사귀거나 노름을 하여 패가망신을 하는 것이 더 위험한 것임을 알 수 있다. 그런데 무슨 이유로 술을 첫 자리에 놓았는가?

물론 여기에는 이유가 있다. 이성간의 잘못된 사랑놀이나 노름은 나이가 들면 할 수가 없다. 특히 이성을 밝히는 색은 늙어서 기운이 떨어지면 못한다. 그러나 술만은 다르다.

나이가 많고 적음에 상관없이, 또는 이(齒)가 남아 있거나 없음에 관계없이 어느 자리 어떤 분위기에서도 마실 수 있는 게 술이다.

그런 의미에서 술을 가장 앞자리에 놓은 것이다. 술이 있음으로 이성이 있을 것이며, 그런 이성이 있음으로 분란의 불씨에 화기가 움트는 것이다.

숙종 6년인 1680년 10월에 국상이 났다. 인경왕후(仁敬王后) 김씨가 스무 살 나이로 세상을 떠난 것이다. 그녀는 김만기의 딸이자 서포 김만중의 조카였다.

뒤를 이어 왕후전의 주인이 된 인물이 인현왕후다. 부친은 여양부원군 민유중(閔維重)이며 어머니는 은진 송씨로 도학자인 송준길의 따님이다.

인현왕후는 장성하여 감에 따라 시서화(詩書畵)를 익히고 문필도 뛰어난데다 용모도 아름다웠다. 성품에 덕이 있으며 무엇에건 사람들 앞에서 뽐내는 법이 없었다. 조용한 가운데 일을 처리하였으며 몸가짐에 기품이 넘쳐 났다. 그러므로 집안 사람들은 큰 기대를 품었으나 숙부 민정중(閔鼎重)만은 입버릇처럼 불안해하였다.

"저 아이의 복덕궁을 살피면 오성이 서로 공조하여야 오복이 온다. 그러나 보고 또 보아도 화성의 기운이 약하니 제 수를 누리지 못할까 걱정이다. 더구나 아이의 어머니가 일찍 세상을 떴으니 마음이 얼마나 상했을까 걱정스럽구나."

이런 이유로 외조부 송준길이 직접 데려다 키웠다. 송준길은 아이를 볼 때마다 '임사(姙姒)의 덕이 있다'고 즐거워하였다. 그러던 차에 왕비의 국상이 난 것이다. 당시 왕의 나이는 왕비와 동갑이었다.

대왕대비 조씨는 왕후의 자리가 비어있음을 걱정하며 널리 덕을 갖춘 처녀의 간택령을 내렸다. 이때 외조부 송준길이 외손녀를 천거하여 간택을 거치지 않고 왕후로 선발되었다.

숙종 7년인 1681년 5월 2일. 어의동(於義洞) 별궁에서 책비의 예를 치르고 14일에는 대혼을 치뤄 입궐했다. 당시 왕의 보령은 22세요, 왕비는 열 다섯이었다. 화려한 용봉 기치가 물결치는 가운데 일산을 높이든 행렬이 장안대도를 누볐다. 구경꾼들은 구름처럼 모여들어 축복과 선망의 눈길로 행렬을 바라보았다.

궁안에 들어온 지 1년 반. 모든 것이 어설펐던 생활이 하나씩 틀을 잡아갔다. 궁에는 조석 문안을 올려야할 두 분의 윗전이 있었다. 대왕대비 조씨(仁祖繼妃)와 시모가 되는 왕대비 김씨였다.

이듬해인 숙종 8년 10월. 갑자기 왕이 천연두로 중태에 빠졌다. 슬하에 자식 하나 없는 상황이고 보니 궁안은 물론 백성들까지 근심에 휩싸였다. 모후 김씨는 목욕 재계하고 조석으로 천신께 숙종의 환후가 쾌차하기만을 빌고 또 빌었다. 기적적으로 왕은 소생했지만 무리하게 기도를 한 탓에 왕대비의 병색은 완연해졌다. 결국 마흔 둘을 일기로 세상을 떠난 것이다.

숙종의 환후를 비는 와중에 냉수를 뒤집어쓰고 침식을 폐하였던 게 원인으로 작용했다.

이때로부터 궁안에 소용돌이가 일어난다. 숙종은 인경왕후가 살아있을 때엔 후궁에 들지 못했다. 그것은 왕후의 성격 때문이었다. 그러나 인경왕후가 승하하자 보란 듯이 후궁에 출입하여 장옥정(張玉貞)이라는 궁인을 총애하였다. 본래 그녀는 명성왕후(明聖王后;숙종의 어머니 김씨)의 눈밖에 나서 사가로 쫓겨와 있던 상태였다.

사가는 그녀의 집이 아니라 당대의 권문세가인 숭선군(崇善君;인조의 5남)의 집이었다. 이런 처지를 알고 있었으므로 인현왕후는 권했었다.

"듣자옵건대 마마의 승은을 입은 여인을 사가로 내쫓는 것은 온당치 않은 일이라 보옵니다. 마마, 불러들이옵소서."

그러나 왕대비 김씨는 완강했다. 장옥정이 궁안에 있을 때에 그 됨됨이가 너무 간독(奸毒)했다는 것이다. 마음에 앙심을 품고 있으니 궁안으로 불러들이면 장차 어떤 일을 저지를 것인 지 불을 보듯 훤하다는 것이었다. 그런 줄 알면서도 인현왕후는 다시 간했다.

“마마, 장차의 일을 어찌 알겠습니까. 하오니 장옥정이 궁에 들어오는 것을 허락하여 주시옵소서.”

여전히 왕대비는 안 된다고 딱 잘라 말했다.

“이보시오 중전. 그 요망한 것을 결코 궁에 들여서는 아니 됩니다. 먼 훗날 내 말이 생각날 때가 있을 것이오.”

이렇게 말한 것은 장옥정의 눈이 낭목(狼目;이리 눈)이었기 때문이다. 이런 눈을 가진 남녀는 탐욕스럽고 눈동자가 뒤집어진 듯 앞 뒤 분간 없이 일을 저지른다. 그 점을 왕대비는 꿰뚫었다.

그러나 왕대비가 세상을 뜨자 인형왕후는 조대비에게 권하여 숙종으로 하여금 장옥정을 입궐하게 하였다. 이것이 화근이었다.

장옥정은 궁에 들어와 날로 방자해졌다. 그와 동시에 숙종의 걸음은 인현왕후 처소에서 멀어졌다. 이렇다보니 죄없이 울고 있는 여인이 어디 인현왕후뿐이겠는가. 숙의 김씨도 마찬가지였다. 그녀는 간택하여 궁에 들어왔지만 숙종은 거들떠보지도 않았다. 인현왕후는 그 점을 안타까이 여겼다.

세월이 흐르면서 명성왕후의 예언이 맞아 떨어졌다. 장옥정은 숙의에서 소의로, 다시 희빈으로 승격했다. 흉년이 들어 백성들은 도탄에 빠져 있는데 장희빈은 궐 안에 화려한 별장을 지었다. 조신들이 일어났다. 당연히 시정해야할 일인데도 숙종은 오히려 화를 내며 발을 굴렀다.

이러는 중에 조사석(趙師錫)이 우의정이 되었다.

때를 같이 하여 유언비어가 파다하게 퍼졌다. 그가 우의정에 오른 것은 장희빈의 어머니와 내통한 전력 때문이라는 평이 돌았다. 이런 점을 직소한 김만중이 선천으로 귀양간 것도 이 무렵이었다.

장희빈과의 사랑에 빠진 숙종은 세 고모(효종의 따님인 숙안·숙명·숙희)와 매씨인 명안공주가 장희빈을 멀리한다는 이유로 숙안공주의 맏아들 홍치상을 사형에 처해 버렸다. 이런 때에 장희빈이 아들을 생산하였으니 그 기세는 누구도 잠재울 수 없었다.

이후 숙종은 왕비를 폐하여야 한다고 목소리를 높이어 군신들을 놀라게 했다. 그때가 숙종 15년 4월이었다.

"세 해 전 중궁이 꿈 얘기를 했는데 장희빈에게서는 소생을 볼 수 없다 하였소. 이 어찌 국모로서 할 말인가. 그러니 원자를 핏줄처럼 대하겠는가."

마침내 4월 21일 운명의 날이 왔다. 각 궁과 내수사에서 준비한 공상단자(供上團子)와 음식을 땅에 묻으라는 어명이 떨어졌다. 여러 신하들이 간곡히 간하였지만 왕의 노여움만 더할 뿐이었다.

그 중에서도 판서 오두인과 응교 박태보는 열렬했다. 왕은 노하여 그들을 심문했다. 살이 튀고 떨어져 나갔지만 너무 굿굿하자 그들을 불 인두로 지져댔다. 그러나 박태보는 목숨이 남아있는 한 간하는 것을 멈추지 않았다.

이윽고 두 사람은 유배당했다. 오두인은 의주로, 박태보는 진도로 안치되었으나 백 리도 못 가 쓰러졌다. 오두인은 파주에서 박태보는 과천에서 죽으니 당시 오두인은 예순 여섯이었고 박태보는 고작 서른 셋이었다.

마침내 5월 2일. 감찰상궁을 통하여 폐비 전교가 떨어졌다. 인현왕후는 조용히 일어나 금삼을 벗고 관잠도 풀었다. 그리고 말없이 물러났다.

초라한 남여에 몸을 싣고 요금문(耀金門)을 나와 사가로 돌아갈 때에 민중들은 땅에 엎디어 통곡했다. 뒤이어 6월에는 장희빈을 정식 왕비로 책봉했다.

죄없이 쫓겨난 인현왕후는 어떤 원망도 하지 않았다. 죄인의 몸이니 무엇이건 참는 것으로 마음을 지냈다. 그러다 보니 스스로를 비하하는 자학 증세까지 뿌리를 내렸다.

바로 이 무렵에 추하고 못생긴 개 한 마리가 집안으로 들어왔다. 생김생김이 추한데다 너무 추하여 궁녀들이 쫓아내면 기어코 다시 들어왔다.

"그만 두어라. 이곳이 좋은 모양이다."

얼마후 새끼 세 마리를 낳아 인현왕후의 집은 네 마리의 개가 번을 섰다. 그 바람에 잡인들의 출입이 금지되었다. 그리고 세월이 흘렀다.

장희빈이 사사되고 인현왕후가 궁으로 다시 들어갔다. 네 마리의 개는 그날 자취를 감춰버렸다. 이것이 세상 사람들을 더욱 궁금하게 만들었다. 궁안이 아니라 이것이 사가였다면 주색잡기의 후유증이라 했을 것이다.

일곱 개의 검은 사마귀가 있던 안중근

안중근(安重根)의 본관은 순흥이다. 조부는 진해현감 인수며 부친은 진사 태훈이다. 어머니 조씨와의 사이에 3남1녀 중 맏아들로 태어났다. 조부가 세상에 나온 안중근의 배를 살피자 일곱 개의 사마귀가 있기 때문에 응기칠성(應其七星)이라 하여 이름을 응칠(應七)이라 하였다. 이 이름은 해외 생활 중에서도 많이 사용되었다.

안중근은 일곱 살 때 황해도 신천군 두라면 청계동으로 이사하였다. 이곳에서 아버지가 만든 서당에 들어가 사서(史書)와 사기류(史記類)를 읽었다. 성장하면서는 신천 땅의 멸악산에서 조일령(朝日嶺) 산맥을 오르내리며 사냥을 즐겼다. 하루 종일 산토끼와 멧돼지를 쫓다가 돌아오는 소년의 얼굴빛은 구리 빛으로 그을려 있었다. 이러다 보니 근동에서는 안중근의 사냥 솜씨를 모르는 사람이 없을 정도였다.

열 다섯이 될 때까지 한학 선생을 초빙하여『동몽선습』을 비롯하여『통감』· 사서류 · 한국의 역사 등을 읽었다. 이 무렵에 들어온 천주교의 영향으로 안중근은 천주교에 입교하여 토마스(多默)

라는 세례명을 홍석구(洪錫九;본명은 윌헬름) 선교사로 받게 되었다. 이때로부터 세계적인 추이에 눈을 뜨게 된 것이다.

안중근의 강직한 성품을 엿볼 수 있는 대목이 있다. 청나라 상인이 아버지를 구타한 사건이 있었다. 남달리 효성이 지극한 안중근은 아버지가 청나라 상인에게 구타당했다는 소식을 듣자, 뒤늦게 쫓아가 안악(安岳)에 이르렀다. 이곳에서 청나라 상인을 쏴 죽이고 몸을 피했다.

안중근은 열 여섯에 혼인했다. 처자에 대해서도 고집이 완강하여 누구라도 꺾지 못했다. 이런 점 때문에 많은 사람들은 장차 그가 큰 일을 할 것으로 내다보았다.

이 무렵 국내외 정세는 고양이 눈알처럼 급빠르게 변해갔다. 1875년 9월 운양호사건으로 인해 수교를 끌어낸 일본은 이듬해 2월 강화도 조약을 체결하여 조선을 잠식해 들어왔다.

1902년에는 영일 동맹을 체결하더니 두 해 뒤에 러시아와 충돌하여 상투적인 주장을 펼쳐들었다. 이른바 한국의 안위를 걱정한다는 내용이었다.

일제의 침략은 끝없이 이어졌다. 1905년 11월 10일에는 조선침략의 원흉 이또오가 특사로 파견되어 을사보호조약(제2차 한일신협약)의 조인을 강요했다. 일본 군대의 삼엄한 비호 아래 이완용을 주동으로 한 을사오적(乙巳五賊)의 협조로 조선은 외교권마저 박탈당했다.

이러한 소식을 진남포에서 들은 안중근과 그의 부친은 격분했다. 그의 부친은 안중근을 상해에 보내고 스스로 의병을 모집하여 일제에 맞서려 했으나 지병이 악화되어 세상을 떠나고 말았다.

안중근의 나이 스물 아홉인 1907년 3월. 홍석구신부로부터 받은 소개장을 들고 서울에서 동지들을 만난다. 이후 1909년 3월 2일. 노브키에프스크 가리(可里)에서 김길룡·엄인섭·황병길 등 열두 명의 동지가 단지회(斷指會)라는 비밀 조직을 결성하였다.

안중근과 엄인섭은 조선 침략의 원흉 이또오를 3년 안에 암살하지 못하면 스스로 자결하여 조선 국민들 앞에 속죄하겠다는 뜻을 밝혔다.

10월 26일. 일본 제국주의가 중추원 의장이며 공작인 이또오가 노일간의 여러 문제를 해결하기 위하여 노국의 대장 코코프체프와 회견하는 날이었다. 이또오가 통과하는 동청철도(東淸鐵道)의 각 역은 일경들의 삼엄한 경계가 펼쳐졌다.

9시 10분에 이또오를 태운 특별열차가 플렛홈에 들어오자 이또오의 운명은 안중근의 손에 달린 셈이다. 이또오가 의장대 앞을 지나자 각국 영사관 직원들이 도열한 앞쪽으로 가서 의례적인 인사를 하고 장교단 앞으로 걸음을 옮겼다. 이때 장교단 뒤에서 기다리고 있던 안중근이 쏜살같이 뛰어나가 브라우닝 권총을 발사했다. 이또오는 세 발의 총을 맞고 쓰러졌다.

뒤이어 달려든 러시아 병정 손에 '대한 만세'를 세 번이나 외치고 순순히 잡혔다.

여순 감옥에서 형이 집행되자 중국의 원세개는 안중근의 죽음을 곡하고 조상했다.

"삼한 땅에 있었지만 이름은 만국에 빛났고, 생은 백보가 못되었지만 죽음은 천추에 남을 것이다."

골상(骨相)을 살펴 중이 된 아도

『달마상법』에 이르기를, '골(骨;뼈대)을 관찰하는 데는 먼저 머리를 살피고 그 다음에 코를 살핀다'고 하였다. 골상은 드러나지도 않고 거칠지도 않아야 좋은 것으로 풀이한다.

머리의 뼈는 전후좌우를 논하지 않더라도 뼈가 있는 것이 반드시 좋은 것이며, 코의 뼈는 드러나면 재물을 없앤다고 경고했다. 즉, 드러나지도 않고 거칠지 않아야 한다는 것이다. 한마디로 뼈대가 살을 이겨야 아름답다는 것이다.

고구려의 승려 아도(阿道). 그는 아두(阿頭)라고도 한다. 『삼국유사』에 의하면 아도는 고구려인의 어머니와 위나라 사신 아굴마(我堀摩) 사이에서 태어났다. 아굴마가 위나라로 돌아간 뒤 그의 어머니는 아들을 혼자 길렀다. 아도의 나이 열 여섯 살이었다.

"아버지를 찾아가겠습니다."

그는 위나라로 부친을 찾아 떠났다. 그렇게 하여 아버지 아굴마를 만나게 되었는데 단번에 자신의 아들임을 알아보았다. 그것은 특이한 골상 때문이었다.

골격 만으로 사람의 귀하고 천한 것을 알 수 있다는 것, 이것이

골상을 보는 중요한 법이다. 상학에 이르기를, '사람의 골격을 아는 것은 일생의 번영과 몰락을 아는 것'이라 하였다. 다시 말해 골격은 일생 동안 바뀌지 않는다는 말이다. 아굴마는 가까운 곳에 있는 관상가 집안으로 아들을 데려갔다. 관상가는 지그시 눈을 감은 채 괘사를 뽑아냈다.

점쟁이가 말하기를 이 아이는 여래의 사자니(卜曰此子如來使人)
장차 중이 되어 만세의 부처로서 이름을 울리리라(將爲僧以佛鳴萬世)

이후 아도는 현창화상(玄彰和尙)에게서 공부한 뒤 위왕으로부터 아도(阿道)라는 호와 도첩(圖帖)을 받고 고구려로 돌아왔다. 그의 어머니가 말했다.
"애야, 이곳에 있지 말고 신라로 가거라. 아직은 불법을 모르고 있으나 장차 3천여일이 흐르면 계림에 어진 왕이 나타나 크게 불사를 일으킬 것이다. 그 나라에는 가람을 이룰 일곱 개의 터가 있다."
어머니 고도령(高道寧)이 말하는 일곱 개의 터는,
첫째, 금교(金橋) 동쪽 천경림(天鏡林)이고
둘째, 삼천기(三川歧)
셋째, 용궁(龍宮) 남쪽
넷째, 용궁 북쪽
다섯째, 사천 끝
여섯째, 신유림(神遊林)
일곱째, 서청전(婿請田)

이곳들이 바로 불법이 크게 일어날 땅이라는 것이다. 고도령은 아들을 그곳으로 보내 큰 가르침을 내리게 하였다.

그러나 신라의 태도는 예견했던 대로 만만치가 않았다. 궁에 들어가 불교에 대하여 설파하려 했으나 사람들은 전에 보지 못한 것이라고 꺼려했다. 심지어는 그를 죽이려고 노리는 사람까지 있었으므로 일선현(一善縣)의 모례(毛禮)의 집에 숨어 살아야했다.

이러한 아도에게 기회가 찾아왔다. 그것은 264년에 성국공주(成國公主)가 병에 든 것이다. 무당과 의원이 온갖 정성을 다 기울여도 별다른 차도를 보이지 않았다. 이때 아도가 병을 낫게 하자 왕은 기뻐하며 소원을 물었다.

"마마, 소승은 천경림에 절을 세우고 싶사옵니다."

"그리하라."

왕은 허락했다.

띠로 집을 덮어 흥륜사(興輪寺)를 창건하여 불법을 강연했다. 모례의 누이 사씨(史氏)도 여승이 되어 삼천기에 절을 짓고 영흥사(永興寺)라 하였다.

얼마후 미추왕이 세상을 떠나자 사람들이 아도를 해치려 하자 그는 모례의 집으로 들어가 스스로 무덤을 만들고 들어가 나오지를 아니했다.

『해동고승전』에는 아도를 서축(西竺)사람이라고도 하며 오나라에서 왔다고도 했다. 이러한 그의 행장은 아도가 부처의 가르침을 전하는 남다른 골격을 타고났기 때문으로 풀이한다.

신비로움이 숨어 있는 무학대사의 눈

『달마상법』에는 눈 속의 신기(神氣)를 살피는 것으로 다섯 가지를 든다. 그 가운데 첫째 법이 상(相;관상)이다. 여기에는 일곱 가지의 살피는 방법이 있다.

첫째는 장불회(藏不晦)이다. '장'은 드러나지 않은 것이며, '회'는 신이 없는 것을 의미한다. 이를테면 신은 숨겨져 있으므로 신비로워야 한다는 뜻이다.

둘째는 안불우(安不愚)이다. '안'이라는 것은 편안하여 흔들리지 않는 것을 가리키며, '우'란 임기응변을 하지 않는 것이다. 이 경우의 신은 필요할 때만 내보인다. 대개의 지도자들이 사용해야 할 마음의 운용법이 여기에 속한다.

셋째는 발불로(發不露)이다. '발'이란 드러나는 것이며, '노'란 경박하다는 뜻이다. 신은 때론 드러내 보이지만 그렇다고 마음 저 깊은 곳까지 드러내 보여서는 안 된다는 뜻이다. 모든 것을 드러내면 기가 허해지고 마음 역시 가벼운 사람이다.

넷째는 청불고(淸不枯)이다. '청'은 상대를 쏘아보는 눈빛이 강렬한 것이요, '고'는 눈빛이 죽은 것이다. 이것은 사람을 한 번 쏘아보면 그 눈빛으로 상대의 기를 제압하는 것을 의미한다. 이러한 사람은 다른 사람을 마음으로 승복시킨다.

다섯째, 화불약(和不弱)이다. '화'는 친밀한 것이며, '약'은 업신여기는 것이다. 눈의 신령스러움이 사람을 보면 결코 상대를 업신여기는 빛을 띄지 않아야 한다.

여섯째, 노불쟁(怒不爭)이다. '노'는 바른 기운이며 '쟁'은 거스른 기운이다. 화가 나면 사(邪)의 기운이 올라오므로 다투지 않아야 한다. 한번 다투면 기의 기운을 거슬려 바른 것을 잃게 된다.

일곱째는 강불고(剛不孤)이다. '강'은 공경하며, '고'는 미워하는 것이다. 본래 신기는 공경스러운 것인데, 나쁘지 않아야 존경받는다. 나쁜 것은 외로운 것이다.

이것은 인간의 정신을 관찰하는 방법이다. 이러한 인간의 상법에서 무엇보다 중요한 것이 '심상(心相)'이다.

『순오지』에 이런 얘기가 전한다.

태조 이성계가 도성을 옮기기 위하여 무학대사에게 도읍 터를 구하라는 명을 내렸다. 대사는 한양을 돌아보고 여러 차례 성을 쌓는 공사를 하는 데 자꾸만 무너졌다. 상심하여 걸어가는 데 한 노인이 논을 갈면서 소를 나무랐다.

"에잇, 이놈의 소! 너는 어찌 무학이보다 더 미련하냐!"

깜짝 놀란 무학대사가 걸음을 멈추고 그 연유를 물었다. 노인이 답했다.

"한양 땅은 학(鶴)의 터요. 무거운 짐을 올려 놓으면 학이 날개를 털어 버리니 문은 무너질 게 아니오. 그러니 성부터 쌓아야 할 것이오."

기록에 의하면 이 노인은 관악산 신령이라 하였다. 흔히 무학(無學)으로 알려진 자초(自超)는 조선 초기의 고승이다. 성은 박씨며 경상도 합천의 삼기 출신으로 부친의 함자는 인일(仁一)이다.

인일이라는 분은 나라의 돈을 많이 쓰고 그것을 갚을 기일이 임박하자 어디론가 떠나버렸다. 관아에서는 해산날이 임박한 인일의 처 채씨를 잡아갔다. 그런데 만삭인 그녀는 잡혀가기 전에 몸을 풀고 말았다. 관원들은 아이는 버려 둔 채 채씨만을 끌고 갔다. 피범벅이 된 채씨를 이상히 여긴 관장이 그 연유를 물었다.

"어찌 된 일인가? 도대체 어떤 일이 있었기에 몸이 피투성인가?"

"나으리, 내 남편이 무슨 일을 해보려다 나라 돈을 축내는 일이 생겼습니다. 변제일은 다가오는데 갚을 길이 막연하자 남편은 돈을 구하려고 집을 떠났기에 부득이 쇤네가 잡혀오게 되었습니다. 조금만 있으면 남편이 돈을 구해올 것이라 하였는데도 관원들은 막무가내로 만삭인 쇤네를 끌고 오는 바람에 그만 길거리에서 몸을 풀고 말았습니다."

"어서 그 아이를 데려 오너라!"

관장의 명을 받은 관원들이 아이를 버린 곳으로 달려갔다. 거기에는 어디에서 날아 왔는 지 커다란 학이 날개를 드리운 채 아이를 감싸고 있었다. 이런 이유로 자초의 호가 처음에는 무학(舞鶴)이었는데 나중에 나옹선사께서 무학(無學)이라는 호를 내렸다는 것이다.

그러한 전설 때문인지 서산군 인지면 애정리(艾井里)의 솔밭 언저리에 서 있는 기념비에는 예스러운 약력과 날개를 드리운 학의 모습이 새겨져 있다.

혜명국사(慧明國師)로부터 불법을 배우며 머물렀다는 암자. 이곳에서 『능엄경』을 읽으며 불도에 전진하던 어느 날 문득 깨달음이 있었다는 것이다. 그 암자의 이름이 달을 바라보며 도를 깨우쳤다는 간월암(看月庵)이다.

공민왕 2년.

원나라의 연도(燕都)로 인도의 승려 지공(志空)을 만나 도를 인정받고 돌아온 무학을, 이듬해 법천사에서 만난 나옹은 그가 큰그릇임을 한눈에 알아보았다. 얼굴 전면에서 흐르는 예사롭지 않은 기운을 읽은 것이다.

이러한 무학대사는 이성계의 꿈 풀이를 한 것으로도 유명하다. 그런가하면 이기(理氣) 풍수법을 세워 가닥을 잡았다. 즉, 바람을 일으키는 것을 이(理), 반대로 구름이 비를 내리게 하는 것을 기(氣)라 하였다.

이런 이유로 바람과 물의 원리를 풀어내는 원리, 즉 장풍득수(藏風得水)가 풍수법이다.

태조 이성계는 조선을 세우는 과정에서 많은 사람들을 죽였다. 그것이 자신의 뜻이건 아니건 간에 많은 사람들이 목숨을 잃었다. 그런 이유로 무학은 왕사가 되었을 때,

"마마, 유교는 인(仁)을 불교는 자비(慈悲)로서 백성들을 어버이처럼 보살펴야 하옵니다."

라고 하였다.

훗날 태종이 보위에 오른 후 금강산 진불암으로 들어가 입적하니 법랍 62세였다.

눈은 있으나 눈동자가 없는 아들

『달마상법』에는 눈을 관찰하는 방법으로 신주안(神主眼)이라는 것이 있다. 여기에는 다음 같은 일곱 가지 방법이 있다.

첫째, 수이정(秀而正)이다. '수'라는 것은 광채이며 '정'은 본체다. 즉, 눈은 수려하게 생겨야 하지만 그 모양이 바르게 제 위치에 있어야 한다는 말이다.

둘째, 세이장(細而長)이다. '세'는 가느다랗고 길지 않으면 조그만 재주가 있는 사람이요, '장'이란 길다란 것으로 길고 가늘지 않으면 사나운 사람이라는 뜻이다.

셋째는 정이출(定而出)이다. '정'은 안정된 것이며 그러므로 드러나지 않아야 한다. '출'은 눈망울이 선명히 보이는 것으로 잘 드러나 보이지 않으면 어리석은 것이다.

넷째는 출이입(出而入)이다. '출'은 눈망울이 시원스럽게 보이며 신기가 있는 것이다. 그러나 눈망울은 약간 들어간 듯하여 튀어나오지 않아야 좋다.

다섯째는 상하불백(上下不白)이다. 눈의 위와 아래에 흰자위가 많지 않아야 한다. 위쪽에 흰자위가 많으면 간사하고 아래쪽에 많으면 형벌을 받는다. 위와 아래는 균형을 이루며 흰자위가 적어야 좋다.

여섯째는 시구불탈족신(視久不脫足神)이다. 오래도록 사물을 바라보아도 벗어나지 않은 것은 신의 풍족함 때문이다. 이것은 사물을 오래도록 관찰하여도 피곤한 기색이 없는 것을 가리킨다.

일곱째는 우변부모유양(遇變不眊有養)이다. 이곳 저곳으로 눈동자를 돌려도 흐릿하지 않은 것을 뜻한다. 이러한 일곱 가지는 눈을 살피는 데 없어서는 안될 항목이다.

조선 후기의 문신인 김수항(金壽恒)은 본관이 안동이고 자(字)는 구지(久之)며 아호는 문곡(文谷)이다. 조부는 좌의정 상헌(尙憲)이며 부친은 동지중추부사 광찬(光燦)이다. 그는 명문가의 후예답게 효종 2년 알성문과에 장원급제한 이후 순탄하게 벼슬길에 올랐다.

이러한 남편을 그림자처럼 보필하여 출세의 가도를 달릴 수 있도록 내조한 여인이 부인 나씨(羅氏)다. 그녀는 우연히 『달마상법』을 익혀 사람 보는 눈이 남달랐다. 오성이란 얼굴을 목화토금수(木火土金水)의 다섯 가지로 나누어 길흉을 살피는 방법이다.

목성은 오른쪽 귀를 가리키는 데 안쪽으로 향한 것을 길하게 여긴다. 화성은 이마다. 이곳은 둥그르스름한 것이 좋다. 토성은 코를 가리키는 것으로 두둑해야 오래 산다. 금성은 왼쪽 귀인데 하얄수록 관직을 높이 얻는다. 또한 입은 수성으로 붉어야 이롭다. 이러한 다섯 가지의 상법이 오성이다.

이러한 오성의 상법에 뛰어난 나씨가 어느 때인가 딸을 위해 사윗감을 물색하고 있었다. 자신이 직접 나서기가 그러하여 아들 창흡을 불러 민씨네 집에 가서 고르게 하였다. 창읍은 실소를 머금었다.

"어머니, 이런 말을 하긴 뭣합니다만 평소 민씨네 사내들과 지내다보니 서로의 마음 바탕을 알겠어요. 민씨네 사내들은 어떻게나 성질이 급한 지 알 수가 없어요. 그러니 누이의 혼처는 이씨네 집안에서 찾는 게 좋겠어요."

창흡은 평소 안면이 있는 이씨네 집안으로 달려가 의제(義弟; 의로 맺은 아우)를 정하고 돌아왔다. 그러나 혼례식이 있던 날 나씨 부인은 탄식했다.

"너는 사람 보는 눈이 그리 없느냐?"

"무슨 말씀이세요."

창흡이 의아스러운 낯으로 물었다.

"어머니, 어찌 그러십니까. 언뜻 보기에도 사람이 착해 보이질 않습니까. 어머니는 민씨네 사람들처럼 날뛰는 것을 좋아하십니까?"

"못난 소리. 모름지기 사나이라면 자신의 주장을 내세울만한 배포가 있어야 하는 게야. 내 보기에 사윗감은 서른을 넘기기가 어려울 것 같다."

"예에?"

나씨는 놀라워하는 창흡에게 재우쳐 말했다.

"하긴 그런들 어쩌랴. 내 딸의 수한(壽限)이 그보다 더 빠르니 억울해 할 일도 없겠구나."

그러던 어느 날이었다. 민씨네 집안의 종형제가 찾아왔다. 그들은 민진후(閔鎭厚)와 민진원(閔鎭遠)이었다. 이 당시에는 생활 형편이 좋지 않았으나 나중에는 집안이 크게 번성하였다. 민진후는 송시열의 문인으로 숙종 7년(1681) 생원이 되고, 숙종 12년 별시 문과에 병과로 급제하여 승문원정자(承文院正字)가 되었다.

그런가하면 동생 민진원은 숙종 17년(1691)에 증광문과에 을과로 급제했으나 노론 일파가 탄압 받을 무렵이라 당장은 등용되지 못했다. 그러나 1694년에 장희빈이 강봉되고 인현왕후가 복위되어 노론이 집권하자 그 다음 해 예문관검열로 기용되었다.

이들이 벼슬길에 나가기 전이었지만, 문틈으로 내다본 나씨 부인은 탄식에 탄식을 거듭하였다. 나씨 부인은 민씨네 두 아들이 돌아간 뒤에 아들을 불러 앉히고 크게 꾸짖었다.

"참으로 너는 못난 사내로다. 아무리 좋게 생각하려 해도 너는 눈은 있되 눈동자가 없으니 안타깝구나. 장차 저 민씨네 도령들은 나라의 큰그릇이 될 것이다."

창흡은 머쓱하여 아무 말도 하지 않았다.

부인의 말대로 민씨네 형제들은 벼슬길에 나가게 되었다. 이씨 성을 쓰는 사위는 참봉으로 지내다가 서른도 되기 전에 요절하였다. 물론 그의 딸은 먼저 세상을 떠났다.

나씨 부인의 『달마상법』,

이른바 식감법(識鑑法)은 후대에 이르도록 두고두고 사람들의 입에 오르내렸다.

지각(地殼)에 작은 무늬를 만들어 살아난 정희량

정희량(鄭希良)은 조선 중기의 문신이다. 본관이 해주인 그의 자는 순부(淳夫)이고 호는 허암(虛庵)으로 김종직의 문인이다. 성종 23년(1492)에 생원시에 장원으로 합격했으나, 왕이 세상을 떠나자 태학생(太學生)·재지유생(在地儒生)과 더불어 올린 소가 문제가 되어 해주에 유배되었다.

조신(曺伸)의 『소문쇄록』에 의하면 정희량은 성품과 기운이 강하고 건장하여 생과(生果;생과일) 두 말을 먹고도 가슴이 아프지 않았으며 술도 잘 마셨다.

그는 이렇게 말했다.

"탁주를 마시면 큰그릇으로 셋이요, 청주라면 큰그릇으로 둘이며, 소주라면 큰그릇으로 하나다. 주량이 조금씩 감해졌지만 반드시 가슴을 씻어내야 하기 때문에 작은 그릇으로 예의를 갖추어 마시는 것은 싫다. 큰 대접으로 단번에 마셔야만 직성이 풀린다. 이것이 나의 술을 마시는 법이다."

학문을 하는 데에도 시에 능했고 음양학에도 뛰어났다. 또한 장안에서 사주에 능한 관상가를 찾아가 운수를 살피는 것도 빼놓을 수 없는 즐거움이었다. 한번은 주부(主簿) 오순형(吳順亨)을 찾아가 자신의 운명에 대해 스스럼없이 말한 적이 있었다.

"이보시게, 내 관상을 좀 보아주오."

오순형은 당치않다는 듯 손을 내저었다.

"관상으로 말한다면 허암을 따를 자가 없을 터인데 그 무슨 말이오."

그래도 막무가내로 우기는 바람에 오순형은 한동안 그의 얼굴을 바라보다 이렇게 평을 내놓았다.

"자네의 얼굴을 살피면 산근(山根)에 무늬가 어지러우니 심히 외로울 것이네. 또한 왼쪽 눈꺼풀 아래에 작은 흔적이 있으니 필시 부모에게 좋지 않은 일이 있을 듯 싶네. 내 생각에는 지각(地殼;턱)에 작은 무늬(흉터)를 만들어 마치 수액(水厄)을 당한 것으로 만들면 미구에 밀어닥칠 살겁은 피할 수 있을 것으로 보이오."

"아하하하, 그런가. 내 기회가 오면 자네가 말한 방법을 한번 써보겠네."

정희량은 다른 사람을 만나면 오순형의 상법에 대해 입이 마르도록 칭찬했다.

"저기 말이야. 오주부의 추산(推算)은 너무 정확하단 말이야. 나를 만났으니 그렇지 세도가의 집안에 들어갔다면 관상하는 내용이 달랐을 것이야. 오주부는 세도가에겐 관상에 대해 말하지 않는 버릇이 있어. 그게 오주부 자신을 살리는 방법이니까."

이렇게 말하면서도 스스로의 운수에 대해 깊이 생각하는 듯했다.

그후 무오사화가 일어나자 정희량은 스스로의 운수에 대해 깊이 생각하는 듯했다. 사초(史草) 문제로 윤필상 등이 탄핵을 받아 장(杖) 1백대에 유(流) 3천리에 처해져 1500년 5월 김해로 이배

(移配) 되었으나 다음 해 풀려났다. 그후 모친 상을 당하여 풍덕의 여막에 거하면서 한숨을 터뜨렸다.

"분명 갑자년이 되면 사림은 씨가 마를 것이다. 우선은 이 화부터 피하고 보자."

허암은 종들을 불러모았다. 그리고는 각기 해야할 일을 분담시켰다. 큰 종은 땔나무를 하러 가고 작은 종은 나물을 뜯어다 밥을 짓게 하였다. 여막은 혼자 지켰다. 그러나 종들이 돌아와 보니 허암은 어디로 갔는 지 보이지 않았다.

"우리 집 나으리께서 어디에 가셨는 지 도무지 연락이 되지 않습니다."

이웃 사람들이 찾아나섰다. 누군가 남강가를 뒤졌는데 그곳에 정희량의 짚신으로 보이는 신발이 모래 속에 파묻힌 것을 발견하였다. 그러나, 어느 곳에도 허암의 그림자는 없었다.

이로부터 알마 안 되어 조정은 피바람에 휩싸였다. 황음한 연산왕이 유생들을 파리 죽이듯 난행을 저질렀으니 이가 곧 갑자사화다.

허암이 살아 있으면 이 화를 면하기 어려웠을 것인데, 사람들은 그가 죽은 것이 아니라 중의 복색을 하고 묘향산에 숨은 것이라 입을 모았다. 그 이유는 길가에 있는 어느 원(院)의 벽에 씌어진 시구 때문이었다.

새는 무너진 집 구멍을 엿보고
사람은 석양에 우물물을 긷네
산과 물을 집으로 삼는 나그네
천지간 어느 곳에 집이 있으랴

이 글에 대해 원(院)의 주인이 '장삼을 입은 중이 이곳을 지나가다 쓴 것이다'라고 했는데 허암을 아는 사람들은 한결같이 그가 살아있을 것이라고 단정했다.

"괴이하고 허탄한 것을 좋아하는 자는 진실로 정당한 것을 가지고는 생각할 수 없다. 더구나 거꾸로 거친 일을 믿어 천륜까지 내던지고 까닭 없이 깊은 물 속에 몸을 던져 죽는 것은 인정에 가깝다 할 수 없다. 그러므로 이것은 그가 죽지 않았다는 증명이다."

그후 서쪽에 있는 산사의 중이 말했다.

"어떤 사람이 말하기를 이상한 중 하나가 여러 산을 왕래하는데 정희량의 얼굴을 일찍부터 알고 있는 사람이 보니 그가 분명하다 말하기도 하고, 또 어떤 사람은 그가 머리를 기르고 방사(方士)가 자취를 감추고 왕래하여 여러 산으로 다녀 쉬면서 혹은 시구를 주어 세상에 전하는 데 이것을 사람이 다투어 가면서 왼다. 김윤(金倫)이라는 관상가가 일찍이 그를 따라다니며 오행을 알았는데 우연히 경광을 찾아가 기록을 들추어 보다 정희량의 오행(점괘)을 보고 죽지 않았음을 알 수 있다 하였다."

신(神)이 부족한 허난설헌의 요절

눈을 살피는 방법의 하나에 택교(擇交)라는 것이 있다. 눈을 관찰하고 살피는 것을 의미한다. 일반적으로 말하기를 눈은 마음의 창이라 하였다. 그러므로 눈에는 개개인의 모든 심성이 나타나기 마련이다.

이를테면 눈이 악한 사람은 당연히 인정머리가 없다. 이러한 사람을 가까이 하면 반드시 해를 입게 된다. 그러나 눈이 밖으로 노출되면 악한 마음이 없다.

부자의 관상은 『달마상법』에서는 코를 살핀다. 코는 오행의 토(土)다. 흙은 금(金)을 낳으니 코가 두텁고 풍성하면 부자가 된다.

그렇다면 장수를 헤아리려면 어느 곳을 살펴야 하는가? 그것은 신(神;마음)이다. 신이 부족하지 않으면 장수하고, 부족하면 요절하기 때문이다.

난설헌(蘭雪軒)의 부친은 이름은 엽(曄)이며 호는 초당(草堂)으로 서경덕(徐敬德)의 문인이다. 가문의 내력으로 본다면 고려의 문신 공(珙)의 후손으로 대대로 학자와 문장을 배출한 문한가(文翰家)이다.

아버지 엽은 첫부인 청주 한씨에게서 성(筬)과 두 딸을 낳고 사별하였고, 그 후 강릉 김씨 광철의 딸을 재취하여 봉(篈)·초희(楚姬)·균(筠)의 3남매를 두었다. 어릴 때엔 두 오빠의 공부하는 모습을 어깨너머로 글을 배운 초희가 바로 난설헌이다.

나이 열 다섯에 안동 김씨 김성립(金誠立)과 혼인하였으나 결혼 생활이 순탄치를 못했다. 김성립의 집안은 그때까지 합하여 5대가 문과에 장원하였다. 조부 김홍도(金弘度)는 진사장원과 문과장원을 하였으며, 그의 부친 첨(瞻)도 호당(湖堂;독서당)에 출입하는 문과였다. 가문으로 본다면 둘도 없는 일류에 속했으나 결혼 생활은 순탄치 못했다.

김성립도 문과를 거쳐 승지에까지 올랐으니 문장이며 학문이 만만한 것은 아니었지만, 난설헌 역시 품에 지닌 재주가 남편을 능가하였을 것이라는 추정이 가능해진다. 이 지방 전설에 의하면 김성립은 얼굴이 몹시 못났는데 방탕하기까지 하였다는 것이다. 너무 재주가 뛰어난 아내의 콤플렉스로 인하여 그렇게 된 것이라 추정한다.

시집을 간 후 그녀는 한사람의 아내로서 아들과 딸을 낳았다. 그러나 모두 요절하고 뱃속에 든 아이까지 죽었다. 체질이 약한 탓도 있었지만 가장 큰 요인은 마음의 상처였다. 더구나 이 무렵에는 허씨 일문에 대한 옥사가 있었다.

율곡과 관련된 일로 허봉이 갑산으로 귀양을 가게 된 것이다. 그는 다섯 해 만에 풀려나 춘천 등지를 돌아다니다가 1588년 금강산에 숨어버렸다. 세상에 대한 울분 탓인지 평소 술을 즐겨 마셨던 허봉은 폐앓이를 하다가 의원에게 보이기 위해 서울로 오던 중 금화군(金化郡)에서 죽었다. 소식을 들은 난설헌의 슬픔은 이만저만한 것이 아니었다. 그녀는 오빠 하곡(荷谷;허봉의 호)이 갑산으로 귀양갈 때 시를 지었었다.

강물은 가을이 되어 잔잔하고(河水平秋岸)
구름은 석양에 막혔네(關雲欲夕陽)
서릿바람에 기러기 울고 가니(霜風吹雁去)
차마 떠나지를 못하네(中斷不成行)

남편의 바람기가 이어져 갈 때 난설헌은 독수공방으로 밤을 지새며 규방의 처지를 「궁사(宮詞)」로 비유하여 시를 썼다. 한나라 성제 때 장신궁(長信宮)의 고사에서 비롯된 궁사는 한무제의 총애를 받던 반첩여(班婕予)가 용모와 덕이 뛰어났음에도 조비연(趙飛燕)의 미움을 받아 태후궁인 장신궁에서 일생을 마친 여인의 운명을 읊은 것이다. 이러한 난설헌의 애상은 청루에서 우는 아름다운 여인을 노래한 「청루곡(靑樓曲)」에도 담겨 있다.

집을 끼고 청루 십만집
집집마다 문 앞에 칠향자 있건만
동풍은 상사 버들을 꺾고
말은 가면서 낙화를 짓밟네

난설헌도 조선 여인으로서 어쩔 수 없이 겪어야 하는 삼종지의에 희생된 케이스이다. 유교적 테두리에 얽매인 부패된 사회, 아무리 뛰어나도 여자이기 때문에 아무 것도 할 수 없는 스스로에 대해 분노를 느꼈을 것이다. 더구나 남편 김성립은 방탕했다. 공부를 하러 접(接;옛날의 공부방)에 다닐 때에 들려오는 해괴한 소문이 그녀를 더욱 외롭게 만들었다. 그녀는 한 편의 글을 지어 남편에게 보냈다.

예전엔 재가 있더니(古之接有才)
지금의 접엔 재가 없더라(今之接無才)

옛날의 '접'엔 글을 잘 하는 자들이 많았는데 지금의 접엔 무능한 자가 많다는 것이다. 그러나 이 속에는 짙은 풍자가 숨어 있다. '접(接)'에는 재방 변(扌)이 없어 '첩(妾)'이 된 것은 남편의 방탕함을 꼬집은 것이다.

공부를 하던 접. 그 접이 옛날에는 공부를 하던 곳이었으나 오늘날의 접은 첩을 불러들이는 놀이판이라는 것이다. 남편이 없는 깊은 밤. 홀로 잠 깨어 서창을 바라보면 오동잎 떨어지는 소리가 그렇게 스산하게 가슴 저미었다. 그런 밤에 난설헌은 시를 지었다.

붉은 깁 너머로 등잔불 밝은 데
꿈을 깨어 보니 비단 이불 한 쪽이 비었네
찬 서리 옥초롱엔 앵무만 속삭이고
뜰 앞엔 우수수 서풍에 오동잎 지네

난설헌은 스스로 말하기를 올해 죽을 것이라 하며 '반만 핀 연화 3×9(27) 송이, 꽃은 떨어 지누나 달과 서리 찬 날에'라는 시를 지었다. 그녀는 스물 일곱에 세상을 떠났다.

홍국영의 입 모양은 이지러진 넉 사(四)자 형태

홍국영(洪國榮)은 영조 24년(1748)에 태어났다. 그의 조부 창한(昌漢)은 관찰사를 지냈으나 아버지 낙춘(樂春)은 벼슬길에 나가지 못했으며 큰아버지 낙순(樂純)은 정조의 외조부인 우의정 홍봉한, 이조판서 홍인한과 가까웠다.

이러한 배경에 힘입어 벼슬길에 나가려 했으나 여의치 않자 다른 방법을 모색했다. 당시 과거의 주시관(主試官)인 대사헌 황경원 집을 출입하면서 방법을 찾아낸 것이다. 황경원이 부정한 방법으로 사위를 합격시키려는 것을 알고, 두 사람 사이에 묵계된 표시 방법을 알아낸 것이다.

황경원이 사위에게 이러저러한 표지를 해놓으면 알아서 처리하겠다는 편지를 사위에게 보냈다. 홍국영은 그것을 중도에 가로채 사위에겐 다른 표지를 하게 하고 자신이 그 표지를 사용하여 대신 급제했다. 당시 홍국영의 나이 스물 넷이었다.

그의 합격을 축하하던 친구가 술자리를 마련하였다. 당시 자리를 같이 한 설향(雪香)이라는 기녀는 한눈에 홍국영이 요절할 것을 알아보았다.

『달마상법』에 의하면 노복궁(奴僕宮)은 '하인'을 뜻한다. 이곳은 수성(水星)과 가깝기 때문에 얼굴이 도톰하고 풍만할 때는 부하들이 떼를 지어 무리를 이룬다. 그러나 홍국영은 입 모양이 이지러진 넉 사(四)자의 형태였다. 이러한 상은 재물을 모을 수 있는 대신 아랫사람들에게 신의를 잃으며 은혜가 원수로 돌변하는 형태였다.

평소 가까이 지내온 터였기에 설향은 홍국영이 벼슬길에 나설 때 그런 말을 해주었다.

"세도라는 흉기를 조심하십시오. 그 흉기는 남을 찌르지 못하면 스스로를 상하게 합니다. 부디 조심하셔야 합니다."

그러나 벼슬살이에 들떠 있던 홍국영의 귀에 그런 말이 들어올 리 없었다.

얼마 후 홍국영은 한림원에 들어가 춘방설서(春坊說書)가 되었다. 이 무렵은 권신 홍인한과 정후겸 등이 왕세손(王世孫;훗날의 정조)을 크게 위협하고 있었다. 이렇게 되어 홍국영은 왕세손을 보호하는 데 혁혁한 공을 세우게 된다.

당시 영조 대왕의 머릿속엔 장차의 일들이 꿈틀거리고 있었다. 왕세손이 훗날 즉위하여 억울하게 죽은 아버지 사도세자의 한을 풀어주기 위해 중신들에게 위해를 가할 지 모른다는 염려였다.

역사적으로 볼 때 사도세자는 이복형 효녕세자(孝寧世子)가 요절하여 그 자리를 이어받았다. 그러나 영조 25년부터 발작적인 미치광이 증세를 보이므로 왕의 총애를 받던 문숙의(文淑儀) 등은 대소 신료들과 상의하여 소를 올려 세자가 뒤주 안에서 죽게 하였다.

영조는 아들의 주검 위에 '사도'라는 시호를 내렸다. 세자 자리는 왕세손이 이어받았다. 왕세손은 조부에 대한 감정이 좋을 리 없었다. 서로의 마음속에 도사린 응어리는 세월이 흐르면서 조금씩 키워져갔다. 아들을 죽인 아비로서의 죄책감에 시달리면서도 영조는 왕세손을 믿지 못하는 마음이 한결 심해졌다.

사소한 사건으로 사도 세자의 아들인 은신군과 은언군이 제주도로 귀양가고 왕세손의 어머니 혜경궁 홍씨의 친정 아버지 홍봉한은 폐서인으로 떨어졌다. 제주도로 귀양 간 은언근이 그곳에서 세상을 떠나자 김관주(金觀柱)·김구주(金龜柱) 등의 벽파 세력은 홍봉한을 비롯한 시파 세력을 압박했다. 그들은 왕세손이 사당이나 묘소에 가는 것조차 간섭하고 나섰다.

이 무렵은 영조가 여든에 이르렀으므로 눈이 어두워 다른 사람이 대신하여 글을 읽었다.

이런 시기에 홍국영이 왕세손을 모시게 되었으니 그 고충은 이루 말할 수 없었다.

그러던 어느 날이었다. 영조는 경집당(慶集堂)에서 강문상(康文祥)으로 하여금 『사기』의 「노중련전(魯仲連傳)」을 읽게 하였다. 노중련은 중국 제나라의 선비로 양나라 사람 신원연(新垣衍)과 문답하는 내용으로 엮어져 있다.

강문상이 읽어 내려갔다. 주나라 열왕이 세상을 떠났을 때 제나라 위왕이 문상에 늦게 참여하자 이를 벌 주려 하니 제나라 위왕이 화가 나서 소리쳤다.

"너의 어미는 종이다(而母婢也)."

다소곳이 듣고 있던 영조가 솟구치듯 일어나며 바닥을 쳤다.

"무어라? '너의 어미가 종이다?' 그 말을 내게 들려주어야 옳으냐? 어느 놈이 그 대목을 읽었느냐?"

강문상은 깜짝 놀라 읽는 것을 중지했다. 이미 그의 얼굴은 사색이 되어 있었다. 이때 왕세손은 기지를 발휘하였다.

"세손이 듣고 있었습니다만, 그런 구절은 듣지 못했습니다."

곁에 있던 신하들도 한결같이 듣지 못했다고 하자 영조는 화를 누그러뜨렸다.

며칠 후 왕세손이 조부에게 문안 인사를 드리려 갔다. 영조는 갑자기 무슨 책을 읽느냐 물었다. 세손은 별 생각 없이 사실대로 『강목(綱目)』을 읽는다고 했다. 그 말에 영조의 기색이 싹 달라졌다.

"허면, 그 책의 넷째 권 가운데 내가 싫어하는 구절이 있다. 세손은 알고 있느냐?"

왕세손은 엉겁결에 대답했다.

"그런 문구는 종이로 가리고 보지를 않습니다."

『강목』의 넷째 권엔 한나라 문제가 남월의 왕 위타에게 보낸 내용이 있다. 그것은 '나는 고황제 측실 소생이다'라는 부분이다. 왕세손은 무심코 읽고 지나쳤는데 영조가 물었을 때에야 깨달은 것이다. 아차 싶었으나 이미 엎질러진 물이었다.

무감(武監)이 그 책을 가져 올 때까지 왕세손은 사색이 되어 몸을 떨었다. 그런데 『강목』의 넷째 권엔 놀랍게도 영조가 말한 부분이 종이로 가려 있었다.

"오, 기특한 나의 세손이여!"

뜻밖에 칭찬을 듣자 왕세손은 어리둥절했다. 그 부분이 가려진 것은 세자시강원사서(世子侍講院司書) 홍국영의 기지였다. 이때부터 왕세손과 홍국영의 사이는 더없이 돈독해진 것이다.

영조 51년(1775) 12월에 왕세손으로 하여금 서정을 대리하게 하였다. 이때 왕세손의 나이는 스물 셋이었다. 이듬해에 영조가 붕어하기까지 숱한 우여곡절을 겪으면서 보위에 오르니 이분이 정조 임금이다. 이때로부터 조정에서의 세력판도는 완전히 뒤바

꿔다.

정조는 보위에 올라 정치보다 규장각에 틀어박혀 학문에 전념코자 하였다. 이때부터 홍국영은 매관매직과 족벌정치를 밀고 나갔다. 한편으로는 자신의 여동생을 후궁으로 들여보냈다. 이가 원빈(元嬪)이다.

오래 전부터 생각해 왔던 대로 세도의 뿌리를 강건히 하려던 홍국영은 누이의 갑작스러운 죽음으로 좌절에 빠졌다. 그러나 곧 털고 일어나 방법을 바꾸었다. 이번에는 제주도에 귀양을 가 죽은 왕의 이복 아우 은언군의 아들 완풍군(完豊君)을 원빈의 아들로 입계했다.

"완풍군이 원비의 아들로 입계했으니 이는 가동궁(假東宮)인 것이오."

이로 인해 효의왕후(孝懿王后) 김씨의 분노를 일으켰다. 탄핵의 선봉에 선 것은 대사간 이민곤(李敏坤)이었다.

"참으로 당치않은 일이옵니다. 어찌 이런 일이 백주에 궁안에서 일어날 수 있사옵니까."

이민곤은 일단 서두를 이렇게 잡은 뒤,

"홍국영이 완풍군을 생질이라 부르는 것은 분명 모종의 뜻이 있을 것이옵니다. 이런 자를 궁안에 두는 것은 장차 큰 우환을 불러들이게 됩니다. 그러하오니 서둘러 이런 자를 궁안에서 축출하여야 합니다."

그러나 이 싸움은 이민곤의 참패로 막을 내렸다. 그는 함경도 종성 땅으로 귀양을 가던 중 철원에 이르러 홍국영의 부하들에게 불에 타 죽임을 당했다.

원빈이 죽은 지 8개월이 되었을 때였다. 완풍군과 뜻이 맞지 않자 홍국영은 역모의 굴레를 씌워 자살케 하였다. 그러자 이조판서 김종수(金鍾秀)가 상소를 올렸다.

"마마, 홍국영은 방자하기 이를 데 없으니 귀양을 보내야 하옵니다."

상소가 빗발쳤다. 그러나 정조는 홍국영이 전날 자신을 도와준 공을 잊지 않고 죄 주기를 꺼렸다. 이러는 가운데 왕비를 중심으로 한 세력과 다툼이 일어났다. 홍국영은 원빈의 죽음이 왕비로 인한 것이라고 믿고 있었다. 도무지 그냥 지나칠 수 없다는 생각에 처방을 마련했다. 그것은 은언궁의 궁으로부터 왕비에게 올리는 음식 중에 독약인 비상을 넣어 들여보낸 것인데 탄로가 난 것이다.

홍국영의 죄는 마땅히 참수해야 되었지만 정조는 납부퇴성(納符退城)을 시켰다. 여론이 들끓었다. 처벌이 너무 가볍다는 이유였다. 결국 전리방축(田里放逐)의 명이 떨어져 가산은 몰수당하고 갈곳도 없었다.

전일 은혜를 입은 정모(鄭某)라는 사람은 홍국영의 참담한 생활을 지켜보고 있지 않았다. 그는 한때 어려움에 처한 친구를 살리려고 홍국영의 필체를 모방한 일이 있었다. 그는 자신이 저지른 일에 대해 용서를 빌었고 홍국영은 이를 갸륵히 여겨 살려주었었다.

정모는 홍국영을 강릉으로 데려갔다. 무소불위의 권도를 휘두른 지 4년. 한 많은 그의 일생 33년간의 생을 '세도라는 흉기'로 자신을 찌른 것이다.

수자문(壽字紋)을 달고 나온 정수동

어느 시대나 세도가는 있게 마련이고 그에 맞서 저항하는 이가 생기는 것은 지극히 당연한 일이다. 만약 당사자가 글줄이나 읽은 선비라면 당연히 붓을 칼날처럼 세워 시풍(詩風)을 일으킬 것은 뻔한 일이다. 바로 정수동(鄭壽銅)과 같은 인물이다. 그의 본명은 지윤(芝潤)이고 자는 경안(景顔)이며 아호는 하원(夏園)이다.

정수동은 태어날 때부터 손바닥에 '수(壽)'자 문신이 있었다. 그런 이유로 『한서』에 '지생동지(芝生銅池)'로 있다는 말의 동(銅)자를 본떠 '수동'이라는 별호를 사용했다.

정수동이가 태어날 무렵의 세상은 조선 왕조 후기로, 어린 순조가 즉위한 후 영조비 정순왕후가 수렴청정하던 때였다. 세도정치는 이때로부터 시작되었다.

참으로 어지러운 시기였다. 천주교에 대한 박해가 일어나는가 하면 곡산에서는 부민들이 폭동을 일으켰고 또 같은 해엔 정주에서 홍경래 난이 일어났다. 이러한 일련의 사건은 정수동이 세 살 때에 있었던 일이다.

병약한 순조는 세자로 하여금 대리청정을 하게 했으나, 어진 세자는 불행히도 네 해 만에 세상을 떠나고 말았다. 이렇다보니 세자비 조씨의 아버지 조만영(趙萬永)과 김씨 일파 사이에 힘 겨루기가 벌어졌다. 조신들 사이에도 파벌이 자연스럽게 형성되었다. 이러한 파벌은 나라를 강건하게 하자는 것이 아니라 오로지 파벌의 당리당약에 치우쳐 있었다.

대다수의 사람들이 한갓 선비로서 행세하며 안일한 생활에 젖어 있을 때에 정수동만은 그렇지 않았다. 그것은 남다른 저항 의식 때문이었다. 그의 진면목이 가장 잘 나타낸 사건이 당시의 세도가 김흥근(金興根)의 집에서 일어난다.

가시돋힌 말속에 숨어 있는 해학. 정수동을 알고 있는 사람들은 그 점을 높이 산다. 그것은 한여름에 시원하게 쏟아지는 단비와 같은 것이어서 그가 있는 곳에는 많은 사람들이 모여들었다.

그 날도 늘 다니는 김흥근의 집 사랑으로 나갔는데 하녀가 헐레벌떡 달려와 팔딱거렸다.

"에이구, 어떡하면 좋아. 어떡하면 좋아!"

사랑에 모인 선비들이 고개를 뽑아들고 무슨 일인지를 물었다. 하녀의 말에 의하면 어린 딸이 동전 한 닢을 삼켰다는 것이다. 그러니 이 일을 어찌 하면 좋겠느냐 안절부절못했다.

이때 정수동이 점잖게 나섰다.

"그래, 누구 돈을 삼켰느냐?"

"그 돈은 우리 애가 가졌던 거죠."

"그 아이 돈이란 말이냐?"

"그렇다니까요."

"그러면 걱정할 것 없다."

그는 표정 하나 흩트리지 않고 태연하게 말했다.

"그 돈이 그 아이 것이라면 조금도 걱정할 것 없다. 동전을 삼켰다면 천천히 배를 쓰다듬어 주면 되느니라."

하녀는 도무지 안심이 안 되는 모양이었다.

"정말 배를 쓰다듬어 주면 될까요?"

"그렇다니까 그러는구나. 지금 어떤 사람은 남의 돈 7만냥을 삼키고 배만 쓰다듬어도 괜찮은데, 항차 자기 돈 한 닢을 삼켰는데 무슨 탈이 난다는 말이냐."

좌중에 있던 선비들은 서로를 바라보며 감탄하였다. 그것은 이 집주인 김흥근이 며칠 전에 7만냥을 받고도 약속했던 일을 해주지 않은 것을 빗대어 공박한 것이다. 나중에 들으니 7만냥은 원래의 주인에게 돌려주었다고 했다.

이러한 정수동의 기지가 넘치는 날카로운 해학은 후세의 후학들에게 짙은 웃음을 선사하기도 한다. 그는 김흥근을 비롯하여 추사 김정희, 재상 조두순과 교우 하였다. 자신을 아끼던 양반가의 사람들과 잘 지내면서도 서민을 괴롭히는 그들의 행위를 미워하며 자주 골려 주었다.

어느 날 선비 한 사람과 동행하게 되었다. 길을 걷는데 한 떼의 물오리가 강둑에서 날아올라 서쪽으로 날아갔다. 그때 선비가 말했다.

"저 물오리를 잡아 술 한 잔 하면 좋겠구만."

"그거야 어렵지 않지."

"어렵지 않다니?"

"자네가 물오리로 안주를 삼고 싶다면 그리 하면 될 일이지. 그게 무에 어려운가."

"어떻게? 날아가는 저놈들을 잡아?"

"아하, 이 사람. 정히 먹고 싶다면 그리하면 될 일 아닌가. 자,

그러면 말이야. 물오리 값을 먼저 주게."

"물오리 값이라니?"

"자네가 먹고 싶다 하지 않았는가. 그래서 내 하는 말이야. 저 물오린 말일세. 내가 기르는 것이야. 자넨 여직 몰랐는가."

물론 이것도 반쯤 농담 삼아 내뱉은 거짓말이었다. 그런데 고지식한 선비는 그대로 믿어버렸다.

"한 마리만 먹으면 안될까?"

"그럼 돈을 내야지."

"이 사람아 물오리 한 마리 가지고 너무 그러는 것 아닐세."

"어허, 이 사람. 물오리란 한 마리를 가져가면 다른 놈들이 모두 따라 간단 말일세. 그러니까 아예 열 다섯 마리를 사야 되는 걸세."

고지식한 선비는 입맛을 다셨다. 물오리를 모두 집으로 데려와 하루나 이틀에 한번씩 한 마리씩 잡아먹고 싶었다. 결국 물오리 값은 쉽게 흥정이 되어, 정수동의 손에 열 다섯 마리 가격이 전해졌다. 고지식한 선비는 저녁에 하인 녀석을 보내겠다고 말하며 헤어졌다.

그리고 저녁이 되었다. 물오리를 가지러 온 고지식한 선비의 종놈에게 정수동은 냅다 고함을 질렀다.

"야 이놈아, 너도 생각해 봐라. 도대체 날아가는 물오리를 무슨 재간으로 내가 잡는단 말이냐. 생각해봐라, 물오리를 산 놈이 죄냐, 아니면 파는 놈이 죄냐? 돌아가서 네 주인에게 물어보아라!"

그런가하면 이런 얘기도 있다.

어느 고을에 감사(監司) 행차가 있었다. 그러므로 감사가 지나가는 길을 고치게 되었는데 시일이 너무 촉박했다. 이렇게 되어 길을 고치는 일은 사람을 택하여 전체를 맡겨야 될 상황이었다.

지금의 경쟁입찰과 같은 방법으로 일을 맡은 것이 정수동이었다. 관(官)에서는 좋아할 리 없었다.

정수동의 기발한 재주를 믿는 터였으므로 관에서는 공사비 일체를 지불했다. 그런데 정수동은 그 돈으로 매일 술을 마셨을 뿐 공사라곤 길 가운데 있는 돌덩이 하나를 치우는 일이 없었다. 그러다가 이윽고 감사의 행차 날이 되었다. 감사는 길이 몹시 나쁜 것을 언짢아하며 정수동을 불러오게 하였다. 감사의 문초가 시작되었다.

"네가 정수동이냐?"

"그렇습니다."

"너는 무슨 연유로 나랏일을 맡아 네 맘대로 일을 하지 않고 국고만 축 냈느냐?"

"물론 이유가 있습니다."

"이유라? 무슨 이유?"

정수동은 숙였던 허리를 쫙 펴며 길 중앙으로 나가 돌 하나와 무슨 말을 주고받는 것 같았다. 그러다가 다시 돌아와 허리를 굽혔다.

"저는 처음에 저 돌을 뽑고 길을 닦으려 했습니다. 그런데 감사님께서 보았다시피 저 돌이 반대를 하여 공사를 하지 못하고 있습니다."

"반대?"

"그렇습니다. 저 돌이 말하기를, 자신은 그 옛날부터 이 자리에 박혀 있었으며 나라의 임금님이 지나가실 때에도 뽑지를 않았답니다. 그런데 감사가 지나가는 데 왜 나를 뽑느냐고 성홥니다. 그래서 지금까지 뽑지를 못하고 있습니다."

감사의 얼굴은 순식간에 이지러졌다. 공사를 하지 않은 정수동은 처벌하기가 어려운 일이 아니었지만, 임금이 지나갈 때에도 뽑지않은 돌을 감사가 뽑으라고 한 것은 엄밀히 말한다면 불경죄에 해당된다.

이렇듯 정수동은 매사에 자유자재였다.

당시 정수동의 시는 찬탄의 대상이었다. 『침우당집(枕雨堂集)』 같은 문헌에는 그의 시를 중국의 석학이나 시인들에 비유했다. 즉, 현기(玄錡)·이몽관(李夢觀)·유산초(柳山梢) 등의 시를 중국 진나라의 완적이나 혜강에 비유한다.

낙백한 영웅의 말로는 그런 것(落魄英雄末路同)
송인의 시구와 진인의 풍도라(宋人詩句晉人風)
거리의 군졸들도 이름을 알아(如今走卒知名字)
다투어 현기와 정수동을 말하네(爭說玄錡鄭壽銅)

어느 때인가 집에 온 손님이 비가 샐 것을 걱정하자 흔연스럽게 소상가(瀟湘歌)를 불렀다.

"처마 끝의 급한 형세는 백척의 폭포가 쏟아지는 것 같으니 그 아니 장관입니까."

정수동은 항상 새로운 것을 추구했다. 낡고 지저분한 것을 싫어했다. 생활은 쪼들리더라도 그의 시는 항상 해학이 넘쳤다. 조두순은 '시가 뛰어나 남의 눈을 모으고 새로이 마음에 드는 것을 풀무로 녹여 자기 것으로 만든다'고 하였다.

그가 목숨 수(壽)를 달고 나온 것은, 그 기상이 한나라 때의 인물 상산사호(商山四皓)에 비교되는 것으로 풀이한다.

우군칙의 등에 번진 용 무늬 반점

일찍이 함석헌 선생은 홍경래(洪景來)에 대해 이렇게 논술하였다.

<홍경래가 평안도의 상놈으로 태어나 감히 5백년이나 눌린 멍에를 목에서 벗어버리고 일어난 의기는 장하다. 그에게는 의협심이 있었고, 용맹도 있었다. 그러나 그에겐 사상은 없었다. 신앙도 없었다. 그러므로 민중의 가슴속에 자고 있는 호랑이 혼을 깨울 수는 없었다. 그는 성공했댔자 옛날에 있었던 영웅 정도를 벗어나지 못했을 것이다. 영웅이 뭔가, 또 정치가가 뭔가. 권력을 쥐려 할 때는 민중을 꾀어 혁명을 일으키고 일이 이루어지면 딱 잡아떼고 민중을 속여 압박자의 본색을 나타내는 것이 그들이 걷는 공식적인 걸음이 아닌가. 홍경래도 민중을 정신적으로 깨우치지 않는 한은 성공을 하여도 제2의 이성계, 제2의 수양대군이 되었을 것이다>

그런가하면 호암(湖岩) 문일평은 홍경래를 '사상의 기인'에서 이렇게 다루고 있다.

<오늘날까지 반역아는 '노예' 이외에는 대개가 정신(廷臣)이

아니면 부월(斧鉞)을 쥔 장수였지만 맨 주먹을 가진 일개 상민으로 일대 혁명을 일으킨 것은 홍경래가 처음이다. 홍경래는 관서인으로 관서에서 반기를 들고 조정에 항거한 것은 마치 이시애(李施愛)가 관북에서 반기를 들고 조정에 항거한 것과 비슷하거니와 다만 이시애가 지방분치(地方分治)를 우겼음에 반하여 홍경래는 지방차별을 깨뜨리려고 한 것이 판이하며 전자는 호족임에 대하여 후자는 상민인 것이 현수(懸殊)할 뿐이다>

이러한 홍경래의 모사이기도 한 우군칙(禹君則)은 조선 후기에 풍수복설가(風水卜說家)로 알려진 인물이다. 가산군 동북면에 살면서 풍수와 복설을 생업으로 삼았을 정도니 그의 풍수적 식견과 관상술은 일가견이 있었을 것으로 평가된다.

『관서평란록(關西平亂錄)』에 의하면 우군칙은 제갈량보다 지략이 낫다는 말이 나온다. 그것만 가지고도 홍경래 난에서 그의 역할이 어느 정도인지를 짐작케 한다.

함경도 단천에서 향반의 씨로 태어난 그의 이름은 방서(邦西)며, 자가 군칙(君則)이다. 그에게는 어렸을 적에 부르던 심상치 않은 이름이 있었는 데 그것은 용문(龍文)이다.

나중에 성장하여 역적이 되려고 그랬는 지 그의 어깨와 등엔 푸릇푸릇한 반점이 마치 용이 치달아 오르듯 무늬져 있었다. 그러므로 그의 부모는 그렇게 이름지었다.

용 무늬를 가지고 태어난 우군칙은 뛰어난 재주가 있었다. 그의 부친이 기생을 소실로 앉히어 얻은 아들이었다. 당시의 사회상은 서자를 우습게 여겼으므로 일찍 출가하여 스님이 되는 사람들이 많았다. 서자로 이 세상에 얼굴을 내밀다보니 큰어머니와 적형(嫡兄) 아래에서 온갖 수모와 학대를 받으며 살아갈 수밖에 없었다. 그런 때에 허름한 옷을 입은 탁발승(托鉢僧)이 나타났다.

우군칙의 친형이었다. 그에게 사주를 비롯하여 관상과 점, 택일과 풍수법 등을 배워 술객 행세를 하며 지관으로서 이름을 얻었다. 이 무렵에 홍경래를 만나 우의를 다진 것이 이른바 지기쇠왕설(地氣衰旺說)이었다.

이러한 설은 고려 숙종 때부터 민간에 널리 유포되었다. 소란스러운 공론으로 발전하다가 급기야 도읍을 옮겨야 한다는 쪽으로 가닥을 잡았다. 그 결과 공민왕 6년 7월에는 서운관에서 올린 차자(箚子;간이 상소문)에 『도선밀기(道詵密記)』를 앞세워 한양으로 천도할 것을 주장하였다. 그러나 당시 세도가였던 신돈은 오히려 평양으로 천도해야 한다고 주장했다.

이러한 기쇠설은 도참사상의 절대적인 지지를 받고 있던 도선의 비기에, '다음 왕은 이씨이고 한양에 도읍한다(繼王者李 而都於漢陽)'고 씌어져 있으므로 어떤 기운이 일어나지 못하도록 쇠로 만든 용봉장(龍鳳帳)을 묻어 이씨의 기운을 진압하려 들었다.

이러한 기쇠설을 유포시키며 관서 지방을 휘젓고 다니던 홍경래는 우군칙을 만난 후 가산군의 유지 이희저(李禧著)의 포섭 작전에 들어갔다. 먼저 우군칙의 아내 정씨를 점쟁이로 가장시켜 이희저의 집으로 보내 점을 쳐 상대의 기분을 들뜨게 만들었다.

"앞으로 10년 안에 큰 운이 오겠습니다. 마땅히 수성(水性; 氵변이 들어가는 성씨. 즉, 河씨나 洪씨 등)을 가진 사람과 교제하면 크게 홍성할 것입니다."

그 이듬해엔 우군칙이 풍수사가 되어 이희저의 집을 찾아갔다. 그는 선친의 묘를 점지해 주고 상대의 기분을 들뜨게 한 후 돌아갔다.

"이곳은 큰 운이 찾아오는 대음(大蔭)의 땅입니다. 장차 큰 복운이 찾아올 것으로 보입니다."

그 동안 이희저는 은밀히 수성을 가진 사람을 찾고 있었다. 그런 차에 도인 복색으로 찾아온 홍경래와 대좌하면서 심중에 담아둔 인물이 눈앞에 있다는 것을 깨달은 것이다.

이것은 중대한 사건이었다. 나중에 평서(平西) 대본영이 된 가산의 다복동(多福洞)은 이희저의 사저였다. 이로써 막강한 재력가인 이희저의 재산이 홍경래의 거사 자금으로 쓰이게 된 것이다. 곽산엔 특별한 인물이 있었다. 재치와 문장이 뛰어난 김창시(金昌始)였다. 일찍이 진사 시험에 합격한 그가, 어느 날 서울에서 볼일을 마치고 집으로 돌아오는 데 황해도 동선령(洞仙嶺)에 이르러 청색 옷을 입은 동자가 앞길을 막아섰다.

"무슨 일이냐?"

"죄송합니다 선비님. 저의 스승님께서 모셔 오라는 전갈을 받았습니다."

그렇게 하여 김창시는 홍경래를 만났다. 둘은 일주일을 함께 지내며 세상 돌아가는 얘기를 나누었다. 홍경래의 거사에 빼어놓을 수 없는 장사가 개천의 이제초(李濟初)와 태천의 장사 김사용(金士用)이다. 이제초를 맞이하기 위하여 홍경래가 마운령에서 지은 유명한 시가 있다.

마운령 위의 구름이 걸터앉은 가운데
만학천봉은 나타난 새 나라일세

이렇게 동지들을 규합하여 다시 집으로 돌아온 후 순조 11년(1811) 9월에 노모를 모시고 다복동으로 들어왔다.

동지들과 자리를 같이 한 가운데 그들은 준비된 제단 아래에서 피를 마시며 혁명을 맹세했다. 그 다음엔 김창시로 하여금 임신년(壬申年;1812)의 운명적인 거병을 참위설로 퍼뜨리게 하였다.

"일사횡관(一士橫冠)하니 귀신탈의(鬼神脫衣)하고 십필가일척(十疋加一尺)하니 소구유양족(小丘有兩足)이라."

일사횡관이란 임(壬), 귀신탈의는 신(申)의 파자다. 이른바 임신년에 난리가 일어난다는 '임신기병(壬申起兵)'이다. 이러한 참위설은 홍경래가 예측한 대로 나라곳곳에 퍼져나갔다.

거병의 시기가 도래하자 홍경래를 평서대원수(平西大元帥)로 삼아 반란이 일어났다. 초기에는 가산을 무찌르고 안주 이북의 여덟 읍을 공략하였다.

태풍이 몰아치는 듯한 기세는 작전 차질로 꺾이기 시작했다. 청천강을 건너자는 홍총각의 전략을 따르지 않고 송림리(松林里)에서 벌인 격전이 실패하면서 결국 정주성(定州城)으로 둔거케 하는 원인제공을 하게 된다.

관군은 정주성의 공략을 위해 지하를 파고 화약을 묻었다. 공격이 개시되자 우군칙은 성을 탈출하여 농군으로 변장해 하룻밤을 산속에서 지낸 후 구성(龜城) 암달촌(岩達村)의 처조카 집으로 숨어들었다.

그러나 믿었던 처조카의 신고로 관군에게 체포되어 한양으로 입송 되었다. 그해 5월 6일 대역 죄인으로 서소문 밖에서 능지처참되었다.

이러한 우군칙의 불행은 그의 몸에 생겨난 용 무늬의 푸른 반점 때문으로 『달마상법』은 풀이한다.

1천 창고와 1만 상자를 가질 임상옥의 얼굴

당대의 거상 임상옥(林尙沃)은 이조 정조 3년 12월 10일 평안북도 의주에서 출생하였다. 그의 집안은 본래 평안남도 안주(安州)에서 살다가 그의 증조부 때에 의주로 옮겨 와 상업에 종사하였다.

그는 열 여덟 살 때부터 상업에 종사하여 연경을 출입하였다. 온갖 고초를 겪으며 떠돌아다니다가 스물 여덟 살 때에 부친의 상을 만났다. 가세는 크게 기울어 집안이 곤궁한 가운데 장사를 계속하여 재물을 모으는 데 힘을 기울였다. 백마산성 서쪽의 삼봉산 아래로 선친의 묘를 옮기고 이듬해에 수백 간짜리 집을 지을 계획을 세웠다. 건물은 4 년만에 완공되었다.

"이 집은 수많은 같은 성의 친척들을 살게 하려고 지은 것이다."

이렇게 완공된 집은 임상옥이 만년까지 한가로이 유유자적하여 생활을 즐길 수 있는 공간이 되었다.

조선 왕조 후기는 인삼무역의 황금기라 할 수 있다. 특히 순조시대에는 임상옥이 대표적인 무역업자임을 부인하지 않는다. 그가 당대의 거부가 될 수 있었던 것은 물론 인삼의 품질이 우수했기 때문이다. 그런가하면 사신 왕래에 수반되는 팔포무역(八包貿易)이 심해졌기 때문으로 풀이한다.

사신들은 인삼을 가지고 나가 경비로 충당하는 것이 당시의 법이었다. 처음에는 80근으로 제한하였으나 정조 말에는 포삼(包蔘) 백근으로 증가하였고, 다시 헌종 때에는 4만근으로 증가하였다. 이것은 국가재정상 관세를 증수하는 시책이었다. 부족한 의주부의 경비를 인삼세로서 충당케 하려는 게 그 이유였다.

이런 얘기가 전한다.

어느 때인가 임상옥이 우리 나라 사신과 함께 청(淸)나라로 들어가 인삼을 판매하려고 북경에 당도하였다. 평소 임상옥이 인삼을 독점하는 것을 시기하여 북경 상인들은 인삼 불매 운동을 맺었다. 그리하여 그들은 임상옥의 거처에는 얼씬도 하지 않았다.

귀국할 날짜가 가까워 오는 데도 청나라 상인 한 사람 얼씬거리지 않자, 동행했던 사람들은 싼 가격에라도 넘기고 돌아가자고 불안해하였다. 임상옥은 묵묵부답이었다. 이렇게 하는 것은 그야말로 청나라 상인들의 불매동맹의 계략에 빠져든 모양새였다. 상인들은 내심 쾌재를 부르며 임상옥이 금방 항서를 쓰고 애걸할 것으로 내다보았다.

그러나 결과는 전연 뜻밖이었다. 어느 누구도 예측할 수 없는 방법을 임상옥은 취한 것이다. 북경 상인들의 불매 운동에 맞서, 임상옥은 인삼 꾸러미를 모조리 마당에 쌓아놓고 불을 질러 태우려 한 것이다.

북경 상인들은 설마 했다. 그 귀한 인삼을 불을 지를 리 없다고 확신했다. 이러한 예상과는 달리 임상옥은 마당으로 끌어낸 인삼에 불을 질렀다. 임상옥의 숙소를 탐문하던 첩자들은 예상할 수 없는 사태를 북경 상인들에게 전하였다. 질겁한 상인들은 너나할 것 없이 달려나와 불구덩이 속에서 인삼을 끄집어냈다. 결국 이 인삼은 10배나 비싼 값을 치르고 사지 않으면 안되었다. 이것은 임상옥의 상술이 기발한 것도 있지만, 조선 인삼의 약효가 뛰어났기 때문이다.

북경 상인들의 계략으로 위기에 빠졌던 임상옥은 오히려 위기를 잘 넘겨 전화위복으로 부를 축적하였다. 이 당시 북경 상인에게서 받은 재물에 대해 이렇게 쓰여 있다.

<임상옥이 많은 은괴(銀塊)와 비단 등을 싣고 금의환향하자 임상옥은 대문에 기대어 아들이 돌아오기만을 기다리던 늙은 어머니에게 이것들을 보이니 어머니가 깜짝 놀라 물었다. 그러자 임상옥은 어머니에게 이것들을 보이며 은괴를 쌓으면 저 마이산(馬耳山)만 하고 비단을 쌓으면 저 남문루(南門樓)만 합니다>

임상옥의 재력이 어떠했는 지를 잘 말해 주고 있다. 많은 관상가들은 임상옥을 평할 때 이렇게 말한다.

"그의 용색은 참으로 깨끗하고 턱수염이 아름다우며 구변이 좋다."

이것은 한눈에 보아 미호(美好)하다는 의미다. 깨끗하고 그윽한 눈빛과 오뚝한 코를 높이 평가했다. 『달마상법』에서 코는 재성(財星)이다. 임상옥의 콧잔등은 윤택했다. 그러므로 재물에 여유가 있었다. 그런가하면 그 모습은 쓸개를 매단 듯하여 '1천의 창고와 1만 상자'를 가진 부자의 상이라 하였다.

이런 여러 가지를 종합해보면 장사꾼적인 수완과 정치적인 도움닫기와 또 시기가 한꺼번에 맞아떨어져 국제적인 무역가로서의 역량을 나타낸 것이다.

흥미로운 것은 임상옥의 식감력(識鑑力)이다. 한번은 홍경래가 그를 찾아와 함께 일할 수 있는가를 타진했다. 이때 그는 홍경래의 얼굴에서 범상치 않은 기운 즉, 누당(淚堂;두 눈 아래)에 비낀 듯한 주름이 있는 것을 발견한 것이다. 이것은 부모에게 불효할 상이다. 마음씨가 넓고 훤훤 장부인 사내가 부모에게 불효하는 데엔 몇 가지가 있다. 그 가운데 가장 큰 것이 역모였다.

특히 누당에 좋지 못한 모양새가 있는 것은 상법적으로 다음같이 평가한다.

<남녀궁(男女宮;누당)에 침을 매단 것처럼 어지럽게 일어나면 묵은 빚을 일생 동안 감당하지 못한다>

그런 이유로 임상옥은 상대를 멀리한 것인데 예측은 맞아떨어진 것이다. 관서지방의 많은 부호들이 홍경래로 인해 화를 입었지만 그 액화를 비껴가게 한 것이다.

한번은 전주 감영에서 왔다는 이방이 초면에 돈 5만냥을 빌려달라고 청했다. 임상옥은 쾌히 승낙했다. 이를 이상히 여긴 주위 사람의 물음에 임상옥은 대수롭지 않게 대꾸했다. 이방이 나간 후 사람들이 묻자 임상옥을 이렇게 답했다.

"조금 전 그 사내는 저안(猪眼)이야. 흰자위가 혼탁하고 검은 창이 몽롱한 것으로 보아 포악하고 흉폭한 성격이야 품에 좋지 않은 물건이 있을 게야."

사람을 시켜 이방을 따르게 하였더니 과연 그는 품안에 비수를 지니고 있었다. 일이 여의치 않으면 그것으로 위협할 생각이었다고 털어놓았다.

한가지 특기할만한 점은 당대의 재상 박종경(朴宗慶) 대감과의 관계다. 그는 임삼 무역에 관하여 상당한 특권을 허용하여 주었다. 박종경은 순조 때의 문관으로 자는 여회(汝會), 호는 돈암으로 반남 박씨다.

순조 11년(1811) 박종경이 병조판서로 있을 때 용강에서 홍경래가 난을 일으켜 국정이 불안하였다. 박종경이 난을 평정한 그 이듬해에 도헌(都憲) 조득영(趙得永)이 상소를 올려 박종경을 탄핵하고 나섰다.

이때 왕은 오히려 조득영을 삭관하여 파면시키고 박종경을 두둔했다. 일찍이 조득영은 평안도 관찰사를 지냈으며 홍경래 난 때에는 3백여명을 이끌고 박천진에 포진한 후 인근에 격문을 보냈었다. 바로 그 격문 가운데 박종경을 비난하는 구절이 있었다.

<지금 국왕이 어린 탓에 나라의 권세 있는 간악한 신하들이 날로 세가 치열해 지고 있다. 김조순을 비롯하여 박종경 등의 도배들은 오로지 국정을 농단 하고 있다>

이것은 당시 박종경이 자신의 직위를 이용하여 온갖 횡포를 자행하였음을 말해 주고 있다. 박종경과 임상옥, 그리고 홍경래가 위태스럽게도 하나의 끈으로 얽히어 있음을 짐작할 수가 있다. 다음은 임상옥의 만시(輓詩) 한 구절이다.

재물에 있어서는 평평하기가 물과 같고(財上平如水)
사람은 곧기가 저울대 같아야 한다(人中直似衡)

지금도 이인(異人)으로 여기는 임상옥은, 의주 고군면 마렵산 좌축지원(坐丑之原)에 잠들어 있다.

왼쪽 눈과 오른쪽 눈이 분명한 이용익

다음과 같은 기록이 『한국계년사(韓國季年史)』에 보인다.

<이용익(李容翊)은 원래 북비천인(北鄙賤人)으로 목매일정(目昧一丁)이나 성질이 탐비하며 빠른 다리로 하여금 하루에 능히 삼백 리를 간다. 자주 민씨 문중을 찾아다니다가 민후(閔后;민비)가 충주에 잠어(潛御)하고 계실 때에 이용익이 경사(京師)와 충주를 당일로 내왕하면서 상감과 민후의 음신을 암통하고 민후가 환어한 뒤 신용을 얻어 관에 올라 남병사에 이르렀다>

이용익은 함경도 명천 출신이다. 서민의 아들로 태어나 소년 시절은 서당에서 수학하였으며 약간의 자금을 금광에 투자하여 부자가 되었다. 『한국계년사』에 씌어 있는 것처럼 이용익의 용색은 목매일정(目昧一丁)이라 하였다. 이를테면 왼쪽 눈과 오른쪽 눈이 태양처럼 분명하고 정신의 광채가 강성하다는 것이다. 이런 경우 '벼슬에 나가 정승에 이르지는 못할지라도 적당한 지위에 올라 장관은 될 것(爲官不拜當朝相 也合高遷作侍郞)'으로 풀이한다. 『달마상법』에 의하면 그의 앞길은 이미 훤히 열려 있었다는 얘기가 된다.

이용익이 중앙정부로 올라간 배경에는 여러 가지 이유가 있지만 윤효정(尹孝定)의 『풍운한말비사(風雲韓末秘史)』에는 당시의 세도가 민영익에게 발견되어 민비에게 소개되면서부터로 잡고 있다. 상학에 이르는 대로 그의 전도는 이미 준비되어 있었다.

얘기는 고종 19년(1882)에서부터 시작된다. 나라 안이 극심한 가뭄으로 민심이 흉흉할 시기였다.

이 무렵 조정에서는 새로운 군대(별기군)를 조련하기 위해 구식 군대를 해산시켰다.

구식 군대는 이에 불복하여 난을 일으켰다. 6월 9일, 임오군란이 일어난 것이다. 당시 나라에서는 그들에게 13개월의 급여를 지불하지 못했었는데, 이에 격분한 구식 군대는 급료책임자 민겸호(閔謙鎬)와 경기감사 김보현(金輔鉉)을 살해하고 운현궁으로 몰려갔다. 자기들의 억울한 사정을 상소하자, 대원군은 민씨 일족을 제거할 절호의 기회로 여겼다.

난을 일으킨 유춘만 · 김장손 등에게 밀계를 주는 한편, 허욱을 교사하여 민씨 일파를 매도하는 풍문을 퍼뜨렸다. 상황이 이에 이르자 구식 군대는 척족 정치의 수장 민비를 잡아죽이겠다고 나섰다. 위기일발의 순간, 무감 홍계훈의 등에 업혀 궁밖으로 탈출한 민비는 다시 김성택의 도움을 받아 장호원에 있는 충주 목사 민응식의 집으로 피신했다.

이후 청군이 개입하게 되어 대원군을 청국 보정부(保定府)로 강제 압송시키고 민씨 세상이 되었다. 이러한 사실을 재빨리 피신 중인 민비에게 알려준 인물이 이용익이었다. 그는 2백 리 길이나 되는 장호원까지 소식을 알려주었고 다시 궁으로 돌아온 민비는 그에게 감역(監役)이라는 벼슬을 내렸다.

이후 그는 고종의 사랑까지 받아 파격적인 출세 가도를 달린다. 궁내부내장원경 · 탁지부대신 · 군부대신 등의 최고직은 물론이고 서북철도국총재 · 헌병사령관 · 원수부 회계부총장……. 이외에도 요직을 두루 섭렵하였다. 그는 천민 출신이기 때문에 유가적 계율에 물들은 사람들의 시선에서 벗어났고 그로 인해 많은 도전을 받게 된다. 『대한계년사』에는 이렇게 씌어 있다.

<……윤용선(尹容善) 등이 이용익을 죽이려 하였으나 뜻을 이루지 못했다. 당시에 용익이 내장원경 및 탁지부 대신 임시 서리가 되어 백성을 착취하고 왕실에 아첨을 일삼음으로써 조야가 원망하고 질투를 하였다…….>

이용익이 내장원경에 취임할 무렵, 왕실 재정은 바닥을 맴돌았다. 그는 철저한 근대식 관리 방식을 통해 재정 마련에 애쓰고자 노력하였다. 백성을 수탈하는 것은 나쁘지만 지하 자원을 개발하여 정부에 재정적으로 지원하는 것은 나쁘지 않다고 보았다. 이런 점에 경영 수완을 보였기 때문에 왕실 재산은 날로 늘어났다. 이 무렵에 독립협회의 도전을 받았다. 대다수의 식자들은 이용익을 비난했다. 매천 황현도 마찬가지였다. 그러나 그의 검소한 생활만큼은 어쩔 수 없었던 모양이었던 지 『매천야록』에 다음같이 적어놓았다.

<……이용익이 염이간(廉而幹)하여 음식에 육미를 찾지 않고 폐포파모(弊袍破帽)로 성색(聲色)을 가까이 함이 없으니 상(上)이 그 고립함과 청검함을 믿으셨다>

1904년 일본과 러시아가 점차 악화되었다. 이용익은 엄정 중립을 선언했다. 노일전쟁에서 일본이 승리할 기미가 보이자 친로반일파로 지목되어 1904년 2월 일본으로 압송되어 갔다. 1905년 다시 귀국하여 강원도 관찰사로 전임되었으나 그의 귀국은 매우 중요한 의미를 갖는다. 「황성신문」 1905년 1월 자의 신문에는,

<……이용익이가 일본을 돌아보고 일본의 교육제도를 시찰하고 돌아올 때에 각종 서적 3천원 어치를 구래(購來)할 계약이 유(有)하다 하고 자금을 자변하여 한성 내외에 보성학교를 설립할 계획으로 학부에 청원하고 가옥은 처분을 봉송하여…….>

다시 말해 일본을 통해 교육의 필요성을 절감했다는 것이다. 일본에서 돌아올 때 다수의 책과 인쇄기를 들여왔다. 신해영 · 김주병 등과 더불어 편집소로는 보성관을 세우고, 인쇄소로는 보성사, 교육기관으로는 보성학원 · 중학 · 전문학교를 신설했다. 1907년 보성전문학교 제1회 졸업식이 있었다.

<……고금을 물론하고 우리 손으로 된 최고 학부니 만큼 두문불출하던 학자들도 도포에 관을 쓰고 여덟 팔자 걸음으로 정각이 되기 전에 모여들었다. 졸업생도 천태만상이다. 어떤 학생은 갓을 쓰고 어떤 학생은 머리에서 발끝까지 치렁치렁하게 땋아 내리기도 하고 또 어떤 학생은 운두리 넓은 모자를 쓴 학생도 있었다. 교복은 없었으나 졸업식날은 일제히 도포에 마른 신을 신었다. 제1회 졸업식, 얼마나 기쁜 일인가>

그가 보성학원 설립에 즈음하여 남겼던 말은 오늘날까지 깊은 감명을 던진다.

<……때는 바야흐로 일본의 압박이 날로 심하여 국가 운명이 백척간두에 섰다. 이 학원에서 배움을 받는 여러분들은 나라와 겨레를 이끌 독립과 자주를 이룩하기 바란다…….>

1905년 을사보호조약이 강제로 체결되자 고종의 밀명을 받고 프랑스로 향하던 중 산동성 연대항에서 일본 관헌에게 발각되었다. 이후 일체의 공직에서 파면 당하고 해외를 떠돌며 구국운동을 벌이다가 블라디보스토크에서 세상을 떠났다.

1907년의 일이다.

정여립은 몸체와 형상이 두툼한 후중지상(厚中之相)

조선 선조 때의 인물인 정여립(鄭汝立)은 학식이 풍부하고 기억력이 남달랐던 것으로 알려져 있다. 『혼정록(混定錄)』에 의하면 그는 학문적인 논쟁을 벌일 때에도 그 위용이 웅장하여 이이(李珥)가 인정할 정도였다고 기술했다.

흔히 정여립을 관상학적으로 '후중지상(厚中之相)'의 인물로 평가한다.

상학적(相學的)으로 「후중지상(厚重之相)」이라 불릴 용모였는데, 이는 몸체와 형상이 두툼하고 묵직하며 도량이 바다와 같다는 평을 얻었다. 그러나 이이가 죽은 후엔 그를 비방하여 왕의 신임을 잃자 벼슬살이를 훌훌 털어 버리고 고향(전주)으로 돌아가 제자들을 모아 학문을 가르쳤다.

정여립의 명성이 높아지자 대소신료들은 징계해야 한다고 몇 번이나 소를 올렸다. 그런데도 왕이 응하지 않자 마침내 송강 정철이 나섰다.

"아뢰옵기 황공하오나 요망한 정여립은 대동계(大同契)를 조직하여 수백 명의 무뢰배들과 천한 것들을 규합해 난을 일으키고자 참언(讖言)을 퍼뜨리고 있습니다."

선조 22(1589)년.

마침내 정여립의 모반 사건을 다룬 기축옥사(己丑獄事)가 일어났다. 선두에 나선 정철이 모반이라고 으름장을 놓은 부분은 이러했다.

"언제부터인가 이 나라엔 『정감록』이라는 해괴한 잡서가 유포되어 민심을 흉흉하게 만들었습니다. 이는 『도선비기』를 앞세워 내용을 견강부회한 것으로, 참으로 맹랑하고 허탄한 잡서이옵니다. 거기에 '목자 망(木子亡) 전읍 홍(奠邑興)'이라는 내용이 있어 그것을 은밀히 옥판에 새겼다가 지리산 암굴에 숨겨 놓은 후 우연히 발견한 것처럼 떠들며 민심을 흉흉케 하였사옵니다. 마땅히 정여립을 토벌하지 못한다면 만대에 큰 우환 거리를 삼을까 염려되옵니다."

물론 정철이 그를 토벌해야 하는 요참의 내용은 그것만이 아니었다. 정여립은 변승복과 박연령을 시켜 집안에 있는 뽕나무에 말갈기를 붙여 신이한 일이 일어난 것처럼 일을 꾸몄다는 것이다. 즉 '뽕나무에 말갈기가 붙은 집의 주인이 왕이 된다'고 했으니 머지않아 정여립이 왕이 될 것이라 한 것이다.

기축옥사가 일어나 정여립과 관련 있는 1천여 명의 동인계(東人系)가 멸문의 화를 입거나 유배되었다. 물론 옥사를 담당한 것은 서인계의 정철이었다. 그러나 훗날 기축옥사의 발생 원인에 대해 여러 갈래의 설이 나타났다.

첫째, 노비 출신 송익필이 당시 서인의 참모격으로 활동했는데 자신을 비롯해 친족 7십인을 환천시키기 위해 동인계의 이발과 백유양에게 복수하려고 꾸민 일이라는 것

둘째, 위관으로 있던 정철에 의해 조작됐다는 것

셋째, 이이가 죽은 후 수세에 몰렸던 서인들이 대세를 만회하기 위해 꾸민 것

넷째, 정여립이 전제군주 체제하에서 용납하기 어려운 선양(禪讓;다른 사람에게 임금자리를 물려줌)을 주장했다는 것이 그 이유다.

그런데 사학적으로 밝혀지지 않은 또다른 이유가 있다. 그것은 송강 정철이 풍수지리술의 대가였다는 점이다. '목자 망 전읍 홍'이라는 도참도 한몫 거든 것은 사실이지만 이것은 지극히 일반적인 논술에 지나지 않는다.

쉽게 드러나지 않은 또 다른 이유는 둘째 아들 옥남(玉男)의 관상이었다. 옥남은 태어날 때부터 손의 무늬(手紋;손금)가 「안진문(雁陣紋)」이었다.

이른바 기러기떼 무늬다.

기러기가 떼를 지어 나는 듯한 이러한 문양을 조아문(朝衙紋)이라고 한다. 이러한 무늬는 기러기가 떼를 지어 일렬로 날고 있는 모습이므로 하루아침에 나라에 이름을 떨칠 좋은 손금이다. 한편으로 옥남은 몸에 북두칠성의 흑자(黑子;점) 일곱 개를 지니고 태어났다. 그런 이유로 정여립은 아들의 아호를 거점(去點)이라 했다. '옥(玉)에서 점을 제거하면 임금(王)이 된다'는 뜻이다.

또하나의 이유가 정여립의 집터와 묘지 선정에 있었다. 그가 살았던 곳은 제비산(帝妃山)이다. 바람 불면 산에 있는 나무들은 한결같이 정여립의 집을 향해 절을 하듯 흔들린다. 제왕의 터기 때문에 그런 일이 가능하다는 공론이다.

조상의 묘가 '지네 터(蜈蚣穴)'이므로 그런 일이 가능하다고 본 정철은 혈장(穴場)을 깊이 파고 숯불로 지져 혈맥을 완전히 끊어버렸다.

발바닥에 검은 점을 찍은 박중빈

나이 열 여섯의 신랑은 처갓집에 들렀다가 깊은 상념에 빠져 버렸다. 신랑 이름이 박중빈(朴重彬), 본관이 밀양인 그는 영광군 군서면 마읍리에 사는 양하운(梁夏雲)과 한해 전에 혼인하였는데 신년 인사차 들렀다가 해묵은 서책의 내용에 빠진 것이다. 바로 『조웅전(趙雄傳)』이었다.

<……송나라 문제 때에 승상 조정인이 간신 모리배 이두병의 참소를 받고 음독 자살한다. 이때 그의 외아들 조웅은 이두병의 살수를 피해 어머니와 함께 도망쳐 온갖 고생 끝에 월경 도사를 만나 강선암으로 들어가 의탁하게 된다. 그후 도사를 찾아가 병법과 무술을 전수 받은 조웅은 강선암으로 돌아가다 우연히 장진사 댁에서 쉬게 되는데 장소저를 만나 혼인 약속을 한다. 이때 서번이 침범하자 조웅이 나가 물리치자 천자를 자칭한 이두병이 조웅을 잡기 위해 군사를 일으켰으나 오히려 패한 후 사로잡힌다. 천자는 이두병을 처벌하고 조웅을 제후로 봉한다…….>

열 여섯의 신랑 박중빈은 세상을 구할 특별한 기술을 도술이라 믿었다. 이 문제를 해결하기 위해 도사와 처사를 자처하는 사람

을 만났으나 어떠한 해답도 얻을 수 없었다. 지리산에서 십수년간의 도를 닦았다는 거사는 그의 관상을 보고 오히려 놀라움을 감추지 못했다. 그의 기색(氣色)이 범상치 않은 탓이었다.

기색을 보는데는 일반적으로 9색, 3색 및 2색이다. 9색이라는 것은 동색(動色) · 수색(守色) · 산색(散色) · 취색(聚色) · 변색(變色) · 성색(成色) · 해색(害色) · 이색(李色) · 건체색(蹇滯色)을 말한다. 또한 3색은 홍색(紅色) · 자색(紫色) · 적색(赤色)을 뜻하고 2색은 활염색(滑艶色)과 광부색(光浮色)이다.

9색의 첫째인 동색은 인당으로 기색이 모이는 곳이다. 준두(準頭)는 기색을 발하는 곳이며 이곳 색깔을 살피는 것이 무엇보다 중요하다. 지리산 도사는 박중빈의 얼굴을 노려보며 무엇을 느꼈는가? 그것은 인당의 기색이 얇다란 붉은 천으로 짠 듯하고 준두의 기색이 자줏빛이며 눈과 얼굴에서 정묘한 광채가 나는 것을 감지했다.

이런 사람은 상학적으로 관직은 물론 재물과 명예를 구할 수 있으므로 지리산 도사는 감탄했다. 더구나 그의 발바닥에 있는 점은 장차 귀인이 될 것이라고 입침이 마르도록 칭찬했다.

'발에 검은 사마귀가 나면 영웅이 홀로 수많은 사람을 제압한다(足生黑子 英雄獨壓萬人)'고 했다. 상학적으로는 남자는 왼쪽 발에, 여자는 오른쪽 발에 있으면 좋은 것으로 평가한다.

그래서인지 박중빈은 나이 일곱 살 때부터 의문을 가졌다. '하늘은 왜 파랗게 보이며 구름은 왜 생기는가?' 이런 자연 상태의 의문에서 한 단계 나아가 '아버지와 어머니는 나와 무슨 관계가 있는가?' 또는 '가난한 사람과 부자는 왜 다른가?' 하는가 하면 사람들이 산신(山神)에게 제사 지내는 것을 보고, '왜 허공의 산에다 절을 하는가?' 하는 의문을 떨쳐 버리지 못하며 성장했다. 이

와중에 아버지의 상(喪)을 당해 집안을 이끌어야 했다. 그러나 집안 일은 뒷전이었다. 가세는 날로 기울었으나 구도의 길로 정진해 대오 · 대각의 길로 접어들었다. 깨달음을 얻은 후에야 자신의 심정을 한편의 시구로 나타냈다.

청풍월상시(淸風月上時)
만상자연명(萬像自然明)
맑은 바람에 밝은 달이 떠오르니
만물이 스스로 자연을 드러내도다

나이 스물 다섯에 돈망(頓忘)의 대정(大定)에 들어가 깨우친 것은 스물 여덟인 4월 28일 새벽이었다. 깨달음에 이르자 이제껏 비웃던 사람들이 주위에 모여들었다. 그 가운데 아홉 사람을 선발하여 지도자적 인물로 삼았는데 이들이 원불교 창립의 초석이 되었다. 원불교에서는 이날을 개교일로 정하고 있다.

"물질이 개벽되니 정신을 개벽하자."

이런 표어를 걸고 물질문명에 함몰되어 가는 인류의 정신 구원 운동을 일으켰다. 첫사업으로 1917년 저축 조합을 세우고 미신타파 · 금주 단연 · 허례 폐지 등의 운동을 펼쳤으며 비축된 자금으로 이듬해 간척 사업에 뛰어들었다.

그가 교법을 제정한 것은 1919년이고, 이리시 신룡동에 「불법연구회」 간판을 건 것은 1924년이었다. 1937년에는 크게 깨달은 진리를 일원상(一圓相)으로 상징하여 신앙과 몸을 닦는데 표본으로 삼게 하는 '일원종지(一圓宗旨)'를 선포했다. 1943년 5월에 '생사의 진리'라는 설법을 하였고, 그해 6월 1일 열반하였다. 세수는 쉰 셋이오, 법랍(法臘;중이 된 후부터의 나이) 28년이었다.

신색을 의심하여 살아난 허종

『달마상법』에 의하면 신색(神色)은 세 가지 의심이 있다고 하였다 첫째는 평상시에 의심을 하면 숨어 있는 것을 예측할 수 없다는 것이다. 그것은 잠깐이라도 의심을 하게 되면 마음이 반드시 만족스럽지 못하게 되어 작으나마 병을 얻는다는 것이다.

둘째는 몸에서 의심을 하면 사망하는 것을 보게 된다고 하였다. 이것은 무슨 말인가? 형체가 마음을 부리는 자는 병이 들고 일이 마음을 부리는 자는 패배한다고 했다. 또한 신(神)이 마음을 부리는 자도 망하게 된다는 경고다.

그런가하면 셋째는 마음이 형체를 부리는 자는 가난하며, 마음이 일을 부리는 자는 요절한다고 하였다. 이것이 이른바 '신색에 대한 세 가지 의심'이다.

성종(成宗) 11년 경자(庚子).

세상은 성군의 보살핌으로 국태민안을 구가하고 있었지만 궁안은 매서운 기류가 흘렀다. 그것은 국모 윤씨의 폐비(廢妃) 문제를 놓고 조야가 연일 뒤끓었기 때문이다.

사직골에 사는 허종(許琮)의 누이는 뒤꼍에 판 연못 위에 목간

(木竿)을 던져 놓고 무심히 바라보았다. 이것은 길흉을 헤아리는 방법의 하나였다. 목간에는 집안 식구들과 친정집 동생들의 이름도 있었다. 물위에 떠 있던 목간들은 이리 저리 흔들리며 별다른 이상이 없었는데, 돌연 불어오는 바람이 수면을 한바탕 훑고 지나가자 허종의 이름이 씌어진 목간이 물 속으로 곤두박질하여 떠오르지 않았다.

그녀는 급히 본댁에 사람을 보내 입궁하는 동생을 잠시 들르게 하였다. 그렇게 하여 허종은 사직골 누님 집에 들렀다.

누님이 말했다.

"이보시오 대감, 한 번 생각해 보시오. 어느 집주인이 자기 안사람에게 싫증나 쫓아 버리려 할 때 그 집 하인이 주인 편을 들어 안주인을 쫓아냈다 하세. 일의 형편으로 본다면 의당 주인에게 충성한 하인이지. 그러나 주인의 시대가 지나고 아들 대가 된다면 그 하인이 변함없는 신임과 사랑을 받을 수 있겠는가?"

그 말을 듣는 순간 허종은 소름끼치는 불안에 전율했다.

성종 시대가 지나고 머지않아 동궁(연산)이 보위에 오른다면 어떤 결과가 올 것인지는 불을 보듯 뻔했다.

"그러니 잘 생각해 처신하게. 내 생각엔 낙마하는 게 방법의 하나로 보네만."

허종(許琮). 그는 세조 2년 생원시에 급제하여 이듬해 별시문과에 3등으로 급제해 벼슬길에 나섰다. 세조의 신임을 얻어 선전관을 겸하였으며 성종 대에도 주요 요직을 고루 섭렵하였다.

자신에게 닥친 어떤 일에도 주저함이 없고, 번거롭고 귀찮은 일도 싫은 내색을 보이지 않았다. 그렇기 때문에 성종이 윤비를 쫓아내고자 마음을 정할 때에도 허종을 불러 대소사를 의논할 정도였다. 그때까지만 해도 허종은 대수롭지 않게 생각했다. 그러나 사직골 누님 집에 들른 후 생각이 달라졌다. 아무런 대책 없이 이 일을 그냥 밀고 들어갈 수 없다는 결론을 마음속에 내린 것이다.

대궐을 향해 말을 달릴 때 그의 낯빛은 결의에 차 있었다. 그는 말채찍을 휘두르며 말 궁둥이를 사정없이 내려쳤다. 하인들이 미처 막을 사이도 없이 주인을 태운 말은 사직골 다리 아래로 굴러 떨어졌다.

"아이구, 대감님!"

하인들은 급히 허종을 업어 날랐다. 그는 꺼져가는 목소리로 간신히 말문을 열었다.

"누가 대궐로 들어가 사고가 났음을 알려라. 낙마하여 움직일 수 없으니 어전 회의에 참석할 수 없다 아뢰고 오너라."

허종은 몹시 아픈 듯 오만상을 찡그리며 집으로 돌아왔다.

이날 대전에는 윤씨의 폐비 문제를 놓고 대신들의 논쟁이 요란했다. 결국 서인(庶人)으로 삼아야 한다고 결정됐다. 이날 폐비시킬 것에 반대했던 허침(許琛)을 비롯하여 손순효(孫舜孝) 등은 왕의 노여움을 사게 되었다. 그러나 허종은 어전 회의에 참석치 않았으므로 어떤 미움이나 칭찬도 듣지 않았다. 결국 폐비 윤씨는 왕이 내린 사약을 받고 죽었다.

세월은 흘러 폐비 윤씨의 아들 연산이 즉위했다. 그는 승정원일기를 들여다보며 생모를 죽인 기록들을 찬찬히 검토했다. 충혈된 눈으로 승정원일기를 내팽개친 연산왕은 어전 회의에서 윤씨를 폐비시키는데 참석했던 대신들을 잡아들여 혹형을 가했다. 이미 죽은 자는 무덤을 열어 시신을 꺼내 매질하고 뼈를 갈아 바람에 날려보냈다. 천하를 소동시키는 이러한 난리 중에 허종이 무사할 수 있었던 것은 누님의 귀띔대로 '낙마' 덕분이었다. 그의 누이는 신색을 살피는 상법에 깊은 조예가 있었다.

와잠미(臥蠶眉)와 원앙안(鴛鴦眼)

조선 후기의 문신 박문수(朴文秀)는 본관이 고령이며 자는 성보(成甫)요 호는 기은(耆隱)이다. 그는 이조판서 장원(長遠)의 증손으로 숙종 17년(1691)에 태어나 경종 3년(1723)에 증광문과(增廣文科)에 병과로 급제하여 예문관검열로 뽑혔고 이듬해엔 세자시강원설서(世子侍講院說書)·병조좌랑에 올랐다가 영조 즉위년(1724)에 노론이 집권하면서 삭직되었다. 그러나 정미환국으로 소론이 기용되자 사서(司書)에 등용되었으며 영남암행어사로 나가 부정·부패를 일삼는 관리들을 적발하였다.

「박문수설화」가 생겨난 배경은 아무래도 그가 암행어사를 제수 받고 부패한 관리들을 시원스럽게 척결하는 모습 때문으로 풀이된다. 다음의 얘기는 『기문총화』·『청구야담』·『선언편』·『동야휘집』에 전하는 내용이다.

박문수가 등과 하기 전, 그는 외가인 진주(晉州)에서 과거시험을 준비했었다. 장가를 들었지만 정이 무르익기 전에 외가로 내려가 공부하게 되었으니 춘정이 부족할밖에 없었다. 이때 만난 풍류랑(風流娘) 일점홍(一點紅)과의 연사는 그렇게 끈끈할 밖에 없었다. 박문수와 정을 나누던 일점홍은 이슬에 젖은 해당화로 표현한다. 게다가 가무(歌舞)에 능하였고 시도 한 수 지을 줄 알았으니 한량들의 술자리에선 단연 독보적이었다.

많은 사람들은 그녀의 모습을 '화용월태'로 표현했다. 그럴 만큼 그녀의 자태는 고왔다. 눈썹은 누에가 기어가는 듯한 와잠미(臥蠶眉)요, 눈은 원앙안(鴛鴦眼)인데다 앵도같은 입술에 백분을 뿌린 듯한 치아였으니 그것만으로도 혈기방장한 박문수의 피를 데우기에 충분했다.

하룻밤 인연은 급기야 반년 동안이나 끌었고, 그 바람에 과거 공부는 뒷전이었다. 외가에 처음 왔을 때엔 봄이었는데 어느새 오동잎 떨어지는 가을이 되었다. 어느 날 외가의 건너편 집에 대한 얘기가 외숙모에게서 흘러나왔다. 건너편 집 과부는 맷돌처럼 흉하게 얽은 딸 하나를 데리고 산다는 데, 시집 간 첫날 밤 시댁에서 쫓겨왔다고 목소리를 낮추었다.

"박색이라지만 어지간해야 보아주지. 얼굴은 그렇게 얽었다고 해, 그러면 몸매라도 고와야 될 것 아냐. 그게 영 아니올시다야. 똥똥한 몸에 목은 짧으니 영 자라를 세워놓은 꼴이라니까."

이런 여자였으니 길거리에 나가면 상관없는 사람들도 괜스리 놀려대기 일쑤였다. 그러다가 과수댁 남편에 대한 얘기가 솔솔 피어났다.

"듣자하니 그 남편인가 얼뱅인가 하는 작자가 홍씨라지. 달 없는 밤에 뛰어들어 다짜고짜 저 여잘 겁간했으니 저렇듯 흉측한 것을 세상에 내놓았어도 과수댁 잘못은 아닌 게야."

박문수는 그제야 처녀의 성이 홍씨(洪氏)라는 것을 알았다. 너무 해괴한 소문이다 보니 자신도 모르게 측은한 생각이 드는 것은 어쩔 수 없었다. 그러다가 엉뚱한 생각이 똬리를 틀었다. 자신이 나서서 처녀의 외로움을 달래주어야겠다는 생각을 한 것이다.

그날 저녁 박문수는 처녀의 집으로 가서 툇마루 어림께에서 '에헴, 에햄!' 잔기침을 토해냈다. 바시시 문이 열리고 홍처녀가 밖으로 나왔다. 박문수는 다짜고짜 처녀를 잡아끌고 자신의 방으로 들어왔다. 사내의 품을 모르던 우악스러운 박색 처녀. 그 처녀는 날이 밝도록 박문수에게 즐거움을 안겨 주었다. 하루 이틀 사흘, 박문수는 틈만 있으면 처녀를 잡아끌었고, 그때마다 홍처녀는 자석에 이끌리는 쇠붙이처럼 기다렸다는 듯이 따라와 주었다. 세월은 덧없이 지나갔다. 박문수는 외가에서 사천(泗川) 본가로 돌아왔다. 이듬해 과거에 응시하여 증광문과에 병과로 합격한다. 그리고 세 해가 지나 영남어사를 제수 받고 민정을 살피기 위해 찢어진 도포와 헤진 갓을 쓰고 진주 땅으로 내려갔다.

일점홍의 집에 도착한 것은 해가 늬엿늬엿 지는 저녁 나절이었다. 부엌에서 음식상을 손 보던 일점홍의 어머니가 반색했다.

"아니, 이게 누구요. 사천 서방님 아니오?"

"왜 아니랍니까. 과거 시험에 떨어져 집으로 가기도 면구스러워 이곳으로 왔습니다. 일점홍의 얼굴이 가물거려 한달음에 왔으니 어서 내 소식이나 전해 주시오."

일점홍의 어머니는 측은한 눈길로 혀를 찼다.

"쯧쯧쯧, 어쩌다 저런 꼴이 되었누. 그러잖아도 박서방한테 소식이 없는가하여 기다리는 눈치였는데 실망이 크겠네. 지금 아중(衙中)에 있으니 금방 옷을 갈아입으러 올 게요."

그때 일점홍이 들어오다 박문수와 눈이 마주쳤다. 그녀는 애써 외면하며 부랴부랴 옷만 갈아입는다. 보다못해 그의 어머니가 나섰다.

"애야, 사천 박서방 왔다. 과거에 떨어져 집에도 가지 못했다는 구나. 인사는 해야지."

"참으로 어매는 한심도 하시오. 내게 무슨 서방이 있어요. 길 가던 거지가 나를 안다하여 이렇게 방으로 끌어들이면 어쩌자는 거유. 어서 내쫓아요."

박문수는 한사코 붙잡는 노파의 정성을 뿌리치고 그 집을 나와 버렸다. 한동안 길을 걸어가는 데 누군가 옷소매를 붙잡았다. 돌아보니 홍씨 처녀였다.

"저만큼에서 서방님인가 하여 다시 보았더니 틀림없군요. 어서 저희 집으로 가세요."

홍씨 처녀는 서둘러 집으로 와서 깨끗한 옷 한 벌을 내놓았다. 그런 다음 부엌으로 나가 김이 모락모락 나는 쌀밥에 남강에서 갓 잡아 올린 뱀장어 안주로 술상을 보아왔다. 식사를 마치고 박문수가 말했다.

"너의 정성이 이만하면 어디에 내놓아도 손색이 없다만은, 과거에 낙방하여 사천 집으로도 가지 못하고 떠돌고 있으니 언제 너의 신세를 갚는단 말이냐."

눈가에 물기가 어린 홍씨 처녀는 밖으로 나가더니 뒤곁에서 무언가를 우지끈 뚝딱 허물어버린다. 무슨 일인가 싶어 기다리고 있는데 잠시후 그녀가 들어와 말했다.

"서방님이 진주를 떠나신 후 자나깨나 과거에 급제하기만을 빌고 또 빌었건만 허사였습니다. 그래서 제단을 부숴 버렸습니다."

그 말을 듣는 순간 박문수는 자신이 벼슬길에 나간 것이 결코 스스로의 학문 때문만은 아니라는 생각을 하게 되었다. 다음날부터 박문수는 진주목사의 비리와 치적을 조사했다. 일을 마치자 한동안 정을 붙였던 진주 땅을 돌아본 후 연회가 열리는 관아로 들어갔다.

"웬놈의 거지가 관아에 들어오려 하느냐?"

문지기가 앞을 막자 박문수는 호령으로 물리쳤다.

"네 이놈 감히 나의 앞길을 막느냐. 나는 진주 목사와 동문수학한 친구거늘!"

눈을 치뜨고 얼려대는 바람에 문지기는 찔끔하여 물러났다. 박문수는 잔치마당에 앉아 큰소리로 외쳤다.

"이보시오 진주목사. 목사 옆에 앉은 일점홍이라는 기생을 이리 보내 권주가라도 한 번 부르게 해주시게.."

진주 목사는 발끈했다.

"무엇이 어쩌구 저쩨! 염치도 모르는 자구나. 거렁뱅이 주제에 일점홍을 보내라니 그 무슨 해괴한 일이냐. 어서 나가지 못할까!"

그 말과 함께 암행어사 출도가 떨어졌다. 진주목사를 비롯하여 자리를 함께 한 본읍 수리(首吏)들은 쥐구멍을 찾아 허둥댔다. 진주목사는 봉고파직하고, 일점홍을 계하에 대령했다. 그녀에겐 볼기 30도를 때려 방면시키고 홍씨 여인은 소실로 정해 한양으로 데려갔다. 비록 용모는 그러했지만 홍여인은 마음이 너그러웠다. 복록이라는 것은 하늘이 내리기도 하지만 자신의 역량에 따라 달라지기도 한다. 상학적으로 청수미(淸秀眉)를 가진 남녀는 부귀가 넘치고 인정이 많다. 청수미는 눈썹이 맑은데다 활같이 휘었으며 대개는 천창(天倉)이라는 곳을 지나치기 마련이다.

이런 눈썹을 지니면 남자는 일찍부터 과거에 급제하여 이름을 날린다. 여인의 경우는 느긋하게 기다리면 좋은 배필을 만난다. 또한 노사안(鷺鷥眼)은 맑고 깨끗하지만 가난을 면치 못한다. 그러나 해오라기 눈은 천성이 진실하다. 이런 눈을 지닌 사내는 일시적으로 큰 부자가 되지만 가난하게 산다. 그러나 노사안은 여인의 경우 비록 가난하더라도 심덕이 고와 복록을 받는다.

유안(流眼)을 가진 요승 신돈

『달마상법』에서 사람의 눈은 5분(分)을 차지한다. 흔히 말하기를 눈을 마음의 창이라 하는데, 이 눈은 바르고 험하지 않으며 신(神)이 있어야만 좋은 것으로 평가한다. 눈이 바른 데도 신이 없으면 그저 평범한 눈에 불과한 것이다. 당연히 일을 시작하는 데도 바르지 않다.

이러한 눈에서 가장 경계해야 할 것은 유안(流眼)·여안(麗眼)·사안(思眼)이다. 유안은 어떤 사물을 보지 않는데도 보는 것처럼, 또는 관찰하지 않는 데도 관찰한 것처럼 수려하게 보이는 눈이다. 그런가하면 여안이라는 것은 색을 밝히는 데 신(神)이 있는 것과 같다. 음란한 가운데 신이 있는 것처럼 보인다는 의미다. 다음으로 사안은 좋아하고 미워하는 것이 바른 것 같은 것이다. 밖으로 옳고 그른 것을 구분하는 것 같지만, 그 속에는 간악한 것이 숨어 있다. 그런데도 바른 것처럼 보인다. 이러한 눈들은 상대를 상하게 하므로 지극히 조심해야 한다. 이 가운데 유안을 가진 역사 인물이 바로 신돈(神旽)이다.

신돈(辛旽)은 매우 불우하였다는 기록이 『고려사』에 전한다.

그의 어머니는 계성현(桂城縣;지금의 창녕군 계성면)에 있는 옥천사(玉泉寺)의 종이었다. 그러므로 신돈이 중이 된 것은 자연스러운 환경 탓이었다. 승명을 편조(遍照)라 했는데, 그가 공민왕에게 발탁되는 과정을 『고려사』에는 이렇게 그리고 있다.

어느 날 공민왕이 꿈을 꾸었다. 한 장사가 꿈길에 나타나 장검을 휘두르며 왕을 해하려고 다가왔다. 상황은 다급해졌다.

"여봐라, 게 아무도 없느냐?"

아무리 소리를 질러도 대답하는 사람이 없자 한 걸음이라도 그 장사에게서 도망을 치려고 허둥거렸다. 그러나 도망칠 수 없었다. 서 있는 자리가 성벽의 끝자락이었기 때문에 이젠 모든 것을 체념하고 장사가 휘두르는 장검에 죽을 도리밖에 없다고 생각할 때였다.

"아악!"

쓰러진 것은 왕이 아니라 장사였다. 머리가 박살나 피가 주위에 흥건히 고였다. 고개를 드니 왕 앞에는 선장을 든 스님이 서 있었다.

"오호라, 대사께서 나를 구해 주셨구려. 참으로 고맙소이다. 그래, 어느 절에 계시는 누구시오?"

중은 대답이 없었다. 두 손을 모아 합장하는 듯한 자세를 취하더니 한동안 왕의 모습을 물끄러미 바라보고 나서 사라져버렸다. 왕은 잠에서 깨어나 그의 얼굴을 곰곰이 그려보았다. 마치 그림으로 그린 듯한 인면(人面)이 또렷하게 떠올랐다. 이 세상 어딘가에 반드시 그런 용모의 중이 살아 있어서 자신을 위기에서 구해줄 것이라 생각했다. 그런 꿈을 꾸고 며칠이 지나지 않아 김원명(金元命)이 왕에게 신돈을 천거했다. 『고려사』에는 신돈을 등용한 배경을 이렇게 적고 있다.

<…세신(世臣)과 대족은 당파에 뿌리 내리고 있어 서로 싸우매 초야의 신진들은 처음엔 정의를 따르나 이름을 얻어 귀하게 되면 문벌이 변변치 못한 것이 부끄러워 대족들과 어울린다. 처음의 뜻을 모두 버리며 유생들은 유순하고 겁이 많으며 강기가 적다. 또 문생(門生;시관에 대한 급제자의 칭호)이니 좌주(座主;시관)니, 동년(同年;同榜)이니 하여 서로 당이 되어 정에 이끌리니 삼자는 모두 쓸 것이 못된다>

그래서 왕은 세속을 떠난 새로운 인물 찾기에 목말라 있었다. 그러한 때에 예기치 않게 신돈을 만나자 왕의 마음 속엔 새로운 활력이 싹튼다.

"도를 얻었으니 욕심이 적을 밖에. 또한 천미한 신분이니 어찌 파당이 있겠는가. 모름지기 그에게 대사를 맡기면 뜻대로 행하여 거리낌이 없으리라."

그렇게 하여 신돈에게 국정 운영을 맡겼다. 궁에 들어온 그는 검소했다. 삼복더위거나 엄동설한이건 찢어진 누더기 옷을 입고 궁안을 누볐다. 백성을 사랑한다면 모름지기 백성과 똑같은 차림으로 지내는 것이 그들을 이해하고 사랑하는 것이라 설법했다. 공민왕의 마음이 차츰 신돈에게 기울자 권문세가들은 긴장했다. 그 중에서 가장 발을 구른 사람이 이승경(李承慶)과 정세운(鄭世雲)이었다.

"요망한 중놈이 나라를 망치려 드니 두고볼 수만은 없는 일. 언제건 기회가 오면 제거해야 해. 그렇지 않고서야 어찌 베개를 높이 하고 잠을 자겠는가."

이승경이나 정세운은 강직한 성품이다. 그러기에 공민왕은 걱정이 생겼다. 가만 두었다가는 그들에게 신돈이 해침을 받을 게 당연했다. 여러 날 궁리 끝에 왕은 신돈을 깊은 산중에 숨겨버렸다. 그후 정세운이 김용의 간계로 세상을 떠나자 왕은 신돈을 불러들였다. 그에게 청한거사(淸閑居士)라는 아호를 주고 전보다 극진히 총애하며 사부로 대우했다.

더구나 이때엔 왕비인 노국공주가 세상을 떠난 후여서 국정 운영에 대해 아무런 흥미도 없었다. 그러다 보니 나라 살림은 모두 신돈의 손에서 주물러지게 되었다.

군왕의 총애를 받고 권력의 핵심부에 앉게 되자 신돈은 세 가지 욕심에 사로잡혔다. 하나는 물욕(物慾)이오, 둘째는 권세욕(權世慾)이며, 셋째가 음욕(淫慾)이었다.

세 가지 욕심에 맛을 들이자 신돈의 처신도 달라졌다. 그는 갈수록 권세를 이용해 물욕과 음욕을 채웠다.

뜻 있는 중신들은 모이기만 하면 『도선비기』를 앞세워 '중도 아니며 속인도 아닌 자가 나라를 망친다'고 하였는데 그 자가 바로 신돈이라 꼬집으며 멀리할 것을 주청했다. 이인복(李仁復)은 그의 행위를 붙잡고 늘어졌다.

"신돈은 사람을 탈을 쓴 짐승입니다. 훗날 반드시 큰 화를 자초할 것입니다. 모름지기 멀리 하셔야 합니다."

여세를 몰아 이제현(李齊賢)도 아뢴다.

"신돈의 얼굴을 보건대 역대로 흉악한 일을 저지르는 자들과 한치도 틀림없습니다. 이마에 상처의 흔적이 희미한데다 눈알이 붕어 색깔과 같은 것으로 보아 머지 않은 장래에 흉악한 일을 저지를 것으로 보이옵니다. 한시라도 빨리 내치시옵소서."

왕은 듣지 않았다.

신돈을 멀리하라고 진언한 신하들은 하나둘 귀양길을 떠났다. 자연 그에 대한 두려움을 갖게 되었다. 이때 혈기방장한 젊은이가 죽기를 각오하고 상소문을 올렸다. 정언(正言) 이존오(李存吾)

였다. 당시 그의 친구들은 당대의 학자들로서 포은 정몽주를 비롯해 이숭인 · 정도전 · 김구용 · 김제안 등이었다. 신돈의 행패가 극에 이르자 상소문을 올렸는데 대언으로 있던 권중화(權仲和)가 대신 읽었다.

<삼가 아뢰옵니다. 신돈은 방약무도하여 전하와 자리를 함께하는 무엄함을 보이고 있습니다. 그의 행실을 고치려고 재상들이 찾아가도 높은 자리에 버티고 앉아 재상으로 하여금 뜰 아래에서 절을 올리게 합니다. 이렇듯 요망한 행위를 하는 신돈을 잡아들여 속히 천리 밖으로 내치시옵소서…….>

왕은 크게 노했다.

상소문을 다 읽기도 전에 이존오를 잡아들이라고 불호령을 떨어뜨렸다. 이존오가 끌려온다는 말에 신돈도 자리를 함께 했다. 그것을 보고 이존오가 다시 소리쳤다.

"요망한 중놈이 어찌 마마와 함께 서 있느냐?"

벼락처럼 울리는 이 소리에 신돈은 허둥지둥 아래로 내려왔다. 결국 이존오는 벼슬길에서 쫓겨났다.

구름이 모이고 바람이 일어나면 비가 오는 법이다. 사람들의 입살에 좋지 않은 행동이 씹히면 결국은 설자리를 잃게 되는 게 세상 이치다. 신돈의 경우가 그러했다. 좋지 않은 소문이 이어지자 공민왕도 차츰 멀리했다. 그러자 나라를 뒤엎으려는 역모를 꿈꾸었다. 이때 신돈의 집에 문객으로 와 있던 이인(李韌)이란 자가 우연히 역모하는 과정을 엿듣고 재상으로 있는 김속명(金續命)의 집안으로 투서했다. 이인은 후환이 두려워 그날 밤으로 자취를 감춰버렸다. 김속명은 이 일을 왕에게 고변하기에 이르렀고, 신돈과 그의 일파들은 혹독한 고문을 받고 죄를 자복했다. 모든 영화가 물거품이 되어 사라지는 순간이었다.

매부리코(鷹嘴鼻)를 좋아했던 어우동

역사기록에 의하면 어우동(於宇同)은 주위의 관심을 끌 때에 여러 차례 옷고름을 풀었다가 갈무리했다는 것이다. 『달마상법』에서는 이런 형태의 사내는 성질이 조급함으로 함께 즐거움을 할 수 없다고 하였으며, 여인네가 길을 걸으며 옷고름을 풀어헤쳤다가 다시 매는 것은 지극히 궁(窮)한 상으로 음란하다고 했다. 다시 말해 이런 사람들과는 함께 더불어 얘기할 가치가 없다는 것이다. 『용재총화』에는 어우동으로 실록에는 어을우동(於乙宇同)으로 나와 있는 그녀의 부친은 지승문(知承文)을 지낸 박씨다. 한다 하는 벼슬자리에 오른 부친의 위세는 물론 남편까지 얼굴을 들 수 없게 만든 어우동.(於宇同). 그녀는 틀림없이 성종 시대에 사대부가의 여인이었다. 집안은 부유했고 재주 또한 뛰어나 그녀의 시가 『대동시선』에 실릴 정도로 시부에 빼어난 재간이 있었다는 것을 알 수 있다.

백마대(百馬臺) 빈 지 몇 해를 지났는고
낙화암 외로이 서 많은 세월 지났네

청산이 만약 침묵하지 않았다면
천고의 흥망을 물어 알 수 있으리

이렇게 뛰어난 재주를 가진 여인에게 한 가지 흠이 있었다. 그것은 천성적으로 피가 뜨거운 음란(淫亂)이었다. 일찍이 종실인 태강수(泰江守)에게 시집갔었으나 남의 부인이 된 후에도 방종한 행실은 막을 수 없었다. 어느 날 젊고 훤칠한 체격의 은장이(銀匠人)가 지나가자 그를 불러들여 은그릇을 만들었다. 그녀는 남편이 집을 비운 사이 계집종의 옷으로 갈아입고 은장이 곁에 앉아 온갖 교태를 떨며 내실(內室)로 끌어들여 음탕한 짓을 저질렀다.

한 번 길을 트자 더욱 대담해졌다. 그녀는 은장이를 행랑채에 묵게 한 다음 남편이 집을 비우면 거침없이 불러들여 뜨거운 피를 식혔다. 꼬리가 길면 잡히는 것은 당연지사다. 그녀는 결국 남편에게 들켜 쫓겨나고 말았다.

이웃 사람들이 보는 앞이니 의당 부끄러워해야 할 터이지만 어우동은 전연 그런 기미가 없었다. 오히려 가정이라는 틀에서 벗어나 자유 분방에게 행동할 수 있어 오히려 희희낙락이었다.

어우동은 매일 저녁 길거리에 나가 미소년을 끌어들여 정을 나누었다. 그러는가 하면 계집종 역시 음행에는 주인 못지 않게 일가견이 있었다. 장안을 돌아다니다 반반한 청년을 만나면 먼저 어우동의 방에 넣어주고 자신은 또다른 소년을 찾아 길거리를 헤맸다. 그러다가 마음에 맞는 사내를 만나면 아침에 돌아왔다. 그것도 마음에 차지 않아 길거리에 방을 얻어 놓고 문틈으로 밖을 내다보며 지나가는 사내를 골랐다. 사내라면 모름지기 코가 커야 한다는 것이다. 어우동은 흔히 매부리코라 불리는 '응취비'를 좋아했다. 유약하기만했던 태강수와는 달리 이런 코를 가진 사내는 강렬한 맛이 있었다. 상학적으로 이런 코는 사람이 험악하고 간교하며 음험하기 마련이다. 보통 매부리코는 코의 기둥이 뼈를 드러내므로 코끝이 뾰족하다. 또한 매부리 형상으로 머리와 입술 주변도 닮아간다. 대체로 난대와 정위가 쭈그러졌으면 성격이 간악한 것으로 판단하는 게 무난하다. 어우동이 기를 쓰고 이런 사내를 찾는 걸 보면 그녀의 성품 역시 강하고 질긴 쪽으로 물들어져 감을 알 수 있다. 어느 날 문틈으로 밖을 내다보던 계집종이 반색했다.

"마님, 저 사내는 마님이 좋아하시는 매부리콥니다."

이렇게 저렇게 실없는 짓거리를 벌이다 나중에는 종실의 방산수(方山守)와 사통하게 되었다. 그는 나이가 젊고 호방하여 부부처럼 지냈다. 어우동의 방탕이 차츰 세간에 알려지자 급기야 성종의 귀에까지 들어가게 되었다.

성종은 그녀와 사통한 자를 가려내 죄를 주었다. 여기에 흥미로운 기록 하나가 엿보인다. 이승언(李承彦)이라는 생원이 있었다. 그 역시 어우동과 사통한 남자로 몰려 잡혀왔다. 그는 자신의 처지가 억울해 하늘을 우러러 소리쳤다.

"나는 죄가 없으니 하늘이여 이변을 보여주소서!"

그 말이 끝나는 것과 동시에 하늘에 먹구름이 모이더니 우레와 벼락이 내려쳤다. 모두들 그가 죄 없음을 알았지만 이미 그는 고문을 당해 승복한 뒤였으므로 죄를 면할 수 없었다. 대소신료들은 어우동을 멀리 귀양 보내자고 했으나 성종은 풍속을 잡기 위해서라도 목을 베게 하였다. 예로부터 합안(鴿眼)은 음란의 상징이었다. 즉, 비둘기 눈을 가지고 태어나면 아무리 총명해도 음란으로 인해 중도에 포기하거나 뜻을 이루기가 어렵다. 이런 눈을 지니면 남녀의 구별 없이 음란하고 허황하여 탐심이 많다.

바둑돌 귀(棋子耳)를 가진 이갑생의 현달

기생과 상인의 관계는 역사적으로 많은 얘깃거리를 제공한다. 상인은 색향인 평양으로 가서 물건을 팔고, 기생은 상인의 품속 깊숙이 숨겨진 엽전꾸러미를 엿보기 마련이다. 이규보(李奎報)가 기생에 대해 읊은 시가 있다.

열다섯살 계집애 얼굴도 예뻐라(十五女兒顔稍姸)
옆으로 불러도 억지로 못 본 척(呼之使前苦不褰)
백발 늙은이가 무슨 일 있으랴(白首衰翁何所爲)
부끄러워 할 일은 조금도 없어라(不須多作嬌羞態)

속담에 '올공금팔자(兀孔金八字)'라는 말이 있다. 올공금이란 장고를 지탱하는 쇠다. 또한 팔자는 음양오행의 사주(四柱)를 뜻한다. 옛날 전주에 이갑생(李甲生)이라는 장사꾼이 있었다. 집안 대대로 장사를 주업으로 삼았지만, 이갑생의 대에 이르러 살림이 더 이상 펴지 못하고 하루 다르게 줄어들었다. 이갑생의 풍류적인 기질이 발동하면 앞뒤를 가리지 않고 재물을 퍼다 주었기 때문이었다. 이갑생의 나이 일곱 살인가 되었을 때, 김제 금산사에서 왔다는 탁발승이 그런 말을 했다. '얼굴이 크고 코가 작으니 어려운 일을 당할 것이라'는 관상이었다. 상학에서는 코를 토성(土星)이라 하고 이곳이 작으면 파란만장할 것으로 풀어낸다.

그래서인지 하는 일마다 사고가 났고 열심히 장사했지만 일년 결산을 하고 보면 적자 투성이었다. 부모가 화병으로 들어 눕는 것은 당연했다. 그러나 이갑생의 부모는 포기하지 않은 희망이 있었다. 그것은 스님이 떨구고 간 한 마디 때문이었다.

"아드님은 기자이(棋子耳)니 괜찮을 겁니다."

이른바 '바둑돌 귀'다.

이런 귀를 가진 사람은 부모의 덕보다 자수성가하는 것으로 알려져 있다. 모양은 둥그스름하고 윤곽이 또렷하여 많은 재물을 모을 수 있다. 『비결』에 이르기를, '귀는 올려 붙어 있으면 명성이 남의 귀에까지 전파되고 양쪽 귀가 어깨까지 늘어지면 그 귀함은 이루 말할 수 없을 정도다. 귀가 얼굴보다 희면 이름을 사해에 떨치고 바둑돌 같은 귀는 자수성가한다'는 것이다.

아직도 믿음의 끈이 뚝 끊어지지 않은 상태고 보니 희망은 버리지 않았다. 이갑생은 근동을 돌아다니며 가장 풍년이 든 농작물을 사들였다. 생강(生薑)이었다. 평소의 10분의 1에 해당하는 값으로 사들인 생강은 다음해엔 장마가 두 달이나 계속되는 바람에 천정부지로 값이 뛰었다. 본시 생강은 남쪽에서만 생산되기 때문에 값은 상당했다. 한 배에 가득 실은 물품은 대개 1천단의 포백이나 1천석의 곡물에 상당됐다. 그러니 일거에 큰돈을 쥐게 된 것이다. 당시 평양에는 해당(海棠)이라는 명기가 있었다. 한 떨기 비에 젖은 해당화를 연상하리만큼 청초하고 아름다웠는데, 이갑생의 소문을 듣자 팔을 걷고 나섰다. 상학적으로 해당이라는 기녀의 천이궁(遷移宮;두 눈썹의 끝)은 옆 이마인 액각(額角)을 살피는 것이 일법이다. 이곳이 꺼지고 들어간 상태라면 나이 들어 살곳을 구하기가 힘들다. 또한 좌우 눈썹이 거의 붙어 있을 정도여서 선대의 업을 파산시키고 떠날 상이다. 물론 기적에 이름이 오른 후엔 눈썹 사이를 손질하여 떼어냈다.

'선대의 업을 파산시키고 떠날 상'이란 어떤 것을 말하는가. 당시에는 그녀 자신도 알 수 없는 일이었다.

생강을 실은 배가 패강(貝江;대동강)에 들어왔다는 말을 듣고 해당은 이갑생을 사로잡아 품안에 있는 재물을 빼앗더니 박대하기에 이르렀다. 이갑생이 집에 돌아가고자 했으나 한푼도 쥔 것이 없자 면목이 서지 않아 눌러 지냈다.

해당의 집 하인이 되어 온갖 궂은 일을 해주며 간신히 세끼를 채웠다. 손은 부르트고 몸은 극도로 쇠약해졌다. 떨어진 옷을 입고 온갖 굴욕적인 생활을 하는 것까지는 견딜 수 있었다. 그러나 해당이 다른 사내들을 불러들여 밤늦도록 희롱하는 데에 울화가 뒤끓었다. 그래서 돌아가겠노라 말했다.

해당은 망설였다. 노자를 주자니 아깝고 또한 쌀이나 포목도 아까운 생각이 들었다. 그녀는 패물 창고에 있는 녹이 슨 이음쇠 16매를, 가는 길에 엿장수에게 바꾸어 노자 돈에 충당하라고 던져 주었다. 길을 가는 중 이음새를 닦았더니 누런빛이 났다. 그것을 이상히 여겨 장터에 나가 값을 물었는데 상인이 말했다.

"이것은 진짜 오금(烏金)이오. 일반 금보다 10배나 값이 높아요. 백만 냥을 드리리다."

이갑생은 그것을 팔아 밑천으로 다시 장사를 시작했다. 수백만의 거금을 모으자 사람들은 그를 오금장자(烏金長者)라 하였는데, 전라도 속담에 '올공금팔자'가 그것이다.

북악(北岳)에 결함이 있는 누각동 선비

성종 임금은 백성들의 살림이 어떤 지를 살피기 위해 미행을 자주 나가는 편이었다.

어느 달 밝고 눈이 소복이 쌓인 밤. 시종 몇을 데리고 왕은 누각동 근처를 걷고 있었다.

때는 삼경쯤이나 되었을까.

겨울밤이 소리 없이 깊어가고 사람들은 혼곤하게 단잠에 빠져 있을 시각이었다.

흰눈만이 달빛을 받아 하얀빛을 토해내는, 참으로 정적이 내리 깔린 그런 밤이었다. 한동안 걷고 있노라니 멀지 않은 곳에서 글 읽는 소리가 들려왔다.

왕은 잠시 걸음을 멈추고 귀를 기울였다. 선비의 글 읽는 품새는 아주 정연했다. 이를테면 학문이 어느 정도 수준에 이르렀음을 왕은 간파한 것이다. 즉시 문을 밀치고 안으로 들어가자 나이 든 선비는 깜짝 놀랐다.

"아니 어느 분이시길래 이렇듯 야심한 밤에 들어오시었소?"

"지나가던 과객이오, 하도 글 읽는 소리가 낭랑하여 나도 모르게 들어왔습니다."

방안을 휘둘러보았다. 세간은 없었고 낡은 책 몇 권만이 구석 켠에 쌓여있었다. 남루한 옷에 해묵은 상투관을 쓰긴 했으나 참으로 초췌하기 이를 데 없었다. 한눈에 보아 궁핍한 선비라고 짐작되었다.

왕이 물었다.

"그래, 읽고 있는 책은 무엇이오?"

"『주역』입니다."

"장차를 예지할 수 있는 책이 아니오. 선비께선 그 책을 보면서 스스로의 운수가 어떻다 생각하셨소?"

"글세요. 나는 벼슬자리와는 인연이 없는 것 같습니다. 괘사(卦辭)가 그렇습니다."

왕은 몇 가지 어려운 부분을 물었다. 노선비는 조금도 당황하지 않고 자신의 주관대로 찬찬히 대답했다. 이로 본다면 진즉 과시(科試)에 급제하고도 남을 실력이었다. 노선비는 자신의 나이가 쉰 둘이라 했다.

"이젠 과거를 볼 엄두를 내지 못하고 있습니다."

"아니오, 내가 보기엔 참으로 훌륭한 시문이며 해설이었소. 그런데도 과시에 합격을 못한 것은 시관의 허물이 아닐는지. 가만, 이틀 후에 별과(別科)가 열린다는 말을 들었는데 거기에 응시해 볼 생각이 없으시오."

"그런 말을 듣지 못했는데요."

"아니오, 별과가 있다는 말을 들었소이다. 오늘 내렸으니 한 번 준비해 보시오."

왕은 환궁한 후 날이 밝기를 기다려 어미(御米) 스무 섬과 고기 열 근을 선비에게 보냈다.

이윽고 별과를 보는 날, 왕은 그 선비 집에서 논하던『주역』의 한 대목을 과제(科題)로 내놓았다.

내용이 특별하다 보니 다른 선비들은 그 뜻을 몰라 아예 붓을 들 엄두를 내지 못했다. 이윽고 시험이 끝나고 왕이 한 장씩 시지를 받아 읽었다. 그 가운데 선비의 집에서 나누었던 내용이 있는 답안을 발견하여 장원으로 뽑았다. 그런데 장원자는 새파란 젊은이였다.

"이 글은 그대가 지은 것인가?"

"아니옵니다. 소신의 스승님이 지으신 것으로 알고 있습니다."

"네 스승은 과거를 보았느냐?"

"스승님께선 오늘 아침 갑자기 병이 생기시어 과장에 나오시지 못했습니다."

"무슨 병인고?"

"오랫동안 굶주리던 중 누군가가 쌀과 고기를 보내왔사온대 그것을 많이 드신 바람에 탈이 생긴 줄 아옵니다."

왕은 나직이 탄식했다. 관상감 주부에게서 언젠가 그런 말을 들은 적이 있었다.

『달마상법』에 이런 내용이 있다. '독진시서생득한(讀盡詩書生得寒) 문장천재불위관(文章千載不爲官)'이라 하였다. 즉, '시경이나 서경을 읽은 사람도 골격이 엉성하면 문장이 아무리 높아도 관직에 나가지 못한다'는 말이다.

상학적으로 볼 때, 노선비는 북악(北岳;턱)에 결함이 있다. 즉, 턱이 뾰족하고 그곳에 상처가 생겼으므로 말년에도 성공할 수 없으며 종신토록 귀하게 되지 못하는 상이었다.

신(神)이 달아나고 기(氣)가 옮겨진 이괄

역사에 관심있는 사람들은 인조반정을 성공으로 이끈 이괄(李适)이라는 장수에 대해 이렇게 말한다.

"그는 용맹은 있으나 지혜가 없는 장수다."

왜 이러한 결론이 나오는 것일까. 답안은 그의 행장(行狀)으로 짐작이 가능해지기 때문이다.

그가 도성을 함락시키고 성안의 화려함에 눈을 팔지 않고 인조의 어가(御駕)를 좇아가 사로잡았던들 역사는 새로운 페이지를 열었을 것이다. 그러나 그는 그러지 않았다. 그러므로 아둔하고 우둔한 장수로 곧잘 설명된다. 이괄은 어떤 장수인가? 인조반정(仁祖反正)에 참여할 때 반란의 주동자들은, 반정이 성공하면 병조판서(兵曹判書)를 주겠다고 약조했다. 그러나 반정이 성공한 후 그에게 돌아간 것은 한성부윤(漢城府尹)이었다.

이것은 무인으로서 생각할 수도 없는 자리였다. 더욱 모욕적인 것은 2등이라는 공신책록이었다. 반정 공신들은 그를 가까이 두는 것은 지극히 위험하다는 논지를 펴며 인조로 하여금 변방으로 쫓아 버리게 했다. 이른바 평안 병사(平安兵使)로 영변(寧邊)에 머무르게 한 것이다. 이것은 유배 아닌 유배의 모습이 돼 버렸다.

"이놈들 두고보자!"

이괄은 부임지로 떠나면서 이를 갈았다. 머지않아 그들을 발아래 꿇릴 설욕전을 눈앞에 그려본 것이다. 이괄은 부임지에 도착하여 열심히 군사 훈련을 시켰다. 그들의 움직임이 심상치 않자 김자점 일당은 이괄의 아들을 잡아 가두었다. 이괄은 드디어 때가 왔다고 결심하여 제장들을 불러모았다.

"이기면 군왕이오, 지면 역적이네. 나라꼴이 역적의 수중에 들어갔으니 이대로 있다가는 우리에게 좋지 않은 일이 생길 것이다. 이참에 궐기하여 간흉들을 제거해 보세."

부하 장수들이 칼을 빼 하늘에 맹세하는 데 선전관 일행이 잡으러 내려왔다. 이괄은 그를 목베어 죽이고 전군을 호령하여 한양으로 밀고 올라갔다. 부하 이수백(李守白)·기익헌(奇益獻) 등을 비롯해 귀성 부사(龜城府使)이면서 순변사(巡邊使)인 한명련(韓明璉)과 합세해 1만 여명의 군사가 인조 2년(1624) 1월 24일 순천·자산·평양을 통과하여 수안·황주를 거쳐 평산까지 진격했다.

인조는 크게 놀랐다.

"이괄의 공이 작지 않거늘 왜 그를 번지로 쫓아냈는가?"

인조는 신하들의 공평치 못한 인사를 꾸짖고 조정의 추격군을 장만(張晩)의 군대와 서흥(瑞興)에서 합류시켰다. 이괄의 군대와 저탄(猪灘)에서 만나 격전을 벌였으나 관군은 크게 패했다. 반란군은 승승장구 개성을 돌파하여 서울의 북쪽 벽제(碧蹄)에 이르렀다. 인조는 공주 땅으로 피난 가고 이괄은 서울을 점령했다. 그의 환희와 감격은 절정에 달했다.

"이곳이 서울이야. 내가 늘 꿈꾸어 오던 도성이다. 이번엔 내가 왕이 되어 볼까?"

그런 생각이 없지 않았지만 민심을 얻지 못할 것 같아 선조 대왕의 열째아들인 흥안군(興安君)을 끌어내 왕으로 삼고 논공 행상까지 벌였다. 그러는 한편 과거를 열어 장원급제자까지 뽑아 승리감에 도취했다. 이러한 승리감이 이괄을 무력하게 만들었다.

당연히 대군을 휘몰아 공주에까지 밀고 내려가야 했음에도 승리감에 도취해 서울에 눌러앉아 잔치를 베푸는 등 주색에 빠진 것이다. 그 동안 정충신(鄭忠信)이 거느린 군사는 북산(北山)을 점령했다. 다시 추격해 온 장만의 군대에 대패한 이괄은 잔병과 더불어 수구문(水口門)으로 빠져 광주(廣州) · 이천(利川) · 묵방리(默坊里)에 이르렀는데 이곳에서 부하인 기익헌과 이수백에게 2월 15일 죽임을 당했다. 이로써 난은 막을 내렸다. 여기에는 몇 가지 교훈이 있다. 그 하나는 '명예를 독점 당하여 화를 불러 일으켰다'는 점이다.

상학적으로 이괄은 화성(火星)에 문제가 있다. '화성첨협시상류(火星尖狹是常流)니 문난종횡주배수(紋亂縱橫主配囚)'가 그것이다. 화성이 뾰족하고 좁으면 항상 떠돌이 신세다. 이렇게 주름살이 문란하게 가로 세로로 엉켜 있으면 이런 사람은 감옥이나 귀양살이를 하게 된다는 뜻이다. 더구나 두 줄기 힘줄이 일각과 월각을 침범했으니 이괄은 영락없이 전쟁에서 다치거나 군법에 처해 타향에서 죽게 된다. 이른바 '적맥양조침일월(赤脈兩條侵日月)이면 인병부법사타주(刃兵赴法死他州)라'는 것이다.

특히 『달마상법』에는 '신이 달아나고 기가 옮겨지고 안색이 어두우면 좋은 기회를 얻어도 마침내 어려워져 죽게 된다'고 하였다. 어떤 상황이 되었을 때 그곳에 스스로 당겨앉지 않으면 재앙을 만나게 된다는 뜻이다.

명궁(明宮)에 주름이 낀 조지서의 원사(冤死)

조선 초기의 문신 조지서는 본관이 임천(林川)으로 자는 백부(伯符)고 호는 지족(知足) · 충헌(忠軒)이다. 성종 5년(1474) 생원시에서 1등으로 합격하고 같은 해 식년문과에서 병과에 급제하여 형조 좌랑에 발탁되었다.

연산이 동궁으로 있을 때, 성종 임금의 일시적인 과오로 인하여 생모가 화를 입는 사건이 발생했다. 그 뒤부터 연산은 학문을 익히기보다 장난치는 것을 더 즐거워했다. 동궁 연산은 부왕이 뽑아 준 조지서라는 학자에게 학문을 배웠는데 놀기 좋아하는 연산으로서는 상당히 고역스러운 일이었다.

글을 가르치는 조지서로 본다면 왕명을 받았으니 당연히 최선을 다할밖에 없었다. 그런데다 그는 선천적으로 강직하고 꼬장꼬장한 성격의 소유자였다.

상학적으로 그는 명궁에 광채가 나고 밝아 학문적으로는 통달하였다고 보는 것이 정확하다. 그러나 그곳에 주름이 끼어 있으므로 결국에는 가산을 없애고 조상까지 해를 입히게 되는 결과를 초래한다. 물론 이것은 나중의 일이다.

엄하고 꼬장꼬장한 성격이 조지서라면 허침(許琛)은 마음씨 좋은 아저씨 같은 타입이었다. 그는 말하기를 '공부는 억지로 해선 안 되는 것입니다. 놀고 싶을 때엔 맘껏 놀고 또 공부할 때엔 열심을 내야 합니다. 아시겠지요.' 하였기 때문에 연산은 허침 곁에서 그림을 그리고 놀았다.

그러나 조지서는 달랐다. 자리를 함께 하면 연산은 사부의 예로서 조지서에게 깍듯이 절을 해야 했으며, 가르침을 받는 문노로서 자세가 흐트러지면 엄한 질책이 뒤따랐다.

"사부님, 조금만 쉬다 하시지요. 머리가 무거워 생각이 잘 나지 않습니다."

조지서가 묵인해 줄 리 없었다.

"동궁 저하, 저하께서 진정으로 머리가 산만하시다면 바람을 쏘일 겸 밖에 나가 쉬시는 게 당연합니다. 신선한 대자연의 바람을 쏘이면 머리가 맑아지겠지요. 그러나 지금 저하의 머릿속은 그런 것이 아닙니다. 어떻게 하면 공부를 하지 않을까, 어떻게 하면 이 자리를 피할까 하는 생각뿐입니다. 그렇게 생각하신다면 이젠 한 가지 방법밖에 없습니다."

그것은 전후의 모든 상황을 성종에게 고해 바치는 일이었다. 그런 이유로 연산은 몇 번이나 낭패를 당한 적이 몇 번 있었다. 마지못해 공부를 하는 척 했지만 연산은 괴로웠다.

얼마 후 성종이 승하하자 보위에 오른 연산은 자신을 힘들게 한 스승 조지서를 잡아다 죽인 후 시신을 강물에 띄워 버렸다. 세상에 다시없는 스승과 제자 사이의 묘한 은원이다.

두 눈의 광채가 제자리를 지키고 있는 김시습

조선 초기의 학자이며 생육신의 한사람인 김시습(金時習). 자는 열경(悅卿)이오, 호는 매월당(梅月堂) · 청한자(淸寒子) · 동봉(東峰) · 벽산청은(碧山淸隱) · 췌세옹(贅世翁) 이며 법호는 설잠(雪岑)이다. 그의 조부 겸간(謙侃)은 오위부장을 지냈으며 아버지 일성(日省)은 음보(蔭補)로 충순위(忠順衛)를 지냈는데 어머니는 울진 선사 장씨(仙傞張氏)로 알려져 있다.

그에 대한 모습을 자세히 그려낼 수 없지만 충청남도 유형문화재 제64호(충남 부여군 외산면 만수리 무량사 소장)를 참조하더라도 상학적인 해설을 한다는 게 여의치 않음을 알 수 있다. 다만 「달마 조사 상결비전(達磨祖師 相訣秘傳)」으로 다음같이 풀어볼 수 있다.

이 법은 다섯 가지 방법으로 살피는 것인데 첫째가 상주신(相主神)이다. 이른바 눈 속의 신기를 살피는 법이다.

이 법으로 보면 김시습은 '장불회 강불고(藏不晦 剛不孤)'라 할 수 있다. 장이란 뭔가? 이것은 드러나지 않는 것을 뜻한다. 그리고 불회란 신이 없는 것을 뜻한다. 쉽게 말해 눈 속에 있는 신기는 없어서는 안되며 없는 듯이 보일 뿐으로 숨겨져 있다는 뜻이다.

또한 강(剛)은 공경의 의미다. 그리고 고(孤)는 미워함이다. 신기라는 것은 사실 공경스러운 것인데 나쁘지 않아야 존경을 받는다. 그러나 미워하거나 질시할 때엔 외롭게 된다. 그렇다면 정신적인 탐색은 어떤 방법이 필요한 것인가?

그것이 둘째인 신주안(神主眼)이다. 이것은 눈을 통해 정신을 살피는 것이다. 김시습은 한 마디로 수이정(秀而正)이다.

두 눈의 바른 광채가 제자리를 지키고 있음을 알 수 있다. 즉 '목청미수 정위총준지아(目淸眉秀 定爲聰俊之兒)'라 했다. 눈이 맑고 눈썹이 수려하면 총명하고 준걸하다는 뜻이다.

셋째가 인신(人身)이다. 이것은 사람의 몸을 10분(分)으로 나누어서 보는 법으로 얼굴이 6분(分), 몸은 4분(分)으로 나누는 것을 말한다.

넷째가 인면(人面)이다. 이것은 눈이 5분(分)을 차지해야 하는데 이마는 곧고 평평하며 신광(神光)이 있어야 한다.

그러는가하면 다섯째인 택교(擇交)에서는 눈을 관찰하여 장차를 예지 하는 것인데, 김시습의 경우는 소리(聲)가 넉넉하다는 것이다. 상학적으로 보아 선비 · 농부 · 장인 할 것없이 소리가 진실하면 반드시 성공한다.

제일 좋은 관상, 그 관상은 위의 다섯 가지가 여하히 조화를 이루느냐에 있다. 입 · 이마 · 손 · 발 · 체격 등등의 여러 부위가 제격을 갖췄다는 것은 일반적인 상학에 불과할 뿐이다.

상학적으로 볼 때 그의 재간은 사해가 넘나드는 데도 늘 외로움이 함께 한다는 게 이상했다. 사해에 넘나드는 재간, 그것은 김오세(金五歲)라 불릴만큼 신동(神童)이었다는 뜻이다. 『장릉지

(莊陵誌)』·『해동명신록』·『미수기언(眉叟記言)』·『고려사』 등의 자료에 의하면, 김시습은 성균관 부근에서 태어났는데 천품이 영민 하였다고 씌어 있다.

태어난 지 8개월만에 글을 알았고 3세 때에 한시를 지었으며 다섯 살 때엔 『중용』과 『대학』을 통달하여 김오세(金五歲)라 불렸다. 세상이 떠들썩하리만큼의 천재라는 소문에 학자 허조(許稠)가 그의 재능을 시험하려고 찾아왔다. 그가 말했다.

"나는 이미 늙었으므로 늙을 노(老)를 넣어 시를 지을 것이다만, 너는 나이가 어리니 아무 시나 지어 보아라."

"무슨 말씀을 그리 하시는지요. 세상사 모든 일은 마음먹기에 달려 있는데요."

그러면서 한 수 토해 냈다.

"늙은 나무에 꽃이 피어 마음은 늙지 않았습니다(老木開花心不老)."

"허, 과시 신동이로다."

허조는 감탄에 감탄을 더하며 무릎을 탁 두드렸다.

이때의 나이가 다섯이었으니 보통 사람으로서는 상상도 못할 일이다. 김시습은 열 다섯 살 때에 어머니를 여의었다. 부득이 외가로 내려가 있는데 3년상을 마치기도 전 외조모까지 세상을 떠났다. 곧 서울에 돌아왔으나 집안 형편은 말로 할 수 없을 만큼 어려웠다.

이 무렵 세종 대왕이 승하하고 문종이 보위에 올랐다. 문종 또한 2년만에 승하하고 왕세자 단종이 12세에 보위를 이었다. 세종의 둘째 아들 수양 대군은 한명회 등을 내세워 김종서·황보인 등을 살해하고 아우 안평대군을 죽여 버렸다. 이른바 계유정난(癸酉靖亂)이다. 그 뒤 보위에 오른 수양대군은 단종을 노산군으로 강봉하고 강원도 영월로 보낸 후 마침내 사약을 내려 죽이고 말았다. 김시습의 나이 스물 하나일 때였다.

당시 그는 삼각산 중흥사(重興寺)에서 공부를 하고 있었다. 수양 대군의 왕위 찬탈 소식을 듣고 분연히 일어나 책을 불사르고 통곡하더니 그 길로 삭발하고 유랑의 길을 떠났다. 관서와 관동 지방의 유람을 마치고, 잠시 효령대군의 권유로 세조의 「불경언해」 작업에 참여했다.

세조는 효령대군으로 하여금 김시습이 원각사를 맡아볼 수 있도록 배려했으나 단호히 거절하고 떠나 버렸다. 그가 세상에 반기를 든 지 10여년, 『금오신화(金鰲新話)』를 창작하며 현실에서 이루지 못한 자신의 이상향을 찾아내기에 이른다. 「취유부벽정(醉遊浮碧亭)」·「남염부주지(南炎浮州志)」·「용궁부연록(龍宮赴宴錄)」 등의 3편을 통해 천국·지옥·수궁의 삼계(三界) 양상을 보여주고, 불교 철리와 음양오행설의 해박한 귀신지설(鬼神之說)도 보여주는 것이 심상치 않다.

10대에는 학문에 전념하였고, 20대엔 산수를 즐기며 천하를 떠돌았고, 30대에는 외롭고 지친 영혼을 이끌고 수도로서 인생의 터를 닦았고, 40대엔 가증스러운 현실을 냉철히 비판하고 항거하였다. 또한 50대에는 인습의 패각(貝殼)을 깨뜨리고 초연히 떠돌다가 충청도 홍산의 무량사에 들어와 병사하였다. 그의 유해는 유언에 의해 화장을 하지 않고 절 옆에 안치해 두었다. 세 해가 지난 어느 날 장사를 지내려고 관을 열었는데, 안색은 평시와 같았으므로 김시습이 마침내 부처가 된 것이라 믿었다. 그는 현실에서 이룰 수 없는 역량과 포부를 한탄했다.

그는 역리 시대의 영원한 아웃사이더였다. 유해는 불교 식으로 다비(茶毘)하여 유골을 모아 부도(浮圖)에 안치하였다.

좋은 옥(玉)은 돌 속에서 나와야 한다

붓과 벼루를 만지작거리는 것은 먼 곳에서 소식이 오는 것을, 먹을 갈거나 붓을 주며 연적(硯滴)을 찾는 것은 학자가 된다는 뜻이다. 신령이 나타나 '이 연적을 남편에게 주라'는 꿈을 꾼 것은 주면석(周冕錫)의 부인 전주 이씨였다.

꿈속의 백발 신선이 준 연적, 그것을 남편에게 주라는 꿈을 꾼 후 태기가 있더니 1876년 11월 7일에 무릉골의 초가에서 몸을 풀었다.

아이의 어릴 때 이름은 상호(相鎬), 일명 한힌샘 · 백천(白川)으로 불리던 국어학자 주시경(周時經) 선생이다.

주시경은 6남매 가운데 둘째로 태어났다. 워낙 가세가 빈곤하여 끼니 채우기 어려운데다, 그가 태어난 해엔 흉년이 들었기 때문에 젖을 배불리 먹지 못해 기절한 적이 있을 정도였다. 얼마나 집안이 어려웠는가 하면 어머니와 누이가 도라지를 캐어와 그것으로 죽을 쒀 식구들이 나누어 먹곤 하였다.

주시경이 열 세 살이 되던 해였다. 서울에 사는 작은아버지 학만(鶴萬;冕鎭)이 찾아왔다. 잔뜩 술에 찌든 얼굴은 푸석했고 눈빛은 실의에 빠져 있었다. 학만은 아들과 딸을 하나씩 두었으나 괴질로 자식들을 잃었다. 그때부터 하는 일없이 지내다가 남문 시장에서 해륙물산객주(海陸物産客主) 업을 시작하여 어지간히 형편이 풀렸다. 그렇다 보니 형제간이 많은 형을 찾아와 주시경의 양자 입적을 의논한 것이다.

서울에 올라 온 주시경은 글방에 다녔다. 그러나 그곳은 장사꾼이나 중인들만이 다니는 곳이어서 열 다섯 살 때에 이회종(李會鍾)이라는 진사가 가르치는 곳으로 옮겼다. 그곳에서 열여덟 살 때까지 다니게 되었는데 일생을 반전할 의문이 생긴 것은 그때였다. 그것은 한문의 뜻을 해석하기 위해 우리말로 번역하는 수고로움을 보면서였다.

'글을 말로 적으면 간단한 일이 아닌가?'

이것이 당시의 의문으로 평생을 한글 연구에 바치게 되는 동기였다. 말을 글로 적는 방법. 그 방법은 간단 명료하지 않으면 소용없었다. 그의 열정은 급기야 상소와 건의로 이어졌고, 마침내 지석영의 「신정국문(新訂國文)」 실시 청원이 임금의 재가로 발표되었다.

첫째는 「·」를 폐지하고 「=」를 만들어 쓰려는 것이며,

둘째는 연산군 이래 정부가 한글 연구에 힘쓰지 않았으므로 정음청 같은 연구 기관을 두어 국어와 국문을 부흥 · 발전시키자는 것이었다. 정부에서는 그의 건의를 받아들여 학부 안에 「국문 연구소」를 설치하게 하였다.

이때 그의 나이는 서른 둘이었으며 당시 위원은 열 다섯 명이었다. 그러나 국문 연구소는 나라의 운수가 쇠망하여지자 흐지부지 되어 버렸다. 이후 주시경은 서재필에게서 입헌정치 사상을 받게 되었다. 그 지도로 학생회 조직에 가담하게 되니 이른바 「협

성회」다. 우리나라에 '회'라는 조직으로 단체가 생긴 것은 이것이 효시였다.

서재필이 갑신정변의 실패로 망명했다가 갑오경장 다음 해에 10년 기한을 약속으로 귀국하여 독립협회를 만들었다.

이곳에서 독립신문을 만들어 정부의 잘못된 정책에 대해 논박을 가했다. 이로 말미암아 그들은 경찰의 손길을 피해 다니지 않으면 안되었다. 주시경은 중국의 문호 양계초(梁啓超)가 쓴 「월남망국사」의 내용이 우리나라의 현실과 비슷한 것을 보고 이를 순한글로 번역하여 박문서관에서 박아냈다. 왜경들이 판매를 금지시켰지만 은밀히 지하로 유통될 만큼 시선을 끌었다. 주시경은 국어학의 터전을 닦고 개척할 여지도 남겨 놓았다. 그가 오래 살았다면 국어학은 한 걸음 더 발전했을 것이며 「말모이;사전」 역시 좀더 훌륭한 모습으로 세상에 나왔을 것이다.

『달마상법』에서는 골격에 대해 말한다.

<좋은 옥이라도 돌 속에서 나오지 않으면 헛되이 스스로 산 속에 묻히고 만다>

다시 말해 골격이 맑고 건강할 지라도 색깔이 막히고 열리지 않은 것을 말한 것이다. 이런 상은 한번만 열리면 큰 일을 하는 것으로 알려져 있다.

연상(年上)과 수상(壽上)이 높지 않은 진주

흔히 색향이라 부르는 평양은 풍류남아들의 은근한 얘기들이 알알이 박혀있는 고장이다. 그래서인지 어느 때인가는 들끓는 연정과, 안타까운 별리의 슬픔도 있었고, 애련히 있었다. 바로 그런 얘기가 「추풍감별곡(秋風感別曲)」이다.

이 노래는 서도 소리의 한 종류인 송서(誦書)의 하나로 알려져 있다. 송서란 긴 사설로 된 가사 내용을 계면조적인 애조 띤 맛을 넣어 서도식으로 읽는 것이다. 그렇다보니 소리 조에 가깝다. 이러한 송서가 만들어진 배경에는 다음 같은 사연이 숨어 있다.

평양에 아름답고 글 잘하는 미색이 있었다. 많은 사람들이 그녀에 대해 말하기를 '형산의 백옥은 갈지 아니하여도 빛이 나며, 빛나는 옥은 길거리 진흙에 파묻혀도 찬란한 빛깔은 유지한다'고 하였다.

용모며 글 짓는 재간이 뛰어난 탓에 소문은 꼬리를 물고 성천(成川) 땅에까지 들려왔다.

본디 성천은 담배의 산지다. 풍광도 빼어났지만 글깨나 하는 선비들이 우후죽순처럼 많은 곳이다. 더구나 이곳에는 강선루(降

仙樓)라는 다락방이 있다. 풍광이 빼어나고 경제적으로 여유가 있는 고장이 바로 성천이다. 바로 이 성천에 노씨 성을 쓰는 진사가 살고 있었다. 모든 것을 풍족하게 갖추었는데 단 한가지 처복(妻福)만은 없었다. 나이 오십에 상처하여 말년을 쓸쓸히 보내고 있었다.

그러나 재취를 하지 않은 것은 그의 관상 때문이었다. 상학에 밝은 어느 점쟁이가 그의 얼굴을 보며 이렇게 핀잔을 주었다.

"토성(코)이 삐뚤어지면 고통과 어려움이 따르는 법(土宿歪斜受苦辛)인데 어쩌면 진사님의 토성이 그 짝인지 모르겠습니다. 재취를 두는 것은 바람직하지 못할 듯 싶습니다."

재취를 들일 것은 염두에 두지도 않았는데 그런 터에 평양의 명기 진주(眞珠)의 소문을 들은 것이다.

'내가 얼마나 살겠는가? 저승에까지 재물을 가져갈 것도 아닌 바에야 남아로서 풍류를 즐기는 것도 괜찮은 일이 아닌가.'

노진사는 평양으로 길을 떠났다. 평양에 도착하니 진주에 대한 소문은 파다했다. 글 잘 짓고 노래 잘한다는 명기, 어차피 평양에 왔으니 한 번 만나봐야겠다는 간절한 생각이 일어났다. 그래서 날짜를 정해 찾아가 음식을 장만하여 화방(畵舫;놀잇배)을 대동강에 띄웠다.

고요히 흐르는 대동강 위로 미끌어지듯 놀잇배가 가고 있었다. 수양버들이 휘늘어진 곳에 닻을 내리자 노진사가 물었다.

"문장이 놀랍다는 말을 들었네. 어디 한 수 짓겠는가?"

진주는 마다하지 않았다. 그녀는 비단 치마폭을 펼치며 잔뜩 미소를 띄워 올렸다. 준비해온 보따리를 풀어 필묵을 꺼내잡았다.

"운을 부르십시오."

"가만, 재목은 '평양의 명기 진주로 하세.' 그리고 운은 「능할

능(能)」 자가 좋겠네.”

진주는 잠깐 생각하고 나서 순식간에 ‘능 팔자’의 시를 지었다.

조각배 위의 진주 무엇이 능한 바더냐(貝上眞珠有何能)
노래와 춤 시 또한 잘 짓네(能歌能舞詩亦能)
능한 가운데 또 한 가지 능한 것이 있으니(能能之中又一能)
달없는 밤 지아비 희롱함이 또한 능함일세(無月三更弄夫能)

노진사는 오십평생에 낙운성시가 이렇게 이뤄지는 것을 처음 보았다. 한동안 시를 들여다보며 얼이 빠져버렸다. 그 바람에 진주는 홍조를 띄며 얼굴을 붉혔다. 휘이 불어가는 바람에 정신이 든 노진사는 그제야 진주의 치마폭을 가리켰다.

“이보게, 그걸 내게 주게.”

“나으리의 소청이신데 못드릴 이유가 어딨습니까.”

사실 노진사는 하루만 묵고 떠나려 했었다. 진주에 대한 소문이 그럴듯하여 한 번 만나는 것으로 하루를 버릴 생각이었다. 그런데 생각이 달라진 것이다. 자신도 모르는 사이에 진주를 은애하게 됐다. 진주도 마찬가지였다. 처음에는 손님으로서 노진사를 맞아들였다. 그런데 하루 이틀이 지나가자 생각이 달라졌다. 노진사의 인품이나 문장의 그윽함에 끌리기 시작한 것이다. 그러나 진주는 자제했다. 기생으로서의 본분을 망각하지 않고 적당한 선에서 노진사를 접대했다. 그러다 보니 어떤 때는 노진사가 청을 넣어도 만나주지 않고 다른 한량들의 술자리에 나가 있었다.

노진사는 깊은 상심에 빠져들었다. 상심에 겨운 자신의 마음을 달랠길없어 굽이치는 대동강물을 바라보며 언문 풍월을 지으니 이것이 「추풍감별곡(秋風感別曲)」이었다.

어젯밤 불던 바람 금성이 완연하다
고침 단금에 상사몽 훌쩍 깨어
죽창을 반개하고 막막히 앉았으니
만리 창공에 하운이 흩어지고
천년 강산에 찬 기운 새로워라
심사도 창연한데 물색도 유감하다
정수에 부는 바람 이 한을 아뢰는 듯
채국에 맺힌 이슬 별루(別淚)에 머금은 듯
잔류 남모에 춘앵이 이귀하고
소월 동정에 잔나비 슬피운다
임여의고 썩은 간장 하마트면 끊치리라
삼춘에 즐기던 일 예런가 꿈이런가
세우사창 요적한데 흡흡히 깊은 정과
야월삼경 사어시에 백년 살자 굳은 약속
모란봉 높고 높고 대동강 깊고 깊어
무너지기 의외어던 끊어질길 짐작하리…….

시를 마치고 노진사가 눈을 들었을 때엔 사위가 훤히 밝아올 무렵이었다. 더구나 시를 지은 장소가 주암(酒岩)이었고 보니 자신의 모습이 물에 비춰 이상한 형상을 만들어냈다. 노진사는 인기척을 느끼고 뒤를 돌아보았다. 초립동이가 나무를 잔뜩 지고 길을 떠나는 참이었다. 평양으로 나무를 팔러 가는 길임을 한눈에 알 수 있었다.

"애야, 그 나무 내게 팔아라."

초립동이의 얼굴이 밝아졌다.

"그 대신 내 심부름 좀 해주어라. 평양에 가면 진주라는 기생이 있는데 그 집을 찾아가 내 편지를 전해주어라."

그렇게 초립동이는 떠나가더니 가을의 짧은 해가 서산으로 넘어가기 전에 헐떡이며 뛰어왔다. 손에는 하얀 종이를 들려 있었다. 두말할 것도 없이 회답의 편지였다. 그것을 펼쳐들자 몇 자 안되는 글자가 확연히 들어왔다.

그대와 내가 인연을 맺으면(若結君我結)
지하의 낭군이 통곡하리라(地下郎君哭)

아, 그러면 그렇지. 그럴만한 사정이 있었구나. 그렇지 않고서야 자신의 청을 야속하게 물리쳤겠는가. 노진사는 스스로 묻고 답하여 위로를 삼았다. 그런데도 여전히 마음 자리에는 안타까움이 묻어났다. 이제는 아무 미련이 없이 성천으로 돌아갈 수 있을 것 같았다.

노진사는 집으로 돌아온 후 한 가지 일에 몰두했다. 그것은 담배 농사를 열심히 짓는 일이었다. 본디 성천초(成川草)는 임금님에게 진상되던 물건이었다. 토질이 좋은 이곳에서 산출되는 담배는 고관 대작들이 즐기는 기호품이다.

노진사는 좋은 잎을 골라 음지에서 초벌을 말리고 그 뒤에 한 잎씩 새벽 이슬을 적셨다. 하루 종일 손으로 정성껏 뒤적여 저녁이 되어서야 차곡차곡 쌓았다. 이렇게 백일 동안 정성을 다해 손질한 후 진주에게 한통의 편지와 함께 보냈다. 변변찮은 물건이지만 정성이 얽히어 있다는 사연을 담았다. 하인에게 들리어 보낸 답장은 하얀 손수건이었다. 그것은 눈물을 닦은 흔적이 역력한 하얀 손수건이었다. 그 손수건은 점점이 떨어지는 눈송이에 어울어져 한결 애처롭게만 느껴졌다. 그러던 어느날 오후, 눈이 포근히 내려쌓인 마당을 내려다 보고 있을 때였다. 한 채의 보교가 대문 앞에 이르렀다. 처음 보는 하녀가 물었다.

"이곳이 노진사님 댁이지요?"

노진사가 섬돌 아래로 내려섰다. 계집종은 편지 한 통을 올렸다. 꿈에도 잊지못할 진주의 필적이었다.

"진사님!"

보교 안에서 나온 것은 여염집 규수처럼 예쁘게 차린 진주였다. 노진사는 자신의 눈을 의심했다. 왈칵 달려들어 진주를 껴안았다.

"진사님!"

무슨 말이 필요하겠는가. 지하의 낭군 때문에 노진사의 청을 받아들일 수 없다는 진주였다. 그러나 노진사의 정성 앞에는 무력한 일이었다. 진주가 말했다.

"일년을 참았습니다. 그 기간 동안 진사님을 잊을 수 있다고 생각을 했습니다. 진사님, 그리움을 견디지 못하고 이렇게 달려왔습니다."

노진사는 더욱 진주의 몸을 껴안았다. 꿈속의 일처럼 아련함 속에 흰눈이 풍성하게 쏟아져 내렸다.

『달마상법』에서는 이렇게 말한다. 자식을 얻고 아내를 얻으려거든 모름지기 맑고 안온해야 한다고 했다. 특히 연상(年上)과 수상(壽上)이 높지 않아야 좋다.

일반적으로 맑고 야윈 여자는 뼈가 살을 이겨 기혈이 맑고 밝아 반드시 자식이 있다. 그러나 코가 지나치지 않게 높아야 한다. 그러나 연상과 수상이 지나치게 높으면 결국은 남편을 속이고 자식을 잃게 된다.

눈의 광채에도 삼탈(三脫)이 있다

눈의 광채를 살피는 방법이다. 일반적으로 근심이 없는 사람은 얕고 깊은 것으로 병들어 죽는 것을 판단한다. 근심이 없는 데도 눈의 광채가 벗어난다면 병이 발생한다. 병이 있으면 움직이는 것이 정해지므로 살아있는 것과 죽을 것을 구별하는 것이다. 그런가하면 일을 당했을 때는 음과 음양으로 선악을 판단하며 눈의 광채가 벗어나면 눈의 좌우를 구분하여 길흉을 판단한다. 이 경우 오른쪽이 길한 것이다.

조선 중기의 무신 신립(申砬)은 본관은 평산이고 자는 입지(立之), 부친의 함자는 생원 화국(華國)이다. 어려서부터 글 읽기보다 무예 닦기를 좋아하여 스물 셋의 나이에 과거 급제하였다. 임진년 왜란 때에 왜군과 격전을 벌이다가 남한강물에 투신하여 순절한 장군의 얘기 속에는 또다른 유형의 전설이 꿈틀거린다.

신립이 아직 무과에 등과하기 전, 강산을 돌아보며 심신을 기르기 위해 길을 떠났다. 천하의 명궁이었던 그는 엇비듯히 활을 메고 한가롭게 여행을 즐겼다.

충청도의 어느 산중에 들어갔을 때였다. 동네는 어찌된 셈인지

폐촌(廢村)으로 보일만큼 사람의 자취를 찾을 수 없었다. 이집 저집을 기웃거렸지만 이미 인적은 끊겨 있었다.

'어허, 어찌된 셈이지?'

일단은 동네에서 가장 큰 집을 찾아가 문을 두드렸다.

"하룻밤 쉬었다 갑시다!"

몇 번이나 고함을 질렀을 때에야 안에서 기척이 왔다. 모기 소리처럼 아주 쇠미했다.

"이곳에서는 주무실 수 없습니다. 어서 떠나십시오."

"떠나라니오, 그게 무슨 말씀이십니까?"

어리둥절해 하는 신립에게 처녀의 목소리는 물기에 젖어 있었다. 본시 그 동네에는 도깨비들이 날뛴다는 것이다. 도깨비들이 마을 사람들을 하나 둘 잡아가더니 이젠 처녀 혼자만 남아 있는 처지라 했다. 한밤중에 오는 도깨비들이 잡아간 식구들의 수효, 그것은 젓가락 통안에 덩그마니 남았던 젓가락 숫자라 했다.

처녀가 준비해 준 식사를 마치고 났을 때였다. 멀리서부터 들려오는 소리에 신립은 활에 살을 채우고 문밖을 겨누었다. 요란스러운 발짝 소리가 마당 한가운데 멈추더니 한 놈이 중얼거렸다.

"어라, 인내(人臭)가 난다?"

그들 중 우두머리로 보이는 놈이 방을 향해 걸음을 떼어놓자 신립은 첫 번째 화살을 날렸다. 이마에 살이 박힌 괴수가 나가 떨어졌다. 느닷없는 정경에 모두들 야단법석이었다. 신립은 다시 두 번째와 세 번째 살을 날렸다. 그때마다 도깨비들은 나가 떨어졌다. 일단 도깨비들을 퇴치하자 처녀는 신립을 방으로 들게 한 후 인사를 올렸다.

"저는 이 세상에 혼자 남았습니다. 부디 이 몸을 거두어 주십시오."

그러나 신립은 단호히 거절했다.

"낭자, 이몸은 아직 혼인을 하지 않았습니다. 등과 하기 전에는 혼인하지 않기로 마음을 정하였으니 낭자의 청을 받아들일 수 없습니다."

밤이 늦었으니 일단 다음날 아침에 다시 얘기를 하기로 하고 그밤을 지냈다. 그러나 다음날에도 신립의 결심은 여전했다. 신립이 집을 떠나 얼마쯤 왔을 때 뒤에서 처녀의 목소리가 들려왔다.

"저를 데려가지 않으시면 차라리 여기에서 죽겠습니다."

그러나 신립은 아무런 대꾸를 하지 않았다. 문득 화광이 충천했다. 뒤를 돌아보니 처녀는 지붕 위로 올라가 불을 질러 스스로 불에 타 죽기를 각오한 것이다. 너무 놀란 신립이 달려갔을 때엔 이미 그녀의 모습은 타오르는 불길 속에 갇힌 뒤였다. 이후 세월은 흘러 임진년에 왜란이 일어났을 때였다. 신립은 탄금대 부근에 배수의 진을 치고 적과 대치했다. 조총이 빗발치고 양군이 지르는 함성이 천지를 가를 듯 요란했다.

신립은 적을 향해 화살을 쏘았다. 처음에는 백발백중이던 살이 왠지 하나도 맞지를 않았다. 이상하게 여기며 화살을 쏘았는데, 문득 화살 끝에 옛날 그 어느 동네에서 불에 타 죽은 처녀의 모습이 헤쭉 웃으면서 나타났다 사라졌다.

신립은 탄식했다. 전귀(箭鬼)가 되어 나타난 처녀의 원혼 앞에 어쩔 수 없다는 생각이 든 것이다. 그는 달천강 물에 몸을 던져 자진하고 말았다는 것이다.

전택궁(田宅宮)에 이상이 있는 심의

한 핏줄을 받은 형제라 해도 심성이 판이한 것은 조물주의 조화이다. 중종 반정으로 공신이 된 심정(沈貞)과 심의 형제가 그러했다. 심정의 본관은 풍산이오, 부친은 적개공신(敵愾功臣) 심응(沈膺)이다. 중종반정에 가담해 정국공신(靖國功臣) 3등에 책록되었고, 1518년엔 형조판서의 물망에 올랐으나 조광조 등의 사류로부터 소인으로 지목되고 이조판서 안당(安瑭)의 거부로 임명되지 못하였다.

그들에 대한 복수를 노리던 중 1519년 조광조 등이 반정 공신들의 위훈삭제를 요구하고 나서자, 경빈 박씨를 통해 주초위왕(走肖爲王)이라는 엽참문을 퍼뜨리고 남곤 · 홍경주 등과 함께 기묘사화를 일으켜 사류들을 일망타진하였다. 남곤이 세상을 뜬 뒤에는 좌의정 · 화천부원군에 올라 권력을 독점할 지경에까지 이르렀다. 바로 이 무렵에 예문관검열을 지냈던 동생 심의가 갑자기 형 집에 찾아와 슬피 운 것이다.

"어허, 도대체 무슨 일로 슬피 우느냐? 형이 정승이 된 즐거운 날에 어찌 우는가 그 말이다."

"사실을 말하자면 그렇습니다. 어젯밤 꿈에 아버님이 나타나 '내가 죽을 때 너에게 주려던 것을 미처 주지 못하고 죽었다. 그게 한이 되어 아직도 눈을 감지 못하는구나.' 하시지 뭡니까. 깨어보니 꿈이었는데 너무나 부모님 생각이 간절하여 형님을 찾아왔습니다."

"그래, 무엇을 주지 못했다 하시더냐?"

"한두 가지가 아니에요."

"그래도 말해 보라니까."

"그렇담 말씀 올리겠으니 지필묵이나 준비하세요."

그렇게 하여 여러 가지 진귀한 물건들을 부르기 시작했다. 한결같이 값나가는 물건들이었다. 심정은 즉시 그 물건들을 동생의 집으로 보내주었다. 그러면 동생 심의는 이 물건들을 가난한 선비들에게 죄다 나누어주었다.

아우가 돌아간 뒤에 속은 것을 눈치챈 심정은 즉시 동생을 불러들였다. 그리고 꿈 얘기를 꺼내 들었다.

"참으로 이상한 일도 다 있지. 어젯밤 꿈에 부모님을 만났는데……."

그러면 심의는 얼른 말꼬리를 돌려버렸다.

"형님께서 무슨 말씀을 하시려고 그러시는 지 모르겠습니다만, 봄밤에 꾸는 꿈길을 어찌 다 믿을 수 있겠습니까. 마음에 두지 마십시오."

그러고 나서는 엉뚱한 표정을 지은 채 능을 쳤다.

"형님, 저번날 가져간 물건은 모두 없어졌습니다. 참, 형님께서 집안 일을 시키라고 보내 준 하인 녀석만은 돌려보내지요. 고 녀석이 밥을 워낙 많이 먹어서요."

그로부터 얼마 후 심정의 생일날이었다. 중신들이 모여 풍악을 잡고 질탕하게 놀았는데 유독 동생인 심의만이 그림자도 보이지 않았다. 그는 서산에 해가 기울 무렵에야 나귀를 타고 나타났다.

"형님이나 여기 계신 분들은 쥐구멍이라도 찾아야 할 것인데 이렇게 당당하게 술을 마시고 있으십니까?"

이렇게 말하고는 통곡했다.

몇 해가 지나갔다. 심정 · 홍경주 일파가 밀려나 멀리 귀양을 가게 되었다. 소식을 듣고 서울로 달려온 심의는 즉시 형의 집으로 달려갔다. 텅빈 곳간 문이 열려 있고 그 안에 쥐구멍이 있었다. 그는 마루장을 치며 통곡했다.

"쥐구멍은 그대로 있는데 우리 형은 어디로 갔는가!"

그를 아는 사람들은 「쥐구멍을 보고 형을 생각한 심의」라고 두고두고 얘깃거리를 삼았으나 서경덕은 그의 뜻을 이해하고 친하게 지냈다.

언젠가 서경덕은 그런 말을 심의에게 했었다.

"그대의 형은 십이궁 관상법으로 보면 전택궁에 이상이 있네. 모름지기 눈동자는 논과 밭으로 궁을 삼기 마련이어서 한결같은 모양새여야 하네. 한데 음양이 가지처럼 뻗어 있으니 머잖아 가산을 날리게 될 것이야. 형 집의 출입을 삼가시게. 일찍이 달마대사는 그런 말을 했었네. '앞의 관상이 좋으나 뒤가 이지러졌으면 헛된 이름에 장수하지 못할 것이다'라고."

이기축을 지아비로 삼은 육요(六曜)의 상법

이기축(李己丑)은 주막집 하인이었다. 근본은 알 수 없으나 기축년에 태어났으므로 이름을 그렇게 불렀다. 사람 됨됨이로 본다면 무척 아둔하여 주변 사람들에게 놀림감 받은 날이 많았다. 이기축이 몸담은 주막집에는 혼기에 접어든 월이(月伊)라는 딸이 있었다.

홀로 지내던 중 점법이며 상서(相書;관상서)를 두루 섭렵하여 그 방면에 일가견이 있었으나 그녀의 부모는 이런 사실을 몰랐다. 다만 혼기에 접어들었으니 어떻게든 의식 걱정을 하지 않을 적당한 집안을 물색해 시집 보낼 궁리만 이쪽 저쪽으로 맞추었다. 그런데 월이가 자신의 짝은 스스로 찾겠다고 하는 바람에 부모는 일단 그쪽에서 손을 놓았다. 그런데 그 짝으로 내놓은 게 이기축이었으니 부모의 반대는 당연했다.

"도대체 정신이 있는 거냐, 없는 거냐. 어떻게 이기축이가 너의 배필이 될 수 있단 말이냐? 그러지 말고 건너 마을 김서방네 둘째 아들에게 시집가거라."

월이는 막무가내였다. 이번 혼사가 깨어지면 목을 매거나 입에 칼을 물고 죽겠다는 바람에 부모는 할 수 없이 허락하고 말았다. 그런데도 아쉬움을 감추지 못하고 왜 저런 바보를 골랐는지 물었다. 월이는 대답하지 않았다. 그것은 자신만의 비밀이었다. 월이는 자신이 익힌 상서의 한 갈래 중에 육요(六曜)의 상법에 일가견이 있었다. 이것은 얼굴을 여섯으로 구분해 길흉을 판단하는 방법이었다.

첫째는 태양성(太陽星)으로 왼쪽 눈을 가리킨다. 태양은 항상 빛이 나야 하듯 이곳이 빛나면 복록이 있다.

둘째는 콧날을 뜻하는 월패성(月孛星)이다. 아무래도 이 부분이 곧아야 의식이 풍부하다.

셋째는 인당을 뜻하는 자기성(紫氣星)이다. 이 부분은 둥글넓적해야 고관대작이 된다.

넷째는 오른쪽 눈을 뜻하는 태음성(太陰星)이다. 눈이 검어야 관직에 오른다.

다섯째는 왼쪽 눈썹을 뜻하는 나후성(羅喉星)이다. 이곳은 길어야 좋다.

여섯째는 오른쪽 눈썹인 계도성(計都星)이다. 가지런하고 고와야 좋다.

이것이 육요의 상법인데 월이는 이 법에 의거해 이기축이가 장차 한자리를 할 것으로 예감했다. 월이는 곧 혼인식을 올리고 남편과 함께 한양으로 올라갔다. 한적한 곳에 술집을 열었는데 상술이 뛰어나 평이 좋았다.

어느 날 그녀는 『십팔사략』 첫 번째 권의 '이윤태갑(伊尹太甲)을 폐하라'는 구절에 표를 하고 남편에게 주었다.

"이것을 가지고 신무문 뒤로 가면 무리들이 모여 있을 것입니다. 그 사람들에게 이 책을 내보이며 가르쳐 달라 하십시오."

이기축은 부인 말대로 신무문 뒤로 달려갔다. 거기에는 장사 예닐곱 명이 모여 있었다.

그들을 향해 표시된 부분을 펼치고 가르쳐 달라 하자 모두 깜짝 놀라 물었다.

"이보시오, 누가 가르쳐 달라 했소?"

이기축은 당당하게 말했다.

"내 부인이오."

모두들 월이가 기다리고 있던 술집으로 향했다. 월이는 그들을 맞이한 후 정겹게 말했다.

"여러분이 오실 것을 기다리고 있었습니다. 나의 지아비는 우둔하지만 시키는 일은 물불을 가리지 않고 완수합니다. 무슨 일이든 시키시면 반드시 도움이 될 것입니다."

이들은 광해군을 몰아내기 위해 뜻을 함께 한 반정의 무리들이었다.

결국 뜻을 이루어 인조를 왕으로 섬겼는데 반정을 일으킬 때 창의문을 뚫고 들어간 선봉장이 이기축이었다. 이로 인해 한갓 촌부에서 고관대작의 길로 접어든 것이다.

지극히 맑은 것은 스스로 속기(俗氣)가 있다

김종직(金宗直)은 본관이 선산(善山)으로 아호는 점필재(佔畢齋)다. 그의 부친 김숙자(金叔滋)는 길재(吉再)의 학풍을 이어받은 조선 초기의 유학자였다. 여러 관직을 거치던 중 수양대군이 어린 조카 단종을 축출하고 왕위에 오르자 벼슬을 포기하고 고향(밀양)으로 내려갔다. 그러므로 김종직은 다른 학동들과 아버지 밑에서 공부를 할 수 있었다.

본격적으로 글공부를 시작한 것은 여섯 살 때였다. 부친은 아들을 불러 앉히고 공부하는 요령에 대해 들려주었다. 이것은 당시 사대부 집안 자제들이 배우는 교과목에 대한 공부 순서였다.

"학습에 임할 때에는 순서가 있다. 그러므로 그 순서를 지켜야 했다. 『동몽(童蒙)』을 주면서 『유학자설정속편(儒學字說正俗篇)』을 완전히 암송한 후 『소학』을 읽어야 한다. 그 다음으로 『효경』·『대학』·『논어』·『맹자』를 탐독하고 『중용』을 읽어야 한다. 이렇듯 사서를 끝맺은 연후에 『시경』·『서경』·『춘추』·『주역』·『예기』의 순서로 학습한다. 그리고 나서 『통감』 등의 사서류와 제자백가서(諸子百家書)를 읽어야 한다."

김종직이 문과에 급제한 것은 세조 5년, 그의 나이 29세 때였다. 그후 승문원 권지부정으로 나갔을 때 어세겸(魚世謙;1430~1500)은 김종직의 시를 보고 감탄한 것이 유명하다.

"나에게 채찍을 가해 노예로 삼아도 달게 받겠다."

이러한 김종직이 세조의 왕위 찬탈을 풍자해 글을 지었다. 「조의제문(弔義祭文)」이다. 굴원(屈原)의 초사체(楚辭體)를 본뜬 글의 사연은 이러했다.

김종직이 밀성(密城)에서 경산(京山)으로 갈 때 답계역(踏溪驛)에서 하룻밤 유숙했다. 칠장복(七章服)을 입은 신선을 만난 것은 꿈속이었다.

자신은 초회왕(楚懷王)의 손자 심(心)인데 서초패왕(西楚霸王;항우)에게 죽임을 당해 침강(郴江)에 빠져 있다고 말하더니 보이지 않았다. 김종직은 잠에서 깨어나 혼잣말로 중얼거렸다.

"회왕은 남초(南楚) 사람이고 나는 동이(東夷) 사람이다. 떨어져 있는 길이로 본다면 만여리나 되고 세대의 선후도 천여 년이나 지났다. 그런데 이제 와 그런 꿈을 꾸었으니 무슨 징조인가?"

『사기(史記)』를 상고해보면, 초회왕이 물에 빠졌다는 말은 없다. 그런데 꿈길에 나타난 것으로 보면 항우가 사람을 시켜 비밀리에 때려 죽인 다음 강에 던졌다는 계산이 나왔다. 시간이 상당히 흐른 지금으로서 알 수 없는 일이었지만 김종직은 글을 지어 조상했다. 훗날 피바람을 일으킨 「조의제문」이다.

<……하늘이 물건의 법을 내어 사람에게 내어 줌이여. 누가 그 사대(四大;인의예지를 말함)와 오륜을 숭상할 줄 모르랴. 중국이라고 풍부하고 우리나라라고 인색한 것은 아닌데 어찌 옛날 것은 있고 지금 것은 없을까. 때문에 나는 오랑캐 사람이오, 천년 후지만 공손히 초나라 회왕을 조상하노라.

옛날 조룡(祖龍;진시황)이 위세를 부릴 때, 온 천하의 물결이 출렁거렸도다. 전어니 · 상어 · 미꾸라지 · 고래인들 어찌 보전하리. 그물에서 빠지려고 서로 분주했네. 당시 육국(六國;초연제한위조 등의 여섯 나라)의 남은 후손들이. 숨기도 하고 옮겨 가 백성들과 함께 살았네.

양(梁)나라는 남쪽 나라 장수의 씨로서 어호(魚狐)의 뒤를 이어 일으켰네. 왕이 되어 백성들의 희망에 따르기를 구함이여. 초나라 시조를 불사(不祀)에 두었네. 건부(乾符)를 잡고 왕위에 올랐으니 천한 사람 초나라 성보다 높은 이 없네.

패공(沛公;유방)을 보내 관중에 들어가게 했으니 족히 인의로움 보겠네. 양과 이리처럼 사납고 탐내서 관군을 죽였으니 어찌 항우를 잡아 처치하지 않았던가. 아아, 형세가 크게 그렇지 못했으니 나는 왕을 위해 두려워했네. 도리어 해침을 받아 젖을 담궜으니 과연 하늘의 운수 어그러졌네.

침현산(郴縣山)이 높아 하늘을 찌르는데 햇빛 희미하여 어두우려 하네. 침강 물 밤낮으로 흐르는데 물결은 출렁이며 돌아오지 않네. 천지가 장구토록 그 원한 어디 다 하리. 그 영혼 지금까지 오히려 떠돌고 있네. 내 마음 금석(金石)을 꿰뚫으니 왕의 영혼 갑자기 꿈속에 나타나네. 주자(朱子)의 늙은 사필(史筆) 따르려 하니 마음 울적하여 그를 흠모하네. 잔 들어 땅에 강신(降神)하니 바라건대 영령께선 오시어 흠향하소서.>

위의 「조의제문」에서 문제가 된 부분을 추려 보면 다음과 같다. '조룡이 위세를 부린다'는 것은 진시황을 가리키는 것으로 김종직이 진시황을 세조에 비유한 것이다. 그리고 '왕이 되어 백성들의 희망을 따르기를 구한다'는 것은 여기에서 왕은 초회왕의 손자 심(心)인데 처음엔 항량이 진나라를 무찌르고 손자 심을 찾아 의제를 삼은 것을 말하며 이것은 단종에 대한 비유다.

그리고 '양과 이리같이 사납고 탐하여 관군을 죽였다'는 것은 세조의 흉폭함을 가리키며, '어찌 잡아서 처치하지 않았는가' 한 것은 단종이 세조를 치지 않고 대신 죽임을 당했다는 탄식이다. 또한 '주자의 늙은 사필을 따르려 하니 마음 울적하여 흠모하게 하네'라 한 것은 김종직이 스스로를 주자로 칭하고 그 자신 글 짓는 것을 강목(綱目)의 사필에 비유한 것이다.

「조의제문」에 대한 파동은 사림이 온통 쑥밭이 되는 비운을 접하게 된다. 김종직의 문도로서 이미 죽은 사람은 부관참시했고, 죄의 무거움에 따라 그 뼈를 꺼내 가루로 만들어 바람에 날렸다. 한 자락의 꿈길을 찾아온 허회한 제문 하나가 조선을 온통 들쑤신 것이다.

몽점(夢占)에 있어서 제왕으로부터 소명(召命)이 내리는 것은 경회할만한 일로 풀이한다. 그러나 비명에 죽은 군왕의 꿈은 불길하다. 그렇기 때문에 김종직의 사후에 불어닥친 피바람은 그의 집안이며 문도들을 나락으로 떨궜다.

꿈은 다음의 몇 가지로 나누어 생각해 볼 수 있다. 첫째가 인체에 관한 해몽이다. 예를 들어 병이 들면 높은 자리에 오르고, 발 가벗으면 좋은 일이 생긴다. 땀이 쏟으면 상서롭지 못하고 이가 빠지면 집안 어른께 좋지 않은 일이 생기고 상여를 보면 재물을 얻으며 오줌을 뒤집어쓰면 좋은 일이 생긴다.

둘째는 인사에 관한 해몽이다. 조상이 꿈길에 나타나 음식을 권하면 좋은 일이 생기며, 시집가는 것을 보면 나쁘고 장가가는 것을 구경하면 좋다. 그런가 하면 잔치 자리에 부부가 함께 동석하면 이혼할 징조며 벼를 밤에 걷어들이면 재물을 얻는다.

셋째는 자연에 관한 해몽이다. 해와 달이 몸에 비치면 관직을 얻으며, 하늘로 오르면 고관이 된다.

넷째는 가옥에 관한 해몽이다. 대들보가 부러지면 불길하고 집을 수리하면 좋은 일이 생긴다. 샘이 마르면 재물이 줄어들고 부엌에 불이 나면 급한 일이 생긴다.

다섯째는 기물에 관한 해몽이다. 꿈에 칼에 맞아 죽으면 크게 좋다. 거울이 깨지면 부부가 이별하고 붓과 벼루를 들고 있으면 좋은 소식을 얻는다. 금비녀가 빛을 뿜으면 자식을 잃는다.

여섯째는 동물에 관한 해몽이다. 용이 승천하는 꿈은 귀인이 될 증거며, 학이 울면 명성을 얻는다. 뱀을 따라가면 나쁜 소문을 얻고 앵무새가 울면 아내에게 좋지 않은 소문이 난다. 품속에 제비가 찾아 들면 아들을 얻고 돼지를 보면 먹을 것이 생긴다.

일곱째는 나무 등의 식물에 관한 해몽이다. 숲이 우거진 수풀 속에 누워 있으면 병이 없어지고, 큰 나무를 베어 오면 재물이 생긴다. 우물 안에 뽕나무가 있으면 근심 · 걱정이 생기며, 과일수가 있는 곳을 지나치면 횡재를 한다는 것 등등이다.

『달마상법』에는 이렇게 쓰여 있다.

<눈썹이 맑고 수려한 사람은 귀하다. 그러나 어느 누가 지극히 맑고 아름다운 것을 싫어하는 것이 있다 하겠는가>

무슨 뜻인가? 지극히 맑다는 것은 눈썹과 눈이 스스로 속기가 있다는 것을 의미한다는 것이다. 그러므로 집을 나가면 자식이 없을 것이며 아름답다는 것은 마치 허수아비에게 옷을 입힌 것과 같다고 하였다.

이러한 상은 반드시 열매가 없는 꽃이며 결코 장수하지 못한다는 설명이 따른다.

자기(紫氣)가 인당에 임한 이공린

『달마상법』에 이런 말이 있다. '자기(紫氣)가 인당(印堂)에 임하면 오마제후(吳馬諸侯)의 귀함을 얻는다'. 이것을 상학적으로 풀이하면 '황기(黃氣) 가운데 자기가 있어 위로는 천부와 변지와 역마궁에 응하고 아래로 응하면 6개월 안에 나랏님의 칙명을 받을 운이 있다'는 것이다. 또는 벼슬에 오르거나 귀한 아들을 얻을 수 있다고도 하였다.

이러한 상법의 설명에서 맞대어 보면 이공린은 아들을 얻거나 큰 재물을 얻게 되는 것으로 풀이할 수 있다. 그런가하면 죄인은 사면을 받는다고도 하였다.

어느 날의 꿈길이었다. 희부연 안개가 사위에 가득차 오르는데 턱밑에 허연 수염을 새벽바람에 날리며 신선같은 노인이 신방(新房)에 든 젊은이를 흔들어 깨웠다.

"잠시 일어나십시오."

새신랑은 잔뜩 피곤기가 있는 눈빛으로 물었다. 신선같은 용모의 노인은 몹시 황송해 하는 몸짓으로 허리를 숙였다.

"선비님, 일이 워낙 화급하여 이렇듯 신새벽에 화촉동방까지 찾아들었습니다."

그렇게 보니 신랑은 지난밤 신방을 꾸몄었다. 그러므로 이것은 분명 꿈이라 생각했다. 그런데 무슨 일인가? 무슨 연유로 이런 신새벽에 자신의 꿈길을 찾아들었단 말인가? 이공린은 선하품을 날리며 노인을 바라보았다.

"그래, 무슨 일입니까?"

"참으로 송구스러운 말씀입니다만, 머지않아 나으리의 장인 되시는 박팽년 어른께서 큰 사건에 연루되어 목숨을 잃게 되십니다. 당분간 어느 쪽으로든 출입을 삼가십시오. 그것만이 나으리의 존체를 보전하는 길이옵니다. 제 말을 헛되이 들으시면 멸문을 면치 못하실 것입니다."

"그렇듯 이 집안은 도와 주시는 것을 보면 노인장은 수호신인 것 같습니다."

"아닙니다, 수호신이라니오. 저는 일개 촌부일 따름입니다."

"그렇담, 그 일을 알려 주시려고 저를 찾아오셨습니까?"

"예에, 그렇습니다. 하온데, 한 가지 청이 있습니다."

"무슨 말씀이십니까?"

"저의 아들을 좀 살려 주십시오. 나으리, 제게는 여덟 아들이 있사온대 그것은 오로지 나으리만 살리실 수 있습니다."

좀더 자세한 것을 알고 싶어 정신을 모으는 데 물안개 같은 것이 피어오르며 노인은 사라져버렸다. 그 다음부터는 아무리 노인을 불러도 대답이 없었다. 깨어보니 꿈이었다. 지난밤 신방을 꾸민 신부도 벌써 깨어 있었다.

"어찌 그러십니까?"

"참으로 알 수 없는 꿈을 꾸었답니다. 꿈에 한 노인이 나타나 자신의 여덟 아들을 살려달라지 뭡니까. 그 자식들을 나만이 살릴 수 있다고 했으나 참으로 모를 일입니다."

신부는 이상하다는 듯 나직이 입을 열었다.

"그러고 보니 하루 전에 서방님을 드리려고 자라를 사왔다는 말을 들었습니다."

신랑은 자리를 박차고 부엌으로 달려갔다. 과연 부엌 항아리에는 신랑의 원기를 돋우기 위해 사다놓은 여덟 마리의 자리가 있었다. 항아리가 비좁은 탓인지 이미 한 마리는 배가 뒤집힌 채 떠올라 있었다. 뒤따라 들어온 신부가 채근했다.

"서방님, 미물이라지만 오직 했으면 서방님 꿈길을 찾아왔겠습니까. 서방님, 자라를 살려 주시지오."

그날 신새벽에 신랑과 신부는 강으로 나가 자라를 놓아주었다. 이미 죽은 자라는 어쩔 수 없었지만 일곱 마리는 강물에 놓이자 한동안 주변을 가살대며 돌아다니다가 물속으로 사라져 갔다. 결국 일곱 마리만 방생한 셈이다.

이 신랑 이름이 이공린(李公麟)이다. 본관은 경주이며 이제현의 6대손으로 관찰사 이윤인(李尹仁)의 아들이다. 장인의 죄(박팽년)로 인하여 몇 년간 벼슬길에 나갈 수 없었으나 그후 관직에 나가 백성들을 잘 다스리고 선정을 베풀었다.

연산군 10년.

갑자사회(甲子士禍)가 일어났다. 이공린은 그의 아들 원(黿)의 죄에 연루되어 해남으로 유배되었다가 중종반정으로 풀려나는 등, 여러 차례 타인으로 인하여 곤욕을 치르었다.

여덟 아들을 슬하에 두었으나 하나만 목숨을 잃었다. 혼인을 치른 뒤 예사롭지 않게 꾼 꿈의 내용이 맞은 것이다. 나중에는 나이가 많아 스스로 관직에서 물려나 청주에서 한가로이 여생을 즐겼다.

소세양의 고종명(考終命)

『달마상법』에 「논신(論神)」이란 항목이 있다. 신(神;혼)을 논한다는 말이다.

사람은 기가 편하지 못하면 혼이 사나워진다. 그러므로 혼을 편안하게 하려면 무엇보다 자성(自省)하는 마음으로 스스로의 허물을 돌아보며 닦아야 한다. 사람이 깊은 잠에서 깨어나면 그 혼은 눈에서 논다. 물론 잠을 자면 신은 마음에 들게 된다.

옛 시가나 아름다운 글에는 눈에 대한 얘기가 나온다. 이를테면 눈은 마음의 창이라느니 또는 '눈이 밝으면 신(혼)이 맑고 눈이 어두우면 신(혼)이 흐리터분해진다'는 등등이다. 다시 말해 혼은 맑으면 귀하게 되고 흐리면 천하게 된다는 뜻이다.

그렇다면 꿈의 경계는 어디인가?

대개는 신(혼)이 마음에서 놀고 있으며 약간 떨어져 있다면 그것은 오장(五臟)과 육부(六腑) 사이나 귀와 눈의 보고 듣는 것을 벗어나지 않는다.

꿈속에서 보이는 것은 나의 몸속에 작용하는 것이지 내몸 밖의 일에서 나오는 것은 아닌 것이다. 일찍이 백안선사(白眼禪師)는

'꿈의 해석에는 다섯 경지가 있다. 첫째가 영경(靈境)이오, 둘째가 보경(寶境)이며 셋째는 과거경(過去境)이오 넷째가 현재경(現在境)이며 다섯째가 미래경(未來境)이다'라 했다.

신이 처참해지면 꿈이 생기지만, 신이 맑아 화락하면 부하고 귀하다는 것이다. 예를 들면 소세양 같은 경우다.

소세양은 중종 연간의 명신이다. 자는 언겸(彦謙)이며 호를 양곡(陽谷)·겸재(謙齋)·청심자(淸心子)·퇴휴당(退休堂)이라 하였다.

양곡이 벼슬에 뜻을 두고 성균관 진사시에 합격한 것은 그의 나이 열 아홉인 연산군 10년으로 벼슬길에 나간 것은 기사년(己巳年;중종 4년)이었다.

그 해는 이름난 선비들이 옥고를 치르고 유배되는 형역을 당하고 요절하는 경우가 많았다. 양곡과 교유하던 이들의 면면을 보면 사재 김정국을 비롯하여 호음 정사룡, 유촌 황여헌 등으로 모두가 당대를 풍미하던 대문장이다.

양곡의 인생을 반전시키는 계기가 온 것은 중종 7년이었다. 당시 양곡은 사간원 정언과 홍문관 수찬·경연관을 겸하면서 현덕왕후(顯德王后)의 신위를 종묘에 모시고 묘소 역시 문종 대왕 옆으로 모시자는 소를 올렸다. 여기에는 그만한 사연이 있었다.

현덕왕후는 조선 제5대 문종의 비(妃)다. 안동 권씨로 화산부원군의 따님인데 세종 13년(1431) 세자궁에 선임되어 승휘를 거쳐 양원에 진봉되었으며 1437년 세자빈이 되었다. 그러나 불행히도 1441년 원손(元孫;단종)을 낳고 사흘 후 죽었다. 같은 해 현덕이라는 시호를 받고 경기도 안산군 치지고읍산(治之古邑山)에 예장되었는데, 세조 3년(1457) 현덕왕후의 어머니 아지(阿只)와 동생 자신(自愼)이 단종의 복위를 주도하다 복주(伏誅;형벌을 받아 죽음)되면서 단종은 상왕의 칭호에서 노산군(魯山君)으로 강봉돼 영월로 유배되었다.

다음해인 1457년 10월 24일, 세조가 노산군 마저 없애 버리자 그날 문종대왕 비 현덕왕후가 서슬이 시퍼런 낯으로 꿈길을 찾아왔다.

"네가 내 아들을 해쳤으니 나는 네 아들을 잡아가리라!"

세조가 황망히 꿈에서 깨어났을 때였다. 입직내관이 동궁(훗날 덕종대왕으로 추증)의 폭사를 알려 왔다.

세조는 즉시 영을 내려 형수인 현덕왕후 권씨의 능을 굴총케 하였다. 그러나 끝내 권씨의 관을 찾지 못하고 이 일은 흐지부지 되었다. 양곡의 간언은 이 능을 복구하자는 것이다.

중종은 양곡의 간언에 힘입어 즉시 현덕왕후 권씨의 능을 복구하라는 명을 내렸다. 한편으로 생각하면 폐능인 그곳에서 관이 나올 리 없어 복구 작업은 그렇게 신바람이 나지 않았다. 그런데 이상한 일이 벌어진 것이다. 복구를 담당한 양곡의 꿈에 백발 노인이 나타났다.

"이곳에서 60보(步)를 더 나아가 땅을 파면 능히 관을 찾을 수 있을 것이오."

노인의 말대로 하였더니 과연 관이 나타났다. 소능의 복구는 이렇게 이루어졌다. 이런 음덕을 쌓아서인지 별다른 잡음 없이 벼슬은 좌찬성에 이르고 부귀와 광영을 한껏 누렸다.

음양도를 익힌 정붕은 혜안(慧眼)

『달마상법』의 총결(總訣)에는 석가여래를 보려면 다섯 가지의 눈이 완벽해야 함을 주장한다. 첫째는 육안(肉眼), 둘째는 천안(天眼), 셋째는 혜안(慧眼), 넷째는 법안(法眼), 다섯째는 불안(佛眼)을 가리킨다.

육안이란 무엇인가? 이것은 눈밑의 자녀궁(子女宮)을 가리킨다. 이곳은 살집이 넉넉하고 편안하게 퍼진 것이 좋다. 이러한 사람은 반드시 크게 귀한 아들을 두며 영화를 누린다.

다음으로 천안(天眼)은 눈동자가 푸른 것이 하늘색과 같은 것을 의미한다. 이러한 사람은 반드시 1백세의 수명을 누린다.

혜안(慧眼)은 총명한 눈이다. 맑고 수려한 눈, 이런 눈은 문장이 풍부하여 과거에 급제하면 간관(諫官)이 되는 게 보통이다.

불안(佛眼)은 자비스러운 눈으로 자안(慈眼)이라고도 한다. 널리 인을 베풀게 되는데 구별하기가 쉽지 않다.

법안(法眼)은 눈이 바르고 사특하지 않으며 단정한 것을 의미한다. 이러한 상은 장차 부귀를 보장받는다.

이러한 눈 가운데 정붕(鄭鵬)은 혜안이었다. 그래서인지 장차를 예지하는 힘이나 일에 대한 분석력은 남다른 면이 있었다.

정선생(鄭先生)으로 통하는 붕(鵬)의 자는 운정(雲程)이다. 그는 영남 사람으로 키가 훤칠했으며 몸 길이가 6척이나 되고 성리학을 깊이 연구해 정묘한 지경에까지 이르렀다. 일찍이 그는 호언장담했다.

"내가 오랑캐 땅에 갈 때엔 『논어』 한 권이면 족하다. 그것으로 가르치고 그들로 하여금 대의를 알 수 있게 하리라."

그는 성종 17년(1486)에 진사가 되고 1492년에 식년 문과에 을과로 급제하여 승문원 권지부정자가 되었다. 정자 · 지평 · 정언을 거쳐 연산군 10년(1504)에 교리로 있었다. 어느 날 주위 사람에게 말했다.

"내가 꿈에 문묘의 위판(位板)을 절로 옮기는 것을 보았네. 머지않아 이 나라엔 크나큰 살겁이 일어날 것이네."

기다렸다는 듯이 연산왕은 어지러운 짓을 하기 시작했다. 악공을 광희(廣熙)라 하였으며, 기녀를 운평(運平)이라 했는데 승진하면 가흥청(假興淸)이 되고 또 승진하면 흥청(興淸)이었다. 운평으로 들어오는 자를 속홍(續紅)이라 부르며 입는 옷을 아상복(迓祥服)이라 하고 사는 집을 연방원(聯芳院)이라 칭했다.

그러는가 하면 의성위의 집을 함방원(含芳院)이라 하고 제안대군의 집을 뇌양원(蕾陽院), 견성군의 집을 진향원(趁香院)이라하여 흥청과 현악의 악동들을 보내 살게 하였다.

여기에서 뽑힌 자는 취홍원(聚紅院)에서 살게 하였는데 이곳은 명정전(明政殿) 오른쪽의 숙장문에 있었다. 나인으로서 늙은 자가 있는 곳을 두탕호청사(杜蕩護淸司)라 하였다. 또 흥청들이 먹을 것을 저장해 두는 곳을 호화고라 하였다. 그 음식을 맡아 장만하는 곳이 전비라는 곳이며, 호상하는 나인들이 거처하는 곳이

추혜서였다. 이외에도 절기며 명칭을 멋대로 고쳤는데 중신들이 나서는 것을 막기 위해 목에 승명패(承命牌;일명 愼言牌라고도 함)를 차게 하였다. 거기엔 해괴한 문구가 씌어 있었다.

입은 화를 불러오는 문이오(口是禍之門)
혀는 목을 베는 칼이라(舌是斬身刀)
입을 닫고 혀를 깊이 감추면(閉口深藏舌)
몸이 어느 곳에서나 편안하리라(安身處處牢)

싱균관을 잔치하는 곳으로 쓰고 위판을 뜯어나 높은 산 암자에 걸어 놓더니 태평관으로 옮겼다가 나중에는 장례원으로 옮기는 둥 도무지 뒤죽박죽이었다.

이때 가까이 지내던 친구 중에 강혼(姜渾)과 심순문(沈順門)이 있었다. 그들은 모두 글 잘하고 풍류를 아는 한량들로 벼슬은 사인(舍人)이었다. 둘은 곧잘 어울려 다니며 봄날의 춘색을 즐겼다. 그러던 어느 날 용모 절색인 기생 둘을 만나게 되었다.

"내가 말을 걸어 보겠네. 어차피 저것들은 노류장화 아닌가. 하룻밤 꿰찬다고 나쁠 것이 뭐 있겠나."

입담 좋은 강혼이 넌지시 한 방울의 추파를 던지자, 기생들은 좋아라 받아들였다. 이렇게 해서 술자리는 벌어졌고 밤이 이슥해지자 헤어지기 아쉬워 여인의 집으로 가게 되었다. 그후 심순문과 강혼은 하루가 멀다 않고 기생들을 찾아갔다. 모든 것을 팽개치고 기생의 치마폭에 빠져 버린 두 사람 앞에 친구 정붕이 찾아왔다.

"잡았던 손을 놓게. 때를 놓치면 그대들은 죽음이 있는 곳으로 빨려 들어갈 것이야. 아시겠는가?"

"알겠네, 그렇게 함세."

말은 그렇게 했지만 밤만 되면 심순문과 강혼은 여인의 품으로 미끌어져 들어갔다. 그러나 정붕도 포기하지 않았다. 그의 끈질긴 설득이 계속되는 중에 강혼은 손을 끊었다. 그러나 심순문만은 여전히 기생의 치마폭에서 헤어나지를 못했다.

정붕은 강혼을 돌아보며 말했다.

"내가 심순문의 상을 볼 때마다 경계해야 될 것은 하나라 했네. 그건 여색이지. 간문(奸門;눈꼬리)이란 광채가 나고 주름살이 없으면 원형이정(元亨利貞)의 사덕을 온전히 보전할 수 있네. 그러나 심순문처럼 간문이 어둡고 검푸른데다 비낀 듯한 주름살이 있으면 불길하네. 필경은 다른 여자와 간통하고 방탕하며 음란한 곳으로 내닫을 것이라 보았네. 장차 닥쳐올 액업이 작지 않을 것 같은데 저렇듯 정신을 못차리니 어쩌면 좋단 말인가."

그저 느느니 한숨이오 탄식이었다. 그러던 어느 날이었다. 채홍사를 모집하던 관리의 눈에 들어 미색이 고운 심순문의 애인은 궁으로 들어갔다.

심순문은 미칠 듯이 날뛰었다. 빼어난 용모 때문에 연산왕의 총애를 받으면서도 그녀는 심순문을 잊지 못해 시무룩했다. 이때 임사홍 일행은 갑자사화를 준비하며 왕의 비위를 맞추기 위해 궁문 밖에서 기웃거리는 심순문의 행동을 고해 바쳤다.

결국 심순문은 특별한 이유 없이 잡혀가 목숨을 잃었다. 많은 사람들은 심순문이 사화의 희생자로 믿었지만 정붕이나 강혼은 그가 죽은 이유를 알았다. 사람들은 정붕의 선견에 밝음이 있음을 보고 탄복했다. 그러면서 말했다.

"문묘가 헐려 없어질 것을 안 사람들은 이것을 미리 알면서도 꿈으로 해서 알았다고 거짓말 한 것이다."

코의 기둥에서 검은 빛이 천정으로 오른 유자광

유자광(柳子光)이 벼슬길에 나가게 된 결정적인 계기는 이시애(李施愛)의 난이다. 자원하여 출정하게 된 인연으로 종군에서 돌아와 병조좌랑이 되었다. 이어 1468년 예종이 즉위한 후 남이(南怡)를 무고한 공으로 무령군(武寧君)에 봉해졌다.

천성이 음험하여 자기보다 재능이 있는 이가 있으면 반드시 그를 모함해 죽음의 구렁텅이로 밀어 버렸다. 그는 강한 자에겐 약하고 약한 자에겐 강한 면을 보인 심계를 알 수 없는 인물이었다. 성종 때엔 한명회 등을 모함했으나 임금이 굳이 죄를 묻지 않은 일도 있었다.

1491년엔 황해도 관찰사가 되었는데, 일찍이 함양군에 있으면서 시를 지어 군수에게 현판한 일이 있었다. 이를 본 김종직은 현판을 떼어 태워 버렸다.

유자광은 몹시 분해하였다. 당시는 김종직이 임금의 신임을 받던 때이므로 도리어 그와 교분을 맺기에 이르렀다. 더구나 그가 죽었을 때에는 제문을 짓고 울면서 곡할 정도의 이중성격자였다. 그의 음험한 진면목이 드러난 것은 연산조 때 문제가 된 「조의제문」 때문이었다.

글줄이나 읽은 사림(士林)에게 내린 살육의 칼날은 날이 갈수록 예리해졌다. 그 바람에 선비들은 유자광의 이름만 들어도 이를 갈 정도였다. 어느 날 유자광이 도총관으로서 입직(入直)할 때였다. 초헌을 타고, 뒤따르는 고종별배를 거느리고 관대(冠帶)를 정제하여 느릿하게 부채를 흔드는 데, 문득 부채의 선면(扇面)에 씌어 있는 이상한 글귀를 발견했다.

<기화입지(奇禍立至)>

좋지 않은 일이 금시에 찾아온다는 뜻이다. 한동안 부채만을 바라보고 있는데 아전 한 사람이 뛰어와 대간(臺諫)에서 벌을 내리라고 아우성이더라는 걱정이었다.

결국 윤허는 떨어지고 관동(關東)으로 귀양갔다. 거기서 병을 얻어 죽었는데 소식을 들은 아들 진(軫)은 여색에 빠져 달려가지 않았고, 둘째인 방(房)도 병을 핑계 삼아 장사 지내는 것을 보지 않았다. 결국 두 아들도 북도로 귀양 가 죽었으니 이것은 하늘이 시킨 일이라고 김정국(金正國)은 『사재척언(思齋摭言)』에 적어두었다.

『달마상법』에 능한 관리는 이런 말을 측근들에게 해주었다.

"유자광의 얼굴을 보면 코의 기둥에 검은빛이 천정(天庭)으로 오르고 있으니 이것은 장차 염라대왕을 만날 것으로 보인다. 악행으로 인하여 상이 변한 것이다."

그러므로 상법에 능한 사람들은 '준두에 광채가 있는가, 또는 없는가?'로서 길흉의 판단을 달리하는 것이다. 만약 천정에 푸른 점이 생기면 전염병을 걱정하게 된다. 그리고 화개(華蓋)에 검은 기운이 몽롱하면 죽음을 면치 못한다고 경고하였다.

화염 속에 점으로 연기가 나타난 윤필상

조선 초기의 문신 윤필상(尹弼商;1427~1504)은 1477년에 사마시를 거쳐 1450년에 추장 문과(秋場文科)에 병과로 급제한 후 세조 1년에 서연관이 되었다.

세조의 측근에서 신임과 총애를 받았으며 1467년 이시애(李施愛)의 난 때에는 도승지로 임명되어 일처리가 신속해 적개공신(敵愾功臣) 1등에 책록돼 파평군(坡平君)에 봉해졌다.

성종 때에는 백성들의 재산을 빼앗아 사복을 채운 이유로 파직당했으나 다시 풀려났고, 연산왕 2년에는 기로소(耆老所)에 들어갔으며 궤장(几杖)을 하사 받는 영예를 누렸다. 갑자사화가 일어나자, 그는 성종 대왕 시절 연산군의 생모 윤비(尹妃)의 폐위를 막지 않았다는 이유로 유배지에서 목을 매 죽었으며 중종반정으로 신원 되었다.

이렇듯 영욕의 세월을 보내게 된 윤필상이 성종 조 때 북경에 다녀온 적이 있었다. 그는 이름난 관상가를 만나 점사를 일러받았다. 평소 요행을 바라는 점법에 마음을 빼앗긴 적이 없었지만, 왠지 그날만큼은 점쟁이의 말에 솔긋하게 귀가 열렸다.

“화염 속에 점으로 연기가 나타나면 밖으로 관재수가 있고 집안에 화재가 있게 됩니다. 이른바 ‘화이연(火裏烟)이죠. 무슨 뜻이냐 하면 얼굴에 화기가 가득하고 붉은 실선이 있으니 그것이 운명을 주관하게 됩니다. 해가 삼림에 떨어지니(日落三林下) 영원히 일지춘과 이별 하도다(永別一枝春).”

그러나 당시로선 뜻을 알 수 없었던 것이 사실이다. 그후 연산조 때에 폐비 윤씨 사건에 연루되어 진도로 귀양 가게 되었다. 어느 날 이웃 주민이 나누는 대화 중에 내일 ‘상림(上林)’으로 모이라는 말을 듣고 짚이는 게 있었다. 그는 농부에게 상림의 소재를 물었다.

“여기에서 5리 정도 가면 상림을 비롯해 중림과 하림이 있는데 거길 삼림이라 부릅니다.”

윤필상은 곁에서 머리를 빗고 있는 기생 이름을 물었다. 일지춘(一枝春)이었다. 그제서야 자신의 명운이 여기에서 끝났다는 것을 직감하고 하늘을 우러러 탄식하였다.

최동주의 『오백년기담』에는 다음 같은 얘기도 곁들여 있다. 폐비 윤씨에게 사약을 내리는 일을 맡았던 조손(曺孫)이라는 이가 한양에서 점을 쳤는데 점사에 해괴한 두 구절이 있었다.

일관에 인끈이 둘이니(一官雙印綬)
혼이 백운 가운데서 끊어졌다(魂斷白雲中)

최동주는 『5백년기담』에서 덧붙인다. 조손이 목숨을 잃은 감영은 원주의 백운산 북쪽에 위치해 있다는 것이다. 이것은 점서(占書)에 의해 운명이 결정된 것이 아니라, 이미 결정된 운명을 점서로서 뽑아 낸 것임을 알 수 있다.

푸른 기운이 침범한 조광조

조광조(趙光祖)는 성종 13년(1482)에 태어나 중종 14년(1519)에 세상을 떠난 조선 중기의 문신이다. 본관은 한양(漢陽)이며 자는 효직(孝直) 호는 정암(靜庵)이다.

개국 공신 온(溫)의 5대손으로 감찰을 지낸 원강(元綱)의 아들이다. 부친을 따라 어천(魚川;지금의 영변)에 있었는데 이곳은 김굉필(金宏弼)의 유배지 희천의 이웃이었다. 그리하여 도학자로 이름높은 김굉필의 문인이 되었다. 김굉필이 이곳에 있게 된 연유에 대해서 얼마간의 설명이 필요할 듯 싶다.

무오사화는 연산군 10년에 일어난 사건이다. 『성종실록』을 편찬할 때 김종직의 「조의제문」이 문제가 되어 일어난 사화다. 「조의제문」은 김종직이 초회왕의 손자 심(心)을 꿈에서 만나 쓴 조문으로 의제를 죽인 항우를 질책했다. 제문은 은근히 세조를 비꼬았다 하여 이미 세상을 떠난 김종직을 부관참시(剖棺斬屍) 했고 많은 선비들을 죽이거나 유배시켰다. 이 여파에 밀려 김굉필이 어천으로 유배된 것이다.

때마침 부친을 따라 이곳에 온 조광조는 시대를 잘못 만난 도학자 김굉필의 처지에 비분의 눈물을 흘렸다. 한편으로는 훗날 도학정치의 기조가 된 '군자소인지변(君子小人之變)'이 이때부터 싹텄다. 그의 강한 성격을 말해 준 일화가 있다.

그가 희천에 있을 때였다.

어느 날 김굉필이 계집종 아이를 무척 나무랐다. 연유를 알아보니 김굉필이 그의 어머니에게 보내려고 꿩고기를 말리고 있는데 한눈 파는 사이에 고양이가 물어 가 버렸다는 것이다. 조광조는 스승 앞에 나아가 공손히 말했다.

"선생님이 부모님을 모시는 지극한 정성은 알겠습니다만, 그렇다고 군자가 언어를 함부로 쓰는 것은 적이 의심스럽다는 생각을 들게 합니다."

김굉필은 얼굴을 붉혔다.

"그렇다, 네 말이 옳다. 정말 내가 부끄러운 짓을 하였다."

이 얘기는 아무리 스승이라도 예에서 벗어나면 모른 척 넘어가지 않았다는 점을 말해 준다. 한 번은 이런 일이 있었다. 하루는 먼길을 다녀오다 밤이 늦어 주막집에서 쉬게 됐는데 반가이 맞는 여주인의 눈웃음이 심상찮았다. 한눈에 보아 색정이 자르르 흐르는 아주 정열적인 여인이었다. 그래서일까 조광조는 여인과 눈이 마주치는 순간 오싹 몸을 떨었다. 뭐랄까, 참으로 설명하기 어려운 미묘한 감정을 느낀 것이다. 이를테면 그 여인의 눈은 상학적으로 도화안(桃花眼)이었다.

『달마상법』「상목(相目;눈)」편에는 눈을 우리의 몸에 대한 거울로 나타낸다. 여성의 눈은 흑과 백이 분명해야 좋다.

이러한 여인이 청렴하고 정순하기 때문이다. 그러나 주막집 여인은 도화안이다. '복숭아꽃눈'이라는 이 눈은 시간과 장소에 상관없이 음란한 일을 한다. 이런 눈은 눈자위 근방에 물기가 있는 게 특색이다.

그 여주인은 심부름하는 계집아이를 다른 집으로 보낸 후 손수 음식상을 들고 방으로 들어왔다. 그리고는 단둘이 있게 되자 비녀를 뽑아 주었다. 이것은 처음 만난 남자에게 여인이 구애할 때 쓰는 방법이었다. 조광조는 비녀를 받아 말없이 벽에 꽂고 그 집을 나와 버렸다. 그만큼 도학자로서 절개가 굳었다는 얘기다.

스물 아홉 살 때 진사 회시(會試)에 급제한 후 즐겨 송도(松都)·천마산(天摩山)·성거산(聖居山)·용문사(龍門寺) 등지를 찾아다녔다. 그는 경학의 깊은 뜻을 생각하느라 잠을 이루지 못했다.

진사 회시에 급제한 후 서른 네 살이 되던 해 제1위로 천거 받았다. 첫벼슬은 조지서(造紙署) 사지(司紙;종6품)였다. 물론 탐탁스럽게 여길 리 없었다. 그는 자신의 뜻을 펴기 위해 그해 가을 알성시에 응하여 급제의 영광을 안는다.

이때로부터 요직에만 있게 됐으며 행동 반경도 넓어진다. 그해 11월에 사간원 정언이 되자 언론을 펴기 시작했다. 이 무렵의 조정은 박상(朴祥)과 김정(金淨)의 문제로 소란스러웠다.

본래 중종 임금은 즉위할 때 본처인 신수근의 딸을 퇴출하고 윤여필의 딸을 왕비로 맞아들였다. 그녀는 중종 10년에 원자를 낳은 뒤 이레만에 세상을 떠났다. 이때 숙의 박씨는 복성군(福城君)을 낳아 왕의 총애를 받았기 때문에, 순창군수 김정과 담양부사 박상은 소(疏)를 올려 정비 신씨를 복위 시킬 것과 정비의 폐위를 주청한 박원종 등에게 벌을 내려야 한다고 주장했다.

조광조가 사간원 정언이 된 후 처음 맡은 사건이었다. 그는 박상과 김정의 주장이 과격하기는 하나, 그렇다고 이들에게 벌을 내리면 언로가 막히게 됨을 강조했다. 중신들은 말도 되지 않은 일이라고 날뛰었으나 결국 조광조가 승리해 김정·박상은 외역

(外驛)에 유배되는 것으로 그쳤다. 이 일은 궁안에 많은 적을 만든 계기가 되었다. 그러나 그런 것에 개의치 않고 조광조는 개혁을 단행했다. 손꼽을 만한 것이 현량과(賢良科)였다.

과거를 보지 않고 관리로 등용시키는 이 제도는 조광조의 지지기반을 굳건히 한 반면, 한편으로는 그를 실각시키는 절대적인 이유가 되었다. 그런데도 굴하지 않고 그는 주장한다.

"과거(科擧)라는 것은 하루의 재주로 시취(試取)하는 것이니 문사에 편중하는 폐단이 없는 것은 아니다. 그러나 천거제는 덕행이 단정한 자를 뽑아 다시 시험한 것이니만큼 재행이 겸비하는 것이다. 어떤 사람은 천거가 불공평하지 않을까 걱정할 지 모르지만 많은 사람들을 천거할 때에 한두 사람 잘못 섞인다 하여 이를 막는 것은 옳지 않다. 지난날 김굉필 같은 이가 과거를 보지 않겠다고 한 것처럼 그런 뜻을 가진 선비가 한둘이겠는가?"

조광조는 다시 주장한다.

"지금 백성들의 궁핍함은 말로 다 설명할 수 없다. 집도 재산도 없기 때문에 그들은 유랑한다. 그들에게 부모 · 처자가 있다면 유랑하겠는가? 떠나라 해도 고향을 지키겠노라 기를 쓰고 버틸 것이다. 백성들이 조그만 혜택도 받지 못한 이유는 지방 관리가 불민한 탓이다."

현량과를 실시하는 것이야말로 시국의 곤궁함을 타개할 수 있는 묘책이라고 풀어놓았다. 예조판서 남곤이 반박했으나 결국 조광조 일파의 뜻대로 시행하게 되었다. 때를 같이하여 반정 위국공신들을 공격해 그들의 위훈을 삭제하여야 한다고 주장했다.

이로 인해 여러 공신들은 동요하였고 남곤 · 심정 등은 홍경주의 딸 희빈 홍씨로 하여금 계책을 꾸미게 한다. 이른바 엽참문(葉讖文)이다.

조광조가 국정을 좌지우지 하는 것은 장차 왕이 되고 싶은 야욕 때문이라고 소문을 내고 후원에 있는 나뭇잎에 꿀물로 '조씨가 왕이 된다(走肖爲王)'는 글을 써 벌레가 파먹게 했다. 궁인의 입과 귀로 퍼져 나간 소문은 왕의 귀에까지 들어갔다. 조야가 떠들어대니 왕도 움직이지 않을 수 없었다.

『조선금석총람 하』에 다음 같은 기록이 있다.

<조선 영의정 정광필 신도비서에, 중종조 기묘년 소에 두세 신하가 거짓으로 벌레 먹은 잎사귀를 만들어 궁녀를 시켜 몰래 전달하게 하였다. 그 잎사귀는 임금을 미혹케 하고, 밤에 신무문을 열고 들어가 편전에서 마주하니 임금이 진노하여 장차의 화를 예측할 수 없었다>

이른바 '주초위왕(走肖爲王)'이라는 엽참문 사건이다. 조광조는 옥에 갇혀 항변했다.

"선비로서 이 세상에 믿어야 하는 것은 군왕의 마음이다. 나라의 고질적인 이원(利源;이익이 생기는 근원)에 있다 하여 일을 꾀하다 보니 소인배의 농단에 떨어졌을 뿐이다. 다시 말하거니와 나는 아무 뜻이 없다."

조광조는 전라도 능성(綾城) 땅에 유배되었다. 뒤이어 조정의 세력 판도가 바뀌었다. 정적 김전이 영의정, 남곤이 좌의정, 이유청이 우의정이 되자 기다렸다는 듯이 사사(賜死)의 명이 떨어졌다. 이때가 1519년인 중종 14년(기묘년)으로 이른바 기묘사화다.

위의 역사 기록은 파자의 표현법을 이용한 것이다. 일찍이 정여립이 '목자 망 전읍 흥(木子亡 奠邑興)'이라 한 것과, 조광조를 모함하여 지어낸 '주초위강(走肖爲王)'의 엽참문은 단순한 예언이 아니라 명시(明示)의 원리로 이용되고 있다.

『달마상법』에서는 논상정흉기(論上停凶氣)라 하여 이마 부분을 놓고 길흉을 논한다. 바람과 달빛이 맑으면 천하가 맑은 것처럼, 신(神)이 맑으면 맑게 갠 달밤과 가을날의 잔잔한 파도와 같다는 설명이다. 만약 기(氣)가 막혀 있다면 그 사람의 존재는 짙은 구름이나 안개와 같은 것이라고 설명한다. 이러한 상정으로 길흉을 헤아리는 방법은 다음의 몇 가지를 생각해볼 수 있다.

눈 꼬리에 아래쪽이 밑으로 쳐지면 부부가 생이별하고 눈시울이 세모가 지면 마음이 악독하다. 그런가하면 눈을 뜨고 음식을 먹을 때에 이가 드러나면 이는 천박한 자이다.

형상이 흙으로 빚은 인형과 같으면 단명할 상이니 수명을 계산할 필요가 없으며, 행동이 더러우면 제약을 받는다. 얼굴이 비참한 빛을 띠면 춥고 배고프며 얼굴이 푸르거나 남색으로 물들면 수명이 짧다. 만약 얼굴색이 희고 해골처럼 생겼다면 인간 세상에 오래 있지를 못하며 잿빛 같으면 저승길이 멀지 않다.

어느 관상가가 조광조를 평하기를 '푸른 기운이 점을 물들인 듯하고 회기(晦氣)가 가끔 침입한 듯 보인다'는 것이다. 여기에서 말하는 청색은 근심과 놀랄 일과 재액이다. 이곳은 구슬같은 점과 같거나 또는 흔적과 같은 것으로 이루어진다. 관리들의 상을 살필 때에 '천중(天中)이 푸르고 광윤하면 반드시 조서의 명을 받는다. 만약 마르고 윤택하지 못하면 조서의 내용으로 반드시 죽게 된다'는 것이다.

만약 이마 위가 푸르면 60일 이내에 우환과 놀랄 일이 있고, 눈썹 아래가 푸르면 10일 이내에 재물이 나가는 등의 놀랄 일이 있다. 또한 인당의 푸른 점은 재액으로 재물을 덜게 되며, 산근을 비롯하여 연상과 수상이 푸르면 질병이 있고 준두가 푸르면 모든 일이 뜻대로 되지 않는다.

연산 임금은 용골(龍骨)에 이상이 있었다

성종 임금 때에 물재 손순효(勿齋 孫舜孝)는 연산군이 군왕으로서 직무를 수행하지 못할 것을 알고 간한 적이 있었다. 그는 학문이 깊고 상학에 조예가 있어 장차 일어날 겁난을 미리 알아차린 듯 했다. 그것은 동궁인 연산의 골격 때문이었다.

상학적으로 볼 때 뼈마디는 금석(金石)을 본뜬 것이라 했다. 높으면서 가로지르지 않아야 하고 둥글면서도 거칠지 않아야 하는 게 그것이다. 얼굴 위에 높이 솟아 있는 것은 관골(광대뼈)이다.

이 관골은 권세를 주관한다. 관골이 서로 연결되어 귀로 들어간 곳을 옥량골(玉梁骨)이라고 하는데 이곳은 수명을 주관하는 것으로 알려져 있다.

그렇다면 용골은 어디인가? 용골은 어깨에서 팔꿈치까지로 임금을 상징하는데 길고 큰 것이 좋다. 그리고 호골은 팔꿈치에서 팔목까지다. 아무래도 짧고 가늘어야 한다.

상법에 조예가 있던 손순효는 아무래도 용골에 이상이 있음을 발견한 듯 싶다.

어느 날 그는 어탑(御榻;임금이 앉은 의자나 제구)에 올라 용상을 어루만지며 간한 일이 있었다. 연산이 군왕으로서 자질이 없다는 진언이었다.

폐비 윤씨의 사사로 인한 후유증을 걱정한 것이다. 대간들은 손순효의 무례한 행동을 벌주자 했지만 성종 임금은 '나의 호색을 경계한 것이다'라 하고 내용을 말하지 않았다.

중화의 요순 시대에 버금가는 태평 시대를 구가했다는 성종 임금은 나라 형편이 좋아지자 주색을 가까이 했다. 윤기무의 딸을 숙의(淑儀;종2품)로 받아들였고, 윤호의 딸도 숙의로, 뒤이어 엄숙의 정소용(鄭昭容;정3품), 권숙의 등을 맞아들였다.

본래 성종 임금은 사가에 있을 때 한명회의 딸과 혼인했었다. 성종 임금이 보위에 오르자 한씨는 왕비로 책봉됐으나 열 아홉 나이로 세상을 떠나자 윤숙의를 왕비로 승격시켰다. 그러자 그녀는 기다렸다는 듯이 원자(元子;왕자)를 낳았다.

이때부터 윤씨의 성격은 이상한 쪽으로 변해 갔다. 성종 임금이 자주 찾아 주지 않고 숙의와 소용의 방을 맴돌자 후궁들을 없애야겠다는 계책을 꾸민 것이다. 그런 의도로 방양(方禳;저주문)과 비상을 준비하여 기회를 노렸다. 그런데 예기치 않게 성종 임금이 찾아와 비운을 맞게 된 것이다.

성종은 그러한 물건의 출처를 물었다. 엉겁결에 시비 삼월이가 가져온 것이라고 말해 버렸다. 삼월은 뼈가 부러지는 고통을 참아 내지 못하고 사실대로 말했다. 방양서를 쓴 것은 사비(四非)라는 무당이고 비상 주머니는 윤비의 어머니 장흥부부인(長興府夫人)이 준비했다고 털어놓았다.

삼월은 참형으로 목이 달아났다. 신씨는 작위를 빼앗겼으며 무당 사비에게는 곤장 백대에 변방의 관비로 쫓아냈다. 윤비에겐 궁안 한적한 곳에 머무르게 하고 수년간 별거한다는 교지를 내렸다. 그러나 젊은 왕은 이따금 윤씨를 찾아가 사랑을 나누었다. 그런 줄 알면서도 대비전 할머니들은 드러내 놓고 나무라지 않았다.

그러던 어느 날 돌이킬 수 없는 사건이 벌어졌다. 윤씨가 자신의 처소를 찾아온 상감의 얼굴에 손톱자국을 낸 것이다. 조석문안차 대비전에 들른 상감의 얼굴을 본 인수대비는 도저히 그냥 둘 수 없는 일이라고 분노했다. 결국 윤씨는 폐비가 되어 쫓겨나지 않으면 안되었다.

이때 고약한 노래가 떠돌았다.

'망마다승 슬어이라(望馬多勝瑟於伊羅)'였다. 내용은 '싫어, 정말 싫어 이젠 끝났어'였다.

『용천담적기(龍泉談寂記)』에 의하면, 이 동요를 김안로가 해석했는데 여기에서 '망마다'라는 것은 속어로 물리친다는 의미며 '승슬어이라'는 이젠 끝난다는 단절의 의미가 있다고 했다. 결국 윤씨는 사사되는 비운을 맞이하는데 당시 왕이 내린 전지(傳旨)엔 이렇게 씌어 있다.

<……윤씨는 본래 성품이 흉악하고 험하며, 패역한 짓을 많이 행했다. 저번에 궁중에 있을 때 포악한 짓이 날로 심해 이미 세 황후(三殿;정희왕후 · 소혜왕후 · 안순왕후)에게 불순히 했고 또 내 몸에도 방자스럽게 흉한 짓을 하며 노예같이 대하며 심지어는 '내 자손까지 없애 버리겠다' 하였다.

이런 것은 특히 조그만 일이라서 족히 의논할 것이 못되지만 심지어는 역대의 모후가 어린 아들을 내세워 정치를 마음대로 한 일을 보고는 자기 스스로 기뻐해서 항상 독약을 갖고 다니거나 혹은 품속에 품기도 하고 혹은 상자 속에 감추기도 하였다. 이것은 비단 자기가 꺼리는 자를 없애기 위한 것뿐만 아니라 또 장차

는 내몸에까지도 이롭지 못하게 하려던 것이다.

항상 스스로 말하기를 '내 목숨이 오래면 할 일이 있다' 했으니 이것은 부도한 일로서 종사에 관계되는 터이다. 그런데도 내가 차마 대의로 박절히 처단치 못하고 다만 폐하여 서인을 삼아 그 친정에 가서 있게 했던 것이다. 한데 이제 외인들의 원자가 점점 자라는 것을 보고 전후에 시끄럽던 일이 모두 이것 때문에 말썽이 나는 것이다.

그 당시에는 그다지 깊이 조심할 것이 안되지만 후일에 가서는 그로 인해 생기는 화를 다 말할 수 있겠는가. 만약 흉하고 험한 성질을 가지고 나라의 권세를 잡게 된다면 아무리 원자가 현명하다 해도 역시 그 사이에서는 어쩌지 못할 것이니, 그 말대로 날뛰는 것이 더욱 방자해질 것이다.

그러니 한나라 여후(呂后)와 당나라 무후(武后)의 화를 머리 들고 앉아 기다릴 밖에 없는 것이다. 내 생각하는 것이 여기에 이르니 깊이 한심스럽게 여기는 바이다. 이제 만일 그대로 내버려 두고 일찍 큰 계획을 정하지 않고 보면 나라의 일이 아주 구할 수 없는 지경에 이르러서 뉘우쳐도 되지 않을 것인즉 이렇게 되면 나는 실로 종사의 죄인일 것이다.

옛날 구익(鉤弋;한무제의 후궁)은 죄가 없는데도 한무제가 오히려 자손 만대를 위해서 계획을 세웠는데 더구나 이런 흉하고 험하며 용서받지 못할 죄가 있는 터임에랴. 이 달 열엿새날에 그 친정에서 사사했으니 이것은 종사를 위해 부득이한 일이다>

이러한 전지는 조신의 『소문쇄록』에도 실려 있다.

주서(奏書)의 누런 기운이 번져 흐른 진성대군

「유년운기부위가(流年運氣部位歌)」는 흐르는 세월의 운수를 뜻한다. 남자는 얼굴의 왼쪽을 보는 것이며, 여자는 오른쪽을 위주로 한다.

연산왕과 진성대군(중종)의 유년운기를 보면 현격한 차이가 있음을 알 수 있다. 연산왕의 유년운기는 지나친 주색 잡기에 의해 일그러지고 무너졌다. 인당이 태착(太窄;지나치게 좁다)한 것도 상당히 불길하다.

상학적으로는 스물 여덟의 수를 누린다는 관상가들도 있었으나 함부로 발설하지는 않았다. 유년운기가 스물 여덟에 인당의 평평한 곳에서 억지로 만나는 것까진 그렇다해도 29세나 30세에 당연히 만나야 할 산림(山林)은 멍이 든 듯 검푸르게 꺼져 있다. 결국 그의 천수는 서른이었던 셈이다. 그런 반면 진성대군(중종)은 어떠했는가? 인당은 넓고 녹창(祿倉)이 후(厚)하고 법령(法令)이 밝아지는 형상이다. 그런 연유로 쉰 여섯이라는 수를 누렸다. 그런데 어느 관상가는 이렇게 말했다.

"진성대군(중종)의 주서(奏書)에는 누런 기운이 기울어 역마로

침입한 형상이다."

이것은 한마디로 장차 높은 관직으로 올라갈 수 있다는 것을 의미한다. 주서(奏書)는 양쪽 눈썹머리를 가리킨다. 누런 기운이 가로로 변지에 이른 탓에 진성대군은 90일 안에 관직이 옮겨지는 상이다.

연산왕이 망원정(望遠亭)에 대신을 불러모아 여러 신하에게 시를 짓게 했다.

비 개이고 구름 걷혀 밤 기운 맑은데(雨散雲收夜氣淸)
달 밝은 대궐 안은 잠 이루기 어렵네(月明綸閣夢難成)
해마다 좋은 시절 마음껏 못 즐기니(年年未得佳時賞)
어옹의 한평생이 차라리 부럽구나(不似漁翁過一生)

이때 성희안은 '성군의 마음 원래 청류를 사랑하지 않네'라 하여 화를 돋구었다. 연산왕은 자신을 기롱한 것이라 하여 벼슬을 떨어뜨려 집에 있게 하였다. 성희안은 지략가다. 그는 오래 전부터 뜻 맞는 동지들을 규합해 혼군을 몰아내고 밝은 나라를 건설할 포부가 있었으나 실행에 옮기지 못하던 중이었다. 생각 같아서는 박원종(朴元宗)을 만나 의사를 타진해 보고 싶었지만 차마 그럴 수가 없었다.

이때 그 마을 사람 신윤무(辛允武)란 자가 있었다. 그는 이쪽 저쪽을 왕래하였기 때문에 잘 아는 편이었다. 성희안은 그를 통해 박원종의 뜻을 은근히 떠보았다. 그러자 박원종은 기다렸다는 듯이 소매를 걷어붙이고 일어섰다.

"이것은 내가 바라던 바다."

그날 두 사람은 만나 서로 붙들고 통곡했다. 이젠 종사의 위태로움을 두고볼 수 없으니 일을 꾸미자는 데 의견 일치를 본 것이다. 이들은 신윤무 · 박영문 · 홍경주 등을 끌여들이고 유순정(柳順汀)에게 뜻을 내비쳤으나 그는 오래도록 확답을 주지 않아 동지들을 불안스럽게 했다.

때맞춰 장안에 괴이한 노래가 흘러 다녔다. 그것은 '역나리, 역나리, 수묵묵'이었다. 이것은 진성대군을 왕으로 추대한다는 뜻을 담고 있었다.

이를테면 '역'은 진성대군의 이름인 역과 음이 같다. 그러니까 '역나리 역나리'는 '진성대군 나으리께 아룁니다'라는 뜻이다. 그 다음으로 수묵묵(首墨墨)의 수(首)는 일을 꾸미는 수모자(首謀者)이며 묵묵은 박원종과 성희안의 집이 모두 남산 아래 묵사동(墨寺洞)이라는 의미였다.

다시 말해 모종의 일을 꾸미는 수모자 두 사람은 묵사동에 사는 위인이라는 의미였다.

이해 9월 초 이틀에 연산 왕은 장단 석벽에 가서 놀이판을 벌일 계획이었다. 그런데 어찌된 일인지 놀이를 중단했다. 기회를 놓치긴 했으나 훈련원에 모인 장사들과 병사만으로 주위를 지키게 한 후 신윤무로 하여금 신수근 · 임사홍 · 신수근 등을 차례로 죽이게 했다.

궁중에 변이 났음을 전해 듣고도 연산왕은 여유작작이었다. 이렇듯 태평한 시절에 무슨 난리가 있겠느냐였다. 그러나 이미 세상은 바뀌었다. 장안에 떠다니는 요참, 그것만 유념해 들었다면 보좌에서 쫓겨나지는 않았을 것이다.

백성들의 소리를 들을 수 있어야 하늘이 버리지 않는다는 교훈을 포함하고 있는 것이다.

분색(粉色)이 얼굴을 변화시킨 남은

조선이 개국하여 경복궁을 짓고 낙성 잔치가 벌어졌다. 이날 흥에 겨운 이성계는 공사 책임자 정도전을 돌아보며 치하의 말을 아끼지 않았다. 그에 대한 배려로 정도전은 문덕곡(文德曲)에 맞춰 춤을 추었다.

때를 같이하여 함께 자리한 무학을 향해 남은(南誾)이 엉뚱한 농질을 했다. 그것은 무학 대사가 추수(推數)한 비결을 읽던 중 자신의 운수를 알아보고 싶다는 내색이었다. 무학은 미소를 깨물며 고개를 끄덕였고 분위기는 무르익어 남은이 한 일(一) 자를 끄적여 놓았다.

정도전이나 남은은 한 일 자에 대해 나름대로 복안을 가지고 있었다. 파자에 대한 지식도 그렇게 적지 않다 보니 이번에야 무학 대사를 단단히 골탕먹일 심산이었다. 중신 한두 명이 있는 자리가 아니고 내노라 하는 조선의 관료들이 다 모였으니 절호의 기회라 여긴 것이다.

좌중의 중신들 역시 흥미 있는 놀이에 잠시 다른 쪽으로 흐르는 여흥을 잡아매었다. 한 일(一)이라……. 참으로 고약한 화두같은 글자였다. 하나는 모든 수의 시작이면서도 결코 하나로 끝맺음을 하지 않은 수자다. 그래서 공자(孔子)는 '오도일이관지(悟道一以貫之)'라 했다. 즉, 나의 도는 하나로 뚫는다는 뜻이다. 그런가 하면 부처는 '모든 법이 하나로 돌아간다'는 만법귀일을 내세웠다. 그런데 무슨 연유로 남은은 한 일 자를 써 당치않은 승부수를 띄운 것인가.

무학대사는 상대의 얼굴을 물끄러미 바라보았다. 분색(粉色)이 얼굴을 변화시키고 있었다. 분색이란 가루다. 마치 흰가루를 뿌린 것 같고 광택이 없는 경우다. 얼굴을 변화시키면 상복을 입을 액이 응하여 둥글둥글한 조각의 흰점(白點)들이 각각의 궁(宮)에 나타나 액을 불러들이는 것을 말한다.

이마 위에 흰점이 나타나면 60일 이내에 부모에게 근심이 있다. 인당에 흰 기운이 실과 같으면 부모를 주관하며, 코와 입과 귀에 연이어 나타나면 70일 이내에 증험이 나타난다.

산근은 가벼운 복(服)으로 120일 이내에 응한다. 눈 아래는 자녀를 주관하며 눈꼬리는 아내나 첩을 주관하고 21일 안에 증험이 나타난다. 관골의 위는 형제나 백부나 숙부를 가리킨다.

그런가하면 준두는 부모이다. 이곳에 심하게 나타나면 곧 파산을 당하게 된다.

이런 점을 염두에 두고서도 무학대사는 우선 상대방에게 축하의 말부터 건넸다.

"어허허, 우선 의령군(宜寧君;남은의 작위)의 혼인을 축하합니다."

느닷없는 무학의 말에 남은의 얼굴은 하얗게 질려 버렸다. 그런데 더욱 기가 막힐 소리가 들려 왔다.

"오호라, 지난 해 팔월에 하셨군요. 그러고 보니 술을 파는 색주가의 여인이십니다."

아무리 농이라지만 심했다. 의당 반론을 제기하리라 믿었지만 남은은 얼이 빠진 듯 몽총한 표정이었다. 이태조는 의미심장한 미소를 짓고 있었지만 중전 강씨만은 불안한 듯 마른침을 삼켰다. 남은은 불쾌한 듯 상대의 말을 받았다.

"아무리 그렇기로서니 대사께선 그런 말을 입에 담으실 수 있으십니까?"

"중도 매양 사람인데 항시 좋은 말만을 하고 살 수는 없잖습니까."

"그렇다고 남의 뒷조사나 하시는 줄 어찌 알았겠습니까? 그래 하는 말입니다."

무학은 상대가 하는 말을 알아듣지 못하는 낯빛이었다.

"소승이 그런 말을 한 것은 글자에 의지한 것입니다. 의령군께서 그런 자를 쓰시고 운수를 물으셨기에 소승이 글자 풀이를 한 것입니다. 본시 한 일(一)이라는 자는 취(取) 자의 시작 글잡니다. 이를테면 남자가 장가들기 위해서는 처(妻)가 됐든 첩(妾)이 됐든 필요합니다. 한 일은 이런 자의 시작 글자이고 계집 녀(女)는 마지막 글잡니다."

일반적으로 1월에서 12월까지는 십이지(十二支)의 동물들이 사용된다. 1월은 호랑이며, 2월은 토끼, 3월은 용이며, 4월은 뱀이다. 5월은 말이며, 6월은 양이고, 7월은 원숭이고, 8월은 닭이다. 9월은 개이고, 10월은 돼지며, 11월은 쥐며, 12월은 소다. 남녀가 서로 마주서서 인사하는 달은 팔월(八月)이다. 닭은 물을 마실 때 뒤로한다(酒). 그래서 남은이 얻어 들인 여인은 기녀라는 뜻이었다. 한 일(一)이 시작 글자이면서도 결국엔 생(生)의 마지막 획이며 죽음(死)의 시작 글자라는 점이다. 남은은 비명횡사였다

전택궁(田宅宮)에 생겨난 난문(亂紋)

세종 대왕의 셋째 아들로 태어난 안평대군(安平大君)은 이름을 용(瑢)이라 하였다. 그는 태종의 넷째 아들 성령대군(誠寧大君) 이종이 일찍 세상을 떠나자 성부인의 양자가 되어 장성했다.

그는 1438년 왕자들과 함께 야인의 토벌에 나섰으며 권신 황보인 · 김종서 등과 힘을 합해 수양대군의 세력과 맞서 인사 행정의 하나인 황표정사(黃票政事)를 장악해 궁안의 배후 실력자로 등장했다.

주위에 차츰 사람이 모여들자 안평대군은 자신의 사저(私邸)를 수성궁이라 이름 짓고, 송나라 때 주자(朱子)가 무이정사(武夷精舍)를 마련했음에 맞서 북문밖에 비해당(匪懈堂)이란 정사(精舍)를 짓고 별호를 낭간거사(琅玕居士)라 하였다.

안평대군은 휘하에 열 명의 궁녀를 두었다. 그들은 한결같이 시문에 능한 여인들로, 귀한 손님이 찾아오면 그들을 접대하기 위해 모습을 드러냈다.

바둑을 두는 손님, 세상 돌아가는 얘기를 나누는 손님, 벼슬 청탁을 하러 오는 손님 등등으로 찾아온 시인 묵객들은 해 지고 달

뜨는 줄 모르고 즐거이 고금의 시문을 담론하는 것으로 소일하였다. 그러한 손님 중 특별한 인물이 있었다. 자는 근보(謹甫)요, 호가 매죽헌(梅竹軒)인 성삼문(成三問)이다. 1418년 홍주(洪州;지금의 홍성) 적동리(赤洞里) 노은동(魯恩洞) 외가에서 성승(成勝)의 맏아들로 태어난 성삼문. 그가 세상에 나올 때 하늘에서 '낳았으냐?'라는 물음이 세 번 들렸다 하여 성삼문이라 작명했다는 풍담이 있는 인물이다.

그의 집안을 살펴보면 종조부 성석용(成石瑢)은 문과에 급제하여 보문각 대제학을 지낸 분으로 명필과 문장으로 유명했다. 석용의 친형 석린은 시문에 능할 뿐 아니라 진초(眞草)를 잘 썼다. 이분 역시 당대의 명필로 조선의 개국과 함께 명문으로 등장하게 되었다.

그의 조부 달생은 판중추부사를 하였고 부친 성승은 무과에 급제해 도총부 도총관에 올라 있었다. 이러한 집안의 혈통, 즉 문반과 무반의 형통을 이어받고 성삼문은 태어난 것이다. 그는 자를 근보 · 눌옹(訥翁) 호를 매죽헌이라 하였는데 이것은 그의 성격과 지조를 표현한 것으로 볼 수 있다. 그의 「매죽헌부(梅竹軒賦)」에 다음 같은 내용이 있다.

기정절지불변혜(旣貞節之不變兮)
역고방지상존(亦孤芳之尙存)
이미 곧은 절개 변치 않음이여
또한 겨울에 꽃다움이 남아 있도다

성삼문과 교유한다는 말을 듣고 성부인이 안평대군의 처소를 찾아왔다. 어지간히 급한 일이 아니면 거동치 않은 부인이었다.

성부인의 목소리가 무거웠다.

"대군, 오늘은 대군에게 특별한 부탁이 있어 왔습니다."

안평대군은 다소곳한 몸짓으로 목소리를 깔았다.

"말씀하십시오, 어머님."

"조금 전 이곳으로 오던 중 먼발치로 보았는데 성삼문이 출입하는 것 같던데 사실이오?"

"그렇습니다."

"성삼문은 글 잘하고 학식 또한 풍부한 명문가의 자젭니다. 굳이 멀리 할 필요가 없는 선비지요. 굳이 허물을 찾자면 그 사람은 너무 강직해 타협을 모릅니다. 그런 점에선 대군과 판이한 성격이지요. 대군, 지금은 궁안 형편이 한 치 앞을 짐작할 수 없습니다. 그러니 강직한 성삼문은 멀리하는 게 좋을 것이오. 그래야만 장차 닥칠 우환을 피할 수 있어요."

안평대군은 헛웃음쳤다.

"제가 근보를 만나는 것은 정치적인 애기를 하기 위해서가 아닙니다. 시문을 논하고 바둑을 두며 소일하는 것뿐이니 심려치 마십시오."

"아무리 그렇다 해도 얼마간 시인 · 묵객의 걸음을 물리치시오."

안평대군이 머뭇거리자 성부인은 단도직입적으로 밀고 들어왔다.

"성삼문은 타협을 모르니 불길한 생각이 드오. 그의 질액궁은 융성하고 풍만하여 엎드린 물소 형상이니 문장으로 크게 이름을 떨칠 것이오만, 전택궁(田宅宮;두 눈에 위치)에 어지러운 난문(亂紋)이 있으니 필시 좋지 못한 일을 당할 것이오. 그러니 대군께선 자중함이 좋아요."

“알겠습니다.”

안평은 그렇게 대답했지만 여전히 수성궁 문전엔 시인 · 묵객들의 걸음으로 요란스러웠다.

과연 성부인의 예측대로 수양대군은 단종의 곁을 지키던 황보인 · 김종서를 척살하더니, 1452년 10월 10일에 안평대군과 그의 아들 우직(友直)을 잡아들였다. 황망히 놀란 성부인이 수양대군을 찾아가 살려줄 것을 애원했다. 그러나 수양대군의 목소리엔 찬바람이 일어났다.

“안평이 나와 피를 나눈 형제이기는 하나 마땅히 지켜야 할 대의를 저버리고 시중의 모리배를 불러들여 불측한 일을 꾸몄으니 살려 둘 수 없는 일이오.”

안평대군은 아들과 강화도로 유배되었다. 얼마후 교동으로 옮겨왔다가 닷새 후 의금부진무(義禁府鎭無) 이순백이 가져온 사약을 마시고 조용히 숨을 거두었다.

성부인은 일가가 몰락 당한 슬픔을 이기지 못하고 일절 음식을 들지 않고 굶어 죽었다.

난대(蘭臺)에 자기(紫氣)가 어린 황진이

송도의 명기 황진이(黃眞伊)에 대한 억측은 많다. 괴이하게 그녀의 출생이나 생존 연대를 기록 속에 가둬 놓은 채 확실한 먹자국을 남기지 않기 때문이다. 그녀의 생존 연대를 기록한 것으로는 『어우야담』과 『식소록』이 있으나 위의 책들은 '극히 비루하고 사실을 잃었다'는 후대의 평가처럼 믿을 수 없는 부분이 많아 얘기 거리로 삼는다는 것은 바람직하지 못하다.

그런 점에서 간접적이나마 지표가 될 만한 책이 있으니 바로 이덕형(李德泂)의 『송도기이(松都紀異)』다.

책에 의하면 황진이는 당시 사회에서 버림받던 관기녀(官妓女)에 불과했다. 그러므로 어엿한 양반가 가문은 아니다. 여타의 기록으로 볼 때 황진이가 황진사의 서녀라 해도 교방(敎坊)에 떨어진 것을 보면 분명 사생아였을 가능성이 높다.

<……황진이의 어머니는 현금(玄琴)이었는데 자색이 매우 고왔다. 나이 열 여덟에 병부교(兵部橋) 밑에서 빨래하고 있을 때였다. 다리 위에 한 남자가 있으니 형용이 단묘(端妙)하고 의관은 화려하고 아름다웠다. 현금을 내려다보며 혹은 미소를 띠어 보내

고 손으로 가리키기도 하였다. 현금의 마음이 동하였는데 사내는 온데 간데 없이 사라져 버렸다. 그러다가 해가 지고 빨래하는 여인들이 모두 돌아가자 다시 나타난 남자는 다리 아래로 내려와 현금에게 물 한 그릇을 청하였다. 공손히 표주박에 물 한 그릇을 떠서 바치니 사내는 반쯤 들다 돌려주며 마셔보라 했다. 현금이 받아서 마시니 이게 웬일인가? 그것은 물이 아니고 술이었다. 그리하여 합환주(合歡酒)가 되어 둘이서 깊은 인연을 맺으니 이로 말미암아 탄생한 것이 진이었다. 진이는 자색이 아름답고 재예(才藝)가 절세하고 가창 역시 뛰어났다. 사람들은 그녀를 선녀라 불렀다>

대개 서두는 이 모양인데 약간 덧붙인다면 『중경지』엔 이런 내용이 있다.

<……그 뒤 소년은 자기 이름을 밝히지 않고 가 버렸다. 이는 선인(仙人)이었다. 과연 진랑(陳娘)은 배가 불러 진이를 낳았는데 해산 때에 괴이한 향이 가득 차 사흘간 가시지 않았으니 즉 이는 선녀라 어찌 황이란 성이 있겠느냐>

위의 기록은 신빙성이 없다. '물이 술로 변했다'느니 '아이를 낳을 때에 향기가 사흘간 방안에 가득 찼다느니' 하는 것 등은 사실 믿을 바 없다. 그러나 황진이가 기문(妓門)에 들어간 동기는 그럴 듯하다.

황진이가 열 다섯 살 때였다. 하루는 옆집 총각이 그녀의 아름다운 자색을 훔쳐보고 덜컥 병이 들었다. 이른바 상사병이다. 총각은 저 혼자 애만 태우다 죽었는데, 상여가 황진이의 문 앞에 이르자 땅에 붙어 떨어지지 않았다. 사람들은 생각했다. 이것은 살아생전에 뜻을 이루지 못해 한이 된 것이라 보고 공손히 황진이의 저고리를 가져와 관을 덮었다. 그제야 상여가 움직였다. 이날의 충격으로 황진이는 기문(妓門)에 들어서기로 결심했다는 것이다.

관기는 사치 노예다.

그녀들은 남자들의 흥을 돕기 위해 존재했다. 작은 현(縣)에는 10명, 군(郡)에는 20명, 목(牧)에는 40명, 영(營)에 80명, 그리고 평양엔 2백여 명이 있었다. 황진이가 기생이 된 뒤의 이야기는 『송도기이』에 자세히 씌어 있다.

유수(留守) 송공(宋公)이 처음 부임하였을 때 조출한 소연이 벌어졌다. 그때 황진이가 처음으로 나타났다. 태도는 상냥하고 걸음걸이는 가냘프고 몸가짐은 우아했다. 송공 뿐만이 아니라 그녀를 보는 사람들은 완전히 시선을 빼앗겼다. 이때 관서의 명기였던 송공의 실내 부인(室內夫人)도 자기의 적수인 황진이의 자태를 문틈으로 들여다보고 감탄했다.

"참으로 절색이다. 이젠 내가 필요없구나."

이런 생각으로 자신은 물러가겠노라 소란을 떨자 비복들이 만류하는 등 법석이 벌어졌다.

황진이의 자태는 어느 것 하나 흠 잡을 곳이 없지만 굳이 지적하라면 입(口)이었다. 입은 말을 구사하는 문이며 음식을 먹는 기관이다. 그러다 보니 사물을 조화시키며 마음의 외호(外戶)로 모든 것을 출납시킨다. 입은 단정하고 두터워야 망령되고 거짓 되는 일을 하지 않는다. 그래야 구덕(口德;입의 덕)이다. 그러나 비방하고 쓸데없이 참견하기를 좋아하고 남의 부끄러운 부분을 들춰내면 구적(口賊;입의 도적)이다.

황진이의 입 모양을 살펴보면 단적(丹赤)이다. 남자가 이런 입을 가지면 결코 미인의 방에 들어가지 않는다. 이런 입의 여인은 필경 지아비를 가련하게 만들기 때문이다.

그래서일까. 송공은 황진이에게 노래만 시켰을 뿐 밤을 지새는 일은 없었다. 어느 때인가, 송공대부인(宋公大夫人)의 수연(壽宴)이 열린 자리에서 황진이는 청아한 목소리로 한 곡을 뽑아냈다. 그 소리를 듣는 순간 가야금의 명수 엄수(嚴守)는 하마트면 넋을 놓을 뻔했다.

황진이가 명기로서의 명성을 떨치자 사내로서 만나 보고 싶어 하는 이가 늘어났다. 시정의 거상(巨商)들이 환심을 사려고 진귀한 보석을 보내 왔으나 그녀는 거들떠보지도 않았다. 이를테면 풍류를 이해하지 못한 사내들에겐 눈길 한 번 주지 않았다. 그러면서도 시주풍류(詩酒風流)를 즐기는 선비들과 어울리며 곧잘 농질했다. 어느 날 그녀는 깊은 생각에 빠져들었다. 그것은 점잔을 빼는 사내들의 가면을 벗기려는 야멸찬 마음이었다. 바로 지족선사(知足禪師)와 화담 서경덕이었다. 이렇게 하여 그녀의 트릭에 걸려든 인물이 바로 지족선사였다.

지족선사는 송도 근처의 깊은 산속 암자에서 30년이란 짧지 않은 세월을 도를 닦았다. 송도 사람들은 그를 살아 있는 부처, 즉 생불이라 존경했다. 황진이가 부질없는 장난으로 지족선사를 택한 것은 사람들의 믿음에 대한 시험이었다.

상학적으로 지족선사는 입 모양이 우구(牛口)다. 일반적으로 우구는 위아래의 입술이 두텁다. 평생 동안 의복이며 녹봉이 풍부하고 편하고 장수하는 소나무 같은 기상이다. 상구(相口;입)는 좋은 모양이지만 어딘가 허점이 있었다. 그것은 산근(山根)이 누른 듯하여 외로운 형상(孤形)이었기 때문이다.

황진이는 청상과부처럼 소복하고 지족선사를 찾아가 제자가 되겠다고 애원했다. 느닷없는 황진이의 출현에 자신이 여우에게 홀리지 않았는가 싶어 선사는 마귀를 쫓는 주문을 열심히 외어댔다. 그러나 비에 흠뻑 젖어 옷이 착 달라붙은 홍시(紅柿) 같은 살결로 밀착해 오는 교태 앞에 두 손을 들고 말았다. 30년의 면벽 수련이 공염불로 끝난 것이다.

그러나 서경덕은 달랐다. 그는 도학군자답게 아무리 황진이가 유혹해도 넘어가지 않았다. 그래서 「송도 삼절」이 생겨났는지 모른다. 즉, 황진이 · 박연폭포 · 서경덕이다. 사람들은 가끔 뜻모를 질문을 던진다. 이를테면 황진이의 애인이 몇이나 되는가 하고. 그 부분을 따라가 보면 황진이의 옆집에 살았던 총각, 사실 그 총각은 애인이라고 보기엔 뭣하다. 그 총각의 일방적인 연모만으로 사랑이라고 말하기에는 미진하다. 황신이와 오래 동안 동거한 선전관 이사종(李士宗). 그와 6년간이나 사랑을 나누었다. 거기에 비해 소세양(蘇世讓)과의 사랑은 너무 짧다. 그는 말했었다.

“아무리 천하 절색이라 해도 여자에게 혹하여 스스로 자제하지 못하는 남자는 사내가 아니다. 송도의 황진이가 재색을 겸비하였지만, 나는 그녀와 30일을 기한으로 동숙(同宿)하면 한오라기의 미련도 없이 깨끗이 헤어지겠다.”

그러는가 하면 이언방(李言邦)과 만난 애기가 『식소록(識小錄)』에 있으며, 이생(李生)이라는 사람도 등장한다. 송공 · 벽계수 · 지족선사 등등 사내는 부지기수다. 황진이가 죽으려 할 때에 가인에게 부탁한 애기가 『숭양기구전』에 전한다.

<……나 때문에 천하의 남자가 자신들을 자애(自愛)치 못했으니, 내가 죽거든 관을 쓰지 말라. 시체를 동문밖 사수(沙水)에 내처두어 개미와 벌레들이 내 살을 뜯어먹게 함으로써 천하의 여자들에게 경계를 삼게 하리라>

새가 죽을 때는 그 울음이 너무나 슬프다는 말이 있다. 황진이는 죽음 앞에서 의연한 모습을 보여주었다.

머리 뒤에 높은 뼈와 사마귀가 있던 강수

강수는 신라의 중원경(中原京;지금의 충주) 사량인이다. 아버지는 17관등으로 볼 때 11위계(位階)에 해당하는 내마(奈麻)의 벼슬을 지낸 석채다. 본래 이름은 두(頭)였는데 그를 강수라 부르는 데는 그만한 연유가 있다. 그러니까 신라의 태종 무열왕이 즉위하였을 때의 일이다. 당나라에서 사신을 보내 황제의 조서(詔書)를 신라 조정에 올리게 했는데 내용 가운데 미묘한 글구가 있어 그 뜻을 정확히 헤아리기가 어려웠다. 이때 강수는 왕 앞에 나아가 조서를 한 번 보고 그 뜻을 정확히 풀어 올렸다. 왕은 놀랍고 기뻐 그의 이름을 물었다. 강수가 조심스럽게 답했다.

"소신은 임라가라(任那加良)의 사람으로 이름을 '두(頭)'라 하옵니다."

괴이한 이름을 들은 왕은 저도 모르게 그의 머리로 시선을 뿌렸다. 과연 두라고 부를 만큼 그의 머리 생김은 괴이했다.

"경의 머리 생김이 특이해 그런 이름을 붙였을 것이오만, 이제부터 속된 이름을 피하고 '강수(强首) 선생'이라 칭하시오."

이렇게 하여 그의 이름은 '두'에서 '강수 선생'으로 바뀌었다. 그렇다면 강수의 이름이 왜 '두'였는가?

일찍이 그의 어머니가 아이를 가져 꿈을 꾸었는데 꿈길에서 뿔 돋힌 사람을 보았다. 열달 만에 아이가 태어났는데 기이하게 그의 뒷머리가 불룩하게 튀어나온 것이다. 부모들의 놀라움은 이만저만이 아니었다. 그런 연유로 점쟁이를 찾아가 장차의 길흉을 물었는데 답변이 좋았다.

"내가 들은 바에 의하면 옛날 백성들에게 어업과 목축업을 가르친 복희씨는 호랑이 모양이었으며, 또 하늘의 사극(四極)이 부러지고 구주(九州)가 쪼개졌을 때 오색의 돌을 갈아 하늘을 꾸몄다는 여와는 뱀의 몸이었고, 백성에게 농사 짓는 법과 백약의 효험을 알게 한 신농씨는 소의 머리를 하였으며, 순임금의 신하 고도는 말의 입을 하고 있었다 합니다. 이런 얘기를 보면 옛성현은 한결같이 특이한 점에 비슷하면서도 평범한 사람들과는 판이하게 달랐음을 알 수 있습니다. 한데, 이 아이를 보니 머리통이 보통 사람들과 다를 뿐 아니라 또한 거기에 검은 사마귀가 있습니다. 얼굴에 사마귀가 나는 것은 결코 이로울 수 없으나 이 아이처럼 머리에 검은 사마귀가 있는 것은 장차 큰 인물이 될 상입니다."

불안스러워 하던 어머니는 비로소 안도의 한숨을 쉬었다. 처음에는 모양새가 유달리 이상한 아이를 낳고 부끄러움과 근심으로 날을 지샜으나, 점차 시간이 지남에 따라 아이가 비범함을 나타내자 그의 부친은 한편으로 놀라워하면서도 은근히 의중을 떠보았다.

"너는 무엇을 공부하겠느냐?"

"소자가 듣기로 불교는 현실 세계를 벗어난 교로서 사람을 어리석게 한다고 들었습니다. 그러니 유학을 배울까 합니다."

당시 신라 사회에서는 불교가 국교나 다름없었다. 그러나 강수는 유학의 길을 과감히 택한 것이다.

얼마 후 신라가 당나라의 힘을 빌어 삼국을 통일하였다. 그러자 이번에는 당나라의 간섭이 심해졌다. 사사건건 트집을 잡거나 크고 작은 일에 간섭하려 들었다.

언젠가 당나라 총관 설인귀(薛仁貴)가 보낸 글에 강수는 양국간의 의리를 논하며 조금도 굽히지 않고 답변서를 작성했다. 다시 말해 국운이 달린 외교문서를 아주 교묘하게 신라의 입장을 대변하여 설명해낸 것이다.

삼국이 통일되자 신라의 문무왕은 누구보다 강수의 공적을 높이 치하했다.

"강수는 문장에 뛰어나 서한으로서 나라의 뜻을 중국이나 고구려 · 백제에 알려 우호 관계를 맺는데 공을 세웠다. 선왕(武烈王)께서 당나라 군사를 청하여 고구려와 백제를 평정하셨음은 그것이 무(武)의 힘이지만, 뛰어난 문장가 강수의 도움이 있었기에 가능한 것이다."

그리하여 강수에게 세조(歲租) 2백석을 증봉하도록 하고 사찬 벼슬을 내렸다. 그는 관상가의 말처럼 옛 성현같이 큰 일을 한 것이다.

상학적으로 두발은 모든 양기가 모이는 곳으로 알려져 있다. 그러므로 오행(五行)의 근본이 된다. 『달마상법』에서는 두발을 이렇게 논한다. '높은 곳에 있으면서 둥근 것은 하늘을 본뜬 것이며, 그 뼈(머리뼈)는 풍부하게 일어나고 높고자 볼록함이 좋다'는 것이다.

제비 턱에 매의 눈이었던 거칠부

거칠부의 성은 김씨다. 내물왕의 5대손이고 조부는 각간 잉숙이며 부친은 이찬 물력이다. 어려서부터 큰 뜻을 품고 세상을 떠돌았다. 그러다가 머리를 깎고 고구려를 엿보기 위해 들어갔다.

이때에 혜량 법사가 법당을 설치하고 불법을 설한다는 말을 듣고 찾아갔다.

어느 날 혜량이 물었다.

"사미는 어디서 왔는가?"

"저는 신라인입니다."

그날 저녁 혜량법사는 거칠부를 불러 손을 잡은 채 은밀히 말했다.

"이제껏 많은 사람을 보아 왔지만 유달리 그대의 관상만은 특이하다. 그래, 다른 생각이 있는가?"

"제가 신라에 있을 때 고명하신 스승님의 이름이 사해에 번지는 것을 보고 찾아왔습니다. 모름지기 어리석고 우매하기 이를 데 없는 제게 깨달음을 주십시오."

혜량이 말했다.

"그대가 번복하고 이 나라에 들어왔지만, 간혹은 신라인이 아닐까 의심하는 사람도 있을 것이다. 그러므로 누군가가 그대를 잡아 관아에 넘길까 심히 걱정이 된다."

거칠부는 깜짝 놀라 자리에서 일어났다. 금방이라도 신라로 돌아갈 기세였다.

혜량이 다시 말했다.

"그대의 얼굴을 보니 제비 턱에 매의 눈일세. 장차 장수가 될 상이다. 그대가 군사를 일으켜 고구려에 쳐들어오면 결코 나를 해치지 말라."

거칠부는 이를 말이냐고 해를 두고 맹서했다. 그는 신라로 돌아가 벼슬길에 올라 대아찬에 이르렀다. 진흥왕 12년에 거칠부를 비롯하여 여덟 명의 장수에게 군사를 주어 백제와 연합해 고구려를 치게 하였다.

거칠부가 군사를 내어 죽령 이북을 공격하자 혜량 법사는 승도를 이끌고 노상에서 그를 맞이하였다.

"고구려는 지금이 아니래도 망할 것이오. 나로 하여금 신라로 가서 살게 해주시오."

거칠부는 혜량법사와 함께 신라로 돌아왔다. 왕은 그를 승통으로 삼고 백좌강회와 팔관회법을 설치하였다.

상법비결에 의하면, 중국의 후한 때 재상을 지낸 반초(班超)는 '연함호액지남자 정등장상(燕頷虎額之男子 定登將相)'이라 하였다. '제비 턱에 호랑이 이마는 남자가 장군이나 정승에 오른다'는 뜻이다.

그렇게 보면 '매의 눈'이나 '호랑이 이마'는 한결같이 장군의 기상이 서려 있음을 짐작케 한다.

화창(禾倉)에 황색이 돋아야 장원 급제

이제신(李濟臣)은 중종 31년(1536)에 태어나 선조 17년(1584)에 세상을 뜬 조선 중기의 문신이다. 본관은 전의(全義)며 자는 몽응(夢應)이오, 호는 청강(淸江)이다. 워낙 영특하여 일곱 살 때부터 시를 지어 주위를 놀라게 하였다. 열 일곱 살 때에 용문산으로 조욱(趙昱)을 찾아가 공부하고 명종 13년(1558)에 생원시에 합격하였다. 이어 1564년에 식년 문과에 을과로 합격했다. 당시 시험을 치기 전에는 파자점으로 운수를 시험해 보는 것이 유행이었다. 이제신도 예외는 아니었다. 그는 곰곰이 생각하다 좌판 위에 회(回) 자를 썼다.

"여자라면 뱃속에 아이가 들었으니 좋아하겠습니다만, 선비님의 운수로는 상서롭지 못합니다. 다시 한 자를 쓰십시오."

이번에도 회자를 썼다. 점쟁이가 말했다.

"첫번째도 회 자였는데 다시 썼으니 뜻이 묘합니다. 먼저라는 것은 선(先)인데 이것은 소 우(牛)로 시작됩니다. 그런데 끝나는 것은 호랑이(虎) 꼬립니다. 소는 제자리에 있어야지 그렇지 않고 함부로 돌아다니면 들짐승에게 잡아먹힙니다. 아무래도 선비님이 장원급제 하기는 어려울 듯 싶습니다."

이제신은 언짢았다. 그렇다면 이번엔 어느 누가 장원을 할 것인지를 물었다. 점쟁이가 말했다.

"아무래도 이씨 성을 쓰는 병신년생(丙申年生)일 것입니다."

이제신은 놀려주려고 은근히 농을 쳤다.

"이보게 내가 이씨 성을 쓰는 병신년생일세."

그러자 점쟁이는 점사를 풀어주었다.

"이 사주 역시 합격은 하지만 장원은 아닙니다."

과연 발표가 나고 보니 장원은 그의 숙부 헌(獻)이었다. 그러나 재주가 있는 반면 천수가 짧았다. 아마도 점쟁이는 재주가 있었지만 그것을 써먹을 기회 닿지 못한 안타까움에 그런 말을 한 것으로 풀이했다. 그러나 이것은 진사시였다. 식년문과에 나갔을 때에도 이제신은 점을 쳤다. 그때도 회(回) 자였다. 점쟁이의 표정이 이상야릇해졌다.

"그것참 요상하다. 어쩌면 점괘가 똑같을까. 당신은 합격하지만 장원은 못합니다."

"그럼 누가 장원입니까?"

"이름자가 다섯 획인 사람이오."

발표가 나고 보니 과연 장원은 획이 다섯 자인 윤기(尹箕)였다. 다섯 획에 해당하는 사람은 그 사람 혼자였다. 이제신이 회 자를 짚었지만 장원을 못한 것은 앞서 말한 것처럼 첫 시작이 선(先)이었기 때문이었다. 선은 소 우(牛)로 시작되는데, 그 꼬리는 호랑이(虎)다. 소는 함부로 돌아다니면 들짐승, 특히 호랑이의 먹이가 된다. 이러한 파자가 운명적으로 결정되었기 때문에 장원을 할 수 없다는 것이다.

악중(岳中)에 금빛이 사공을 꿰뚫은 조위

성종 임금은 매계(梅溪) 조위(曺偉)에게 명하여 김종직이 지은 글들을 모아 엮으라는 명을 내렸다. 명을 받은 조위는 「조의제문(弔義祭文)」을 문집의 첫머리에 수록하였다. 뒤이어 연산이 보위에 올라 무오년이 되어 옥사가 일어나자 유자광이 참소했다.

"조위가 「조의제문」을 문집의 첫머리에 수록한 것은 다른 뜻이 있기 때문입니다."

당연히 연산은 노했다. 그러나 이 일의 전말을 살피면 묵은 은원이 도사리고 있음을 알 수 있다. 「조의제문」은 진나라 때 항우가 초나라 의제(義帝)를 폐한 것과 단종의 폐위 · 사사가 연결되어 있는 사건을 비유한 것이다. 훈구파의 거두 이극돈(李克墩)이 세조비(貞熹王后)의 국상 때 전라감사로 있으면서 근신하지 않고 장흥기생과 술자리를 벌인 일이 사초에 오른 게 직접적인 계기가 되었다.

김종직은 살아 생전에 대의명분을 중히 여겼다. 뒤를 이어 신진 사류들은 단종을 폐위 · 살해하고 즉위한 세조의 불의를 탐탁하게 여기지 않았다. 당연히 대간(臺諫)의 직책을 이용하여 세조의 허물을 지적하고 세조 때의 공신을 제거하고자 계속 상소하여 그들을 자극했다.

김종직은 평소에 남이(南怡) 장군을 무고한 유자광을 멸시하였으며, 그런 이유로 함양군수로 부임했을 때엔 유자광의 시가 누각의 현판으로 걸린 것을 보고 떼어 내 불살라 버렸다.

김종직의 사후 그의 제자 김일손도 춘추관 사서로서 이극돈의 비행을 집필하여 사림쪽과 틈이 벌어져 있었다. 당연히 유자광과 이극돈은 손을 맞잡고 보복할 기회를 노렸다. 성종의 사후 연산이 즉위하여 『성종실록(成宗實錄)』을 편찬키 위해 실록청이 개설되고 이극돈이 당상관으로 임명되었다.

그는 김일손이 만든 사초 안에 실린 「조의제문」은 왕실을 모독한 방자한 글이라 문제 삼고, 세조 때의 공신 노사신 · 윤필상 등과 모의하여 김종직을 대역 무도한 죄인으로 몰아붙였다. 학문이라면 벌레 보듯 싫어하고 사치와 방종을 좋아했던 연산은 유자광의 상소에 의해 김일손을 잡아들여 7월 12일부터 26일까지 심문하여 모든 것은 김종직이 교사한 것으로 결론 지었다. 이 당시 조위는 하정사(賀正使)로 중국에 가서 아직 돌아오지 않고 있었다. 연산은 강을 건너면 즉시 목을 베라는 명을 내렸다. 조위 일행이 요동에 이르렀을 때 궁안의 변란을 들었다. 그들은 어쩔 줄 모르고 허둥댔다. 조위의 서제(庶弟) 조신(曺伸)이 나섰다.

"형님, 이곳 어디에 점을 잘 치는 추원결이라는 사람이 있다는 말을 들었습니다. 마땅히 그에게 가서 운수점을 치고 오겠습니다."

조위는 묵묵부답이었다. 조신은 추원결의 집을 찾아가 형의 길흉을 물었다.

추원결은 점을 치고 나서 두 행의 시를 끄적였다.

천층낭리번신출(千層浪裡飜身出)
야수엄하숙삼소(也須巖下宿三宵)
천층 되는 물 속에서 뛰쳐나와
모름지기 바위 밑에서 세 밤을 자리라

조신은 돌아와 추원결이 끄적인 점괘를 내주었다. 한동안 글귀를 들여다보고 나서 조위가 말했다.

"글세, 첫 수를 보면 화를 면할 것도 같은데 둘째 행의 내용이 무얼 뜻하는 지 알 수 없구나."

일단 가는데까지 가보기로 하고 걸음을 재촉해 의주에 이르렀다. 조신은 강 건너를 살폈다. 그곳에 관리들이 우글거렸다. 분명 그들을 잡기 위해 금오랑(金吾郎)이 와서 기다리고 있는 것이라 짐작했다. 조위 역시 한숨을 몰아쉬었다.

"목숨이 경각에 있구나."

그러나 강을 건너 물어보자 그들의 처지를 이극균이 구원하여 다만 잡아다 문죄(問罪)하는 것임을 알고 일행은 기뻐하였다. 그제야 점쟁이가 말한 '천층 되는 물 속에서 몸을 뛰쳐나온다'는 의미를 짐작할 수 있었다. 그러나 다음 행은 짐작되지 않았다.

조위는 한양으로 돌아와 장형(杖刑)을 받고 순천(順天)으로 귀양 가서 병으로 죽었다. 그리하여 금산(金山)의 고향으로 운구하여 장사 지냈다. 그후 갑자사화가 일어나 연산은 그 전 죄를 추록(追錄)하여 부관참시를 명했다. 관원들이 몰려와 그의 주검을 묘 앞의 바위 아래로 끌어다가 사흘 동안 내버려두고 장사 지내기를 허락하지 않았다. 그제야 조신은 요동에서 만난 점쟁이 추원결의 점괘가 모두 맞은 것을 기이하게 여겼다. 김정국의 『사재척언』에 전하는 기록이다.

월패가(月孛)가 빛나고 연궁(年宮)이 윤택한 정충신

월패는 산근(山根)으로 위치는 질액궁이며, 연궁은 연상(年上)이며 이곳이 함께 빛나면 건강하고 재앙이 없는 것이『달마상법』의 시각이다. 그러한 인물로 정충신(鄭忠臣)을 꼽는다.

조선 중기의 무신 정충신의 자는 가행(可行)이며 호는 만운(晩雲), 본관은 나주(羅州)다.

『관상서』에 의하면 정충신은 조선 상학의 대가로 여긴다. 그만큼 인상학(人相學)에 조예가 깊다는 얘기다. 그러나 그의 집안의 가계(家系)를 얘기할 때엔 항상 나오는 말이,

<정충신은 미천한 집안에서 태어나….>

이런 말이 마치 그에 대해 전제하는 것처럼 앞자리에 버티고 있다.

『동야휘집(東野彙輯)』에 의하면, 정충신의 부친 금천군(錦川君) 윤(綸)은 광주 향청의 좌수였다. 어느 날 밤 한잔 술에 취해 떨어졌는데 한밤중에 꿈을 꾸었다. 무등산이 갈라지더니 그 안에서 뛰어나온 청룡이 느닷없이 자신을 향해 달려든 것이다. 소스라치게 놀라 깨어보니 꿈이었다.

"휴우!"

자리끼의 물을 한 대접이나 마시고 밖으로 나왔다. 아무리 생각해도 이상한 일이라며 꿈길을 다시 한 번 곱씹으며 뜰을 배회했다. 희부연 달빛이 집안을 비추는데 문득 눈에 들어오는 것이 있었다. 이제 이팔을 넘긴 식비(食婢;부엌에서 심부름하는 여종)의 잠 자는 모습이었다. 그는 갑자기 견딜 수 없는 욕화에 휩싸여 식비의 몸을 더듬었다.

이런 인연으로 정충신은 태어났다. 그는 어려서부터 체격이 작으마했다. 그러나 담은 컸다. 그러기에 여러 사람들에게 귀여움을 받았다. 임진년에 왜란이 일어나자 광주목사로 부임한 도원수 권율(權慄) 장군은 그의 총명과 용모를 인정하여 도원수의 인(印)을 들고 다니는 지인(知印)의 책임을 맡게 하였다. 이것은 권율의 측근에서 그를 보좌한다는 것으로 의미가 깊다.

왜병들이 여세를 몰아 한양으로 치몰아 오는 바람에 선조 임금은 부득이 피난길에 오르지 않으면 안되었다. 서북으로 향한 피난 행렬이 급기야 의주에 이르렀다. 이른바 몽진이다. 관군의 연전연패가 들려오는 시무룩한 소식 가운데 광주 목사 권율만이 승전의 개가를 올렸다. 군왕에게 전해야 하는 승전보는 마땅히 의주행재소(義州行在所)까지 가야 했다. 권율은 누구를 보낼 것인가에 고심하다 마침내 단언을 내렸다. 적임자를 정충신으로 본 것이다.

비록 몸은 작았지만 담력만큼은 어느 누구에게도 지지 않을 만큼 배포가 컸다. 배포가 큰 그에게 일을 맡긴다면 아무리 의주 2천리 길도 차질 없이 다녀올 것만 같았다.

그러나 그게 어디 쉬운 일인가. 의주까지 가는 길이 배포 만으로 되는 것은 아니었다. 그러나 일단 뜻이 정해지자 정충신은 조금도 망설이거나 두려워하는 기미가 없었다. 대나무 막대 속에 밀서를 감추고 한 자루의 환도를 몸에 두른 채 적진을 뚫고 의주로 향했다. 연전연패의 늪에 빠져 군왕의 얼굴에 수심이 드리워진 가운데 전해지는 승전보는 가뭄 끝에 만난 단비였다.

선조 임금은 권율 도원수의 장개를 높이 칭송하고 어린 소년 정충신의 노고를 치하했다.

당시의 병조판서는 백사 이항복으로 그는 권율의 사위였다. 거처를 마련하지 못한 정충신을 거두는 한편 그에게 「무경칠서(武經七書)」와 제자백가를 가르쳐 주었다.

정충신은 글을 깨우치자 『주역』 등의 역법에도 심취하였다. 당시 이항복의 문하에는 최명길을 비롯하여 장유 · 이시백 등이 있었다. 이들과 함께 수학하였는데 문재(文才)가 있었다. 의주 행재소에서 보인 무과에 장원을 하였으니 이항복의 기쁨은 이루말할 수 없었다. 선조 대왕은 몹시 대견해 하였다.

"아직은 어리니 훗날 너를 중용하리라."

정충신은 나이가 어렸으므로 왜란 중에는 장만(張晩)의 군막에서 종사관으로 근무했다. 훗날 인조반정에 따른 논공행상으로 불만을 품고 반역을 일으킨 이괄의 난을 진압했다. 그는 인상법(人相法)에 조예가 깊었지만 시세를 읽을 줄 알았다. 그의 나이 61세 때 병으로 세상을 떠나기 전의 일이다. 나라에서 당시 발흥하던 후금(後金)과의 국교를 단절하였다는 소식을 듣고 탄식했었다는 일화는 너무 유명하다.

"나라의 홍망이 미구에 오겠구나."

그의 안목은 정확히 만주족의 홍기를 내다보고 있었다. 민족의 악몽 병자호란이었다.

현벽(懸壁)에 밝은 빛이 살아 돋은 엄흥도

계유정난을 일으켜 왕위를 찬탈한 수양대군은 단종을 멀리 영월 땅으로 귀양 보내고, 그것도 부족하여 노산군(魯山君)으로 강봉한 후 금부도사 왕방연에게 사약(賜藥)을 보내 사사케 하였다. 노산군(魯山君;단종)은 찬웃음을 지으며 반겼다.

"네가 와서 반갑다, 전지를 받들 차비를 서둘러라."

시녀들이 소반에 붉은 보를 깔아 대청 정면에 놓자 왕방연은 그곳에 백지로 봉한 약사발을 내려놓았다. 나장의 채근이 유시(酉時)임을 강조하자 노산군을 따라 이곳까지 온 공생이란 자가 수작을 놓았다.

"나장 나으리, 내가 손을 쓰면 상을 주시겠소?"

"죽인다면야 상을 주지."

공생은 활시위에 새끼줄을 이어 노산군 뒤로 살금살금 다가갔다. 무릎 위에 두 손을 단정히 놓은 노산군은 소반 위에 놓인 약사발을 내려다보며 자신의 명이 다 되었음을 탄식했다.

"전지를 읽지 않아도 알겠다, 너희 원대로 해주마."

문득 머릿속에 떠오른 것은 지난날 영월 땅에 처음으로 왔을 때 지었던 시구였다. 왜 그 시구가 떠오르는지 모를 일이었다.

달은 지려 하고 두견새는 우는데
옛일 생각하며 누각에 머리 기대었네
네 소리 외롭고 내가 들어 슬프니
네 소리 없으면 내 근심도 없어지리
천하의 외로운 사람에게 알려주어
삼월에는 자규루에 오르지 말도록 하게

이 애가(哀歌)를 들은 사람들이 얼마나 마음 아파했던가. 모든 것이 덧없고 애잔한 한 자락의 꿈인 것을. 노산군은 그것이 마음 아팠다. 문득 약사발을 잡으려고 반무릎 남짓 다가갔다. 그 순간 공생이 활시위를 노산군의 목에 걸어 창밖으로 당겼다. 그 바람에 비명 한 번 지르지 못하고 문턱에 걸린 채 노산군은 절명했다. 궁녀들은 머리를 풀어헤치고 오열했다.

찬바람이 일어나고 어둡던 하늘에 우렁우렁 때아닌 우레가 일어났다. 안개가 차 올라 하늘과 땅 사이를 덮고 천지를 잇는 뇌성이 일어나더니, 노산군을 죽이고 대문을 나서던 공생이 피를 토하고 넘어졌다. 그런 것에 신경 쓸 게재가 아니었던지 나장은 왕방연을 향해 엉뚱한 제안을 꺼내 들었다.

“아무래도 목을 베어야 할 듯 싶소이다. 아직도 노산군을 따르는 무리들이 있으니 그게 좋을 듯 싶소이다.”

왕방연이 반대했다.

나장은 고개를 저었다. 영월엔 역도의 잔당이 있으니 노산군의 주검을 훔쳐 갈 지 모른다고 고집을 피웠다. 아무도 모르게 주검을 처리하는 방법을 나장은 찾아냈다. 강물에 띄워 버리는 것이었다. 바로 그 즈음에 엄홍도(嚴興道)라는 군수리(郡首吏)가 잠에서 깨어났다. 노산군으로 보이는 소년 왕이 자신의 꿈길을 찾아왔는데 신발은 벗은 채였고 허리에 띠를 둘렀다. 깜짝 놀라 깨어난 엄홍도는 꿈길을 더듬으며 혼잣말로 중얼거렸다.

'흉사다, 분명 노산군께 상서롭지 못한 일이 있을 것이야.'

즉시 산길을 올라가니 노산군은 벌써 목숨을 빼앗기고 주검은 강물에 띄워진 후였다. 그는 주검을 건져내 염습하고 관을 싸 고을에서 북으로 오리쯤 되는 동을지(冬乙旨)에 평토장(平土葬)으로 묻었다. 문제는 여기에서 끝난 게 아니었다. 노산군이 목숨을 빼앗긴 그 날밤, 세조의 꿈에 현덕왕후 권씨가 나타났다. 권씨는 서슬이 시퍼런 눈으로 세조를 힐책했다.

"용상을 빼앗았으면 되었지 죄없는 내 아들을 왜 죽였느냐? 네가 내 자식을 죽였으니 마땅히 네 자식을 데려 가리라."

비명을 지르며 깨어 보니 꿈이었다. 그때 내관이 동궁의 폭사를 알려 왔다. 잠을 자다 갑자기 일어나 방바닥을 손톱으로 후벼파듯 긁으며 사색이 되어 몸을 떨더라는 것이다. 누군가가 자신을 데려가려는 데 따라가지 않으려고 몸부림을 치다 절명하였다고 했다. 세조는 즉시 현덕왕후 권씨의 능을 깨뜨리라는 명을 내렸다. 그러나 어찌된 셈인지 권씨가 묻힌 능에는 관이 사라지고 없었다. 명을 받은 관원들은 단지 비석만을 깨뜨리고 돌아올 수밖에 없었다.

노산군을 장사 지낸 엄홍도의 일문은 선조 때엔 종손 엄한례에게 호역을 면제하는 한편 노산군의 묘역을 지키게 하였고, 현종 때에는 송시열의 주청으로 후손들을 관직에 나가게 하였으며, 숙종 때에는 공조참의에 증직되었고, 영조 때엔 정문을 내렸다. 엄홍도는 사육신과 함께 영월의 창절사에 배향되었다.

용혈(龍穴)을 누런빛이 감싼 설담날

별에 관한 꿈은 진몽법이 단조롭다. 예를 들어 하늘에 별이 맑으면 높은 자리에 오를 것이며, 별이 줄지어 있으면 노비를 얻을 징조다. 유성이 떨어지지 않으면 이전할 것이며, 별을 따서 가지면 크게 부귀해진다. 또한 유성을 가슴으로 안으면 귀한 자녀를 얻을 징조다. 그런 꿈을 꾸고 나서 회임한 여인이 집으로 가는 도중 해산하게 되었다. 신라 진평왕 39년(617) 경상북도 자인(慈仁) 땅에서의 일이다. 남편 설담날(薛談捺)과 재너머에 볼일을 있어 집을 나섰던 부인은 집으로 오던 중 밤실(栗谷)이라는 곳에서 몸을 풀고 말았다. 태어난 아이가 바로 대선사 원효(元曉)다. 그의 아버지 설담날은 신라의 관등으로 볼 때 열한번째인 내마(奈麻)의 지위에 있었고 조부는 덕망 있는 잉피공(仍皮公) 어른이다.

원효가 태어나기 이전인 진평왕 24년(602), 아막성으로 쳐들어온 백제군과의 싸움에서 신라의 귀산(貴山)과 추항(箒項)이 「세속오계」를 지키며 전장 마당에 뜨거운 피를 뿌리고 산화했다. 그런 것을 보고 자라 오면서 원효는 신라를 복되고 평화롭게 만들기 위한 방법을 부처의 길을 걷는데서 찾으려 했다.

원효는 특별한 스승의 지도 없이 공부했다. 당나라에 들어갈 결심을 하고 의상(義湘)과 함께 진덕여왕 4년 길을 떠났다가 고구려 병사에게 붙잡혀 간첩으로 오인되어 구금되었다. 혐의는 풀렸으나 부득이 걸음을 되돌릴 수밖에 없었다.

그로부터 10년이 훌쩍 지나갔다. 그 동안 신라는 진덕여왕의 뒤를 이어 김춘추가 무열왕이 되었고, 당나라와 연합하여 백제를 멸망시켰다. 백제가 망한 이듬해, 원효의 나이 마흔 다섯이 되어서였다. 다시 당나라로 가기 위해 의상과 길을 떠났다.

서해안에서 배를 기다리던 중 초막에서 쉬게 되었다. 칠흑같이 어두운 밤, 갈증을 느낀 원효는 밖에 나가 옹달샘으로 보이는 곳에서 바가지로 물을 떠 갈증을 해갈시켰다. 아침에 일어난 원효는 질겁했다. 바가지는 사람의 해골이었고, 옹달샘엔 삭아 버린 뼈다귀가 훤히 들여다보였다. 원효는 그 순간 깨달음이 왔다.

'마음이 있으면 가지가지 일이 생기고, 마음이 없으면 가지가지 일이 없어진다. 모든 것은 마음에 달려 있다.'

모든 것이 거울 속에 비치듯 또렷하게 드러나는 것 같았다. 모든 것은 나에게 있으니 나로부터 출발시켜야 한다. 그것이 이른바 '천상천하유아독존(天上天下唯我獨尊)'이다. 깨달음이 있었기에 당나라를 가던 길은 자연스럽게 취소되었다.

그의 나이 52세인 문무왕 8년에 고구려가 망했다. 삼국 통일은 이루어 졌지만 뒤끝이 개운치 못했다. 마음으로 합해진 것이 아니라 힘에 의해 하나가 되었기에 크고 작은 파장이 일어날 수밖에 없었다. 삼국 통일의 정신적 바탕이 되는 것이 있어야 함을 잊지 않고 「법화경종요(法華經宗要)」를 지었다.

『법화경』엔 「화택삼거(火宅三車)라는 유명한 얘기가 있다. 어느 날 돈이 많은 갑부가 외출에서 돌아와보니 집 모퉁이에서 불이 타올랐다. 불길은 바람을 타고 지붕을 뒤덮었는데 세 아이는 집안에서 장난에만 열중했다. 출입문을 좁게 만들었기 때문에 안으로 들어가 구할 짬도 없을 것 같아 소리를 질렀다.

"애들아, 불이다! 어서 나와라!"

그러나 장난에 정신이 팔린 아이들의 귀엔 이런 소리가 들릴 리 만무였다. 부득이 거짓말을 할 수밖에 없었다.

"애들아, 장난감이 있다! 양이 끄는 수레도 있고, 사슴이 끄는 수레도 있고, 송아지가 끄는 수레도 있다! 빨리 나와 가져라!"

그제야 아이들은 밖으로 나왔다. 밖으로 나온 아이들은 장난감이 없자 실망했다. 부자는 아이들에게 실망감을 주지 않으려고 자신이 소리를 지른 대로 장난감을 만들어 주었다.

이것이 화택삼거라는 것으로, 불난 집이란 번뇌로 가득한 세상이다. 부자는 부처님이며 세 어린이는 중생이다.『법화경』에 의해 삼국 통일의 원리와 이념을 제시한 것이다. 원효는 때와 장소를 가리지 않고 불교의 진리가 담긴 노래를 지어 불렀다. 아이들이 뒤따르며 노래를 불렀다. 그 아이들을 바라보자 문득 떠오르는 얼굴이 있었다. 설총(薛聰)이었다. 무열왕 때였다. 원효는 뜻모를 소리를 지르며 거리를 누볐었다.

"누가 자루 빠진 도끼를 내게 빌려주겠는가! 내가 하늘을 버틸 기둥을 찍어 세우리라!"

길거리에 파다해진 이 노래의 뜻을 무열왕이 알아차리고 홀로 빈방을 지키던 요석궁(瑤石宮) 공주와 인연을 맺게 했다. 이렇게 하여 태어난 아이가 설총이었고, 스스로 파계한 후 소성거사(小姓居士)라 칭했다. 그의 어머니가 유성을 안은 태기를 느꼈듯, 원효는 자신의 혈육인 설총이 새벽 하늘에 빛나는 계명성처럼 영원히 빛기운을 잃지 않은 사람이 되어 주기를 발원했을 것이다.

공자(孔子)가 제자를 거느리고 왔다는 송시열

우암 송시열(宋時烈)은 본관이 은진(恩津)으로 자는 영보(英甫)다. 그는 인조 때부터 숙종에 이르기까지 4대에 걸쳐 벼슬살이를 한 주자학의 거두다. 888책으로 된 『조선왕조실록』에 한사람의 이름이 3천번 이상 나오는 것은 송시열 뿐이라는 것은, 그것이 좋은 일이건 궂은 일이건 사료(史料)에 오를 만한 가치 있는 일이기 때문으로 볼 수밖에 없다.

선조 40년(1607) 11월 12일. 그의 어머니 곽씨(郭氏)는 명월주(明月珠)가 입으로 들어오는 꿈을 꾸었다. 태몽이었다. 그런데 출생할 시점에는 부친 송갑조(宋甲祚)가 종가의 제사에 참례하기 위해 청산 땅에 가 있었다. 전날밤 꿈을 꾸었는데 공자께서 많은 제자들을 거느리고 찾아온 것이다. 꿈길이 이상하다 생각하는데 아들을 낳았다는 집안 소식을 듣자 송갑조는 무릎을 쳤다.

"이 아이는 분명 성인이 주신 것이다."

그래서 어릴 때 이름이 성뢰(聖賚)였다. 어려서부터 총명하고 기골이 뛰어났으며 장대했다고 씌어 있다. 상학적으로는 산근의 왼쪽 월패(月孛)가 적당히 높고 빛이 나 형상이 마치 유리 같았다. 이런 상은 '벼슬에 나가면 반드시 충신이 될 것이며, 말년에는 높은 지위에 오르고 아내의 좋은 내조를 받게 된다'고 했다.

더군다나 송갑조는 꿈길 역시 심상치 않은 탓에 장차 큰 인물이 될 것으로 보고 율곡의 「격몽요결(擊蒙要訣)」을 가르쳤다.

"주자는 후공자(後孔子)이고 율곡은 후주자(後朱子)다. 공자를 배우려면 모름지기 율곡에게 비롯해야 한다."

아버지가 돌아가신 후 3년상을 벗고 사계 김장생(金長生) 문하에 들어 『근사록』과 『가례』 등을 배웠다. 이듬해 김장생이 세상을 떠나자 그의 아들 신독재(愼獨齋) 김집(金集)에게 배워 대성했다. 김집이 사는 연산(連山)은 희덕에서 50리 길이다. 그는 이곳까지 매일 오갔기 때문에 나이 들어서도 건강을 유지할 수 있었다. 그가 벼슬길에 나간 것은 인조 11년으로 스물 일곱 살 때였다. 생원시에 장원 급제한 시제(試題)는 「일음일양(一陰一陽)이 위도(謂道)」라는 주역 문제였다. 당시 송시열의 답안을 본 시험관은 적당한 글이 못된다 하여 채택하기를 꺼렸으나 대제학 최명길은 단번에 그 글을 장원으로 뽑았다.

"이 글은 보통 사람과는 비교할 수 없소이다."

그해 10월에 경릉참봉에 부임했으나 나이든 어머니를 멀리 둘 수 없다 하여 곧 벼슬을 사임했다. 병자호란이 일어난 것은 1636년이다. 인조는 청나라에 치욕적인 항복을 하였고 봉림대군(효종)이 심양에 붙들려 갔다. 이전에 대군을 가르친 적이 있었기 때문에 심양에서 돌아온 이후 봉림대군이 보위에 오르자 문은 송시열이오, 무는 이완이라 할만큼 각별한 총애를 받았다.

온갖 술수를 부려 임경업 장군을 살해한 김자점의 횡포가 갈수록 심화되었다. 선대의 공이 있어 죄를 주지 않았지만 정도가 심하자 효종은 부득이 귀양 보냈다. 이에 반감을 품은 김자점의 아들 김식(金鉽)은 부제학 신면(申冕)과 공모하여 효종이 인재를 모아 청나라를 칠 계획을 세우고 있다고 밀통하였다.

청나라 황제는 즉시 군사를 변경에 보내 온갖 방법으로 회유와 공갈을 일삼았다. 나라 안이 어수선해지자 송시열은 다시 향리로 내려갔다. 효종은 밀지를 내려 이조판서에 임명했다. 신임은 갈수록 두터워져 특히 북벌에 관해서만은 승지와 사관마저 물리치고 은밀한 대화를 나눌 정도였다.

이러한 내용은 송시열 자신이 기록해 두었는데 『효종실록』을 편찬할 때 자료로 쓰이게 되었다. 그러나 효종의 북벌 계획은 지극히 사소한 것으로부터 구멍이 뚫려 버렸다. 그것은 왕의 건강이었다. 처음에는 귀밑에 대수롭지 않게 종기가 돋았다. 대단치 않은 생각이 들 정도였다. 이듬해 가뭄이 들자 왕은 밤이슬이 내리는 궁전 뜰에 서서 밤을 지새웠다. 아마 이때에 건강을 해쳤던 것 같다. 종기는 조금씩 커지더니 나중에는 눈을 뜰 수 없을 정도가 되었다. 어의들이 침으로 나쁜 피를 빼어 냈는데 그게 파상풍이 되어 세상을 뜬 것이다. 이후 숙종이 보위에 올라 소의 장옥정이 낳은 아이의 위호(位號) 문제가 일어났다. 숙종은 원자로 책봉하려 했으나 서인의 반대에 부딪쳤다. 그래도 강행하자 송시열이 상소를 올렸다. 송나라 철종(哲宗)의 경우를 예로 들고 원자 책봉이 너무 빠르니 기다리는 게 좋겠다는 의견을 개진했다. 반대파에서 들고 일어났다. 마침내 제주도로 귀양 가게 되었는데 이윽고 6월 사사의 명이 떨어져 제자들을 모아 놓고 유언했다.

"천지 만물이 생긴 까닭이나 성인이 모든 일에 응하는 길은 오로지 직(直) 자 뿐이다. 이것은 공맹(孔孟) 이래 전해 온 것이다."

그리고 나서 사약을 마셨다. 이 날, 흰 기운이 하늘에 뻗치더니 갑자기 별이 떨어져 붉은 빛이 집 주위에까지 번졌다.

검은 기운이 안개처럼 서린 박광서

『달마상법』에 다음과 같이 쓰여 있다.

<검은 기운이 얼굴에 몽롱하면 흉한 재액이 있게 된다>

여기에서 '흉한 기운이 안개처럼 몽롱하다'는 것은 그 기운이 사라지지 않고 계속하여 남아있는 것을 의미한다. 이것은 아주 나쁘다. 왜냐하면 상학적으로 검은 것은 재액을 비롯하여 사망, 감옥 등의 좋지 않은 것을 나타내기 때문이다. 사람의 얼굴에 대한 길흉을 살필 때,

첫째, 이마 위에 검은 안개가 끼면 1백일 이내에 평상적이지 않은 병에 걸려 죽거나 파면을 당한다.

둘째, 뺨 위에 검은 기운이 안개와 같으면 일주일 이내에 죽는다.

셋째, 인당이 캄캄하고 이문(耳門)에 검은 기운이 흐르듯 입으로 들어가면 죽게 된다.

넷째, 산근이나 연상·수상이 검으면 큰 병이 있고 준두가 검으면 관직에서 쫓겨나거나 감옥에서 죽게 된다.

다섯째, 인중에 검은 기운이 있으면 갑자기 병에 걸린다.

여섯째, 인중을 비롯하여 입술에 검은 기운이 내리면 일주일 안에 죽는다.

일곱째, 승장(承漿)이 검으면 술에 취하여 물에 빠져 죽는다.

여덟째, 지각(地殼)이 검으면 수액을 당하거나 감옥에 빠져 죽는다. 또는 하인이나 가축이 손상 당한다. 이처럼 검은 기운은 좋지 않은 일을 항상 몰아오기 마련이다.

이러한 기준에서 보면 박광서(朴光緖)라는 선비는 스스로의 행동에 조심해야할 기운이 얼굴에 나타난 것으로 풀어낼 수 있다. 검은 기운이 조금씩 얼굴 전면에 안개처럼 번지기 시작한 것이다. 이를 본 어느 관상가가 경고했다.

"요즈음 새로운 일에 몰두하고 있지 않습니까? 서둘러 그 일을 그만 두지 않는다면 큰 봉욕을 당할 것입니다."

그러나 박광서 선비는 가볍게 웃어넘길 뿐 별다른 내색이 없었다. 사실 그는 얼마 전부터 이웃으로 이사를 온 과수댁과 은밀히 정을 통하고 있었다. 그러므로 선비 체면에 그런 사실을 까발려 놓고 얘기할 게재가 되지 않았던 것이다. 박선비가 더욱 흥미를 느꼈던 것은 젊은 과수댁이 바로 김덕생(金德生)이라는 장수의 애첩이었기 때문이었다.

김덕생은 본관이 상주로 부친의 함자는 운보(云寶)다. 우왕 6년(1395) 과거에 급제하여 전옥서영(典獄署令)이 되었는데, 태종 이방원이 잠저에 있을 때 송거신(宋居信)과 함께 좌우에서 보좌하였다. 알려진 바에 의하면 그의 특기는 말타기였다.

태조 4년(1395)에 낭장으로서 이방원을 따라 나섰다가, 이방원이 표범의 습격을 받게 되자 그것을 쏘아 죽이고 주인을 구해냈다. 이로 인해 태조로부터 좋은 말 한 필을 상으로 하사 받았다. 이후 정종 2년(1400), 제2차 왕자의 난 때에 공을 세웠으나 불행히도 일찍 세상을 떠났다.

물론 훗날의 일이지만 태종 때에는 가정대부로 1445년에는 동지중추원사로 추증되었다.

이러한 김덕생에게 평소 가까이 지내던 친구가 있었다. 그는 김덕생과 함께 고락을 나누던 사이였다.

김덕생이 죽은 지 1년여가 되는 날. 한밤중에 김덕생이 친구의 꿈길을 찾아왔다. 친구는 소스라치게 놀라 꿈에서 깨어났다. 그러자 곁에 누운 부인이 물었다.

"흉한 꿈을 꾸었습니까?"

"그래요, 아주 흉한 꿈입니다. 지난해에 죽은 김덕생이 찾아왔어요. 평소처럼 백마를 타고 등에는 활을 메고, 영락없이 평소와 다름없는 모습이었답니다."

"그런데요?"

"그런데, 자기 집에 도둑이 들었다는 겁니다. 처음에는 몇 가지 징조로써 경계를 삼았는데 도무지 말을 들을 기미가 아니라는 거지 뭡니까. 그래서 오늘은 그 도둑을 쏘아 죽이고 왔다면서 피 묻은 화살을 보여주지 뭡니까. 그래서 황망히 잠에서 깨어났다오. 내 어찌나 놀랐던 지…."

부부는 너무 놀라 더 이상 잠을 이룰 수가 없었다. 날이 밝자 서둘러 김덕생의 집으로 달려갔다. 그런데 뜻밖의 일이 벌어져 있었다. 김덕생에겐 어린 첩이 한 사람 있었다. 그런데 그 첩이 지난밤 개가했다. 남자가 신방에 들어왔는데 갑자기 복통을 일으키고 쓰러지더니 그 길로 저승객이 돼버린 것이다.

"어허, 김덕생이가 피가 묻은 화살을 보여준 것은 상대를 죽인 후의 일이 아닌가."

이것은 이륙(李陸)의 『청파극담(靑坡劇談)』에 전한다.

최관의 신수점이 맞아떨어지다

맹인 점쟁이는 산통을 흔들며 식은땀을 흘렸다. 아무리 봐도 흉사다. 다시 한 번 요란스럽게 산통을 흔들어 대다 산가지(神竿) 하나를 뽑아 들었다.

"어떤가, 별일 없겠지?"

최관(崔琯)은 고리눈을 뜬 채 노려보았다. 어설픈 침묵을 두어 차례 헛기침으로 채우고 나서 입맛을 쩌업 다셨다. 점쟁이의 말이 조심스러워졌다.

"나으리의 운수는 이제까지 별 볼일 없었습니다만, 장년 이후의 운세가 불 일 듯하여 그 점 확인하려고 산통을 흔들었습니다. 나으리는 처음보다 나중이 훨씬 좋습니다."

인종(仁宗;고려)이 보위를 아들에게 물려줄 무렵, 최관의 나이 여든이 되었다. 고락을 나누던 아내마저 세상을 떠나고 혼자 남은 그에게 만년 운수가 좋다는 점쟁이의 말은 전연 믿을 바 없는 넋두리였다.

낙엽이 한두 잎 떨어지는 깊은 가을밤.

문득 월하 성색을 즐기려 집밖으로 걸음을 옮길 때였다. 처음

보는 여인이 쓰러져 있는 것을 발견하고 급히 안으로 데려와 치료했다. 잘 해야 스물 대여섯이나 되었을까. 수척한 여인의 얼굴에 핏기가 돈 것은 다음날 정오 무렵이었다.

"목숨을 구해 주시어 백골난망이옵니다."

"별말 다 하는구만. 편히 지내면서 건강이나 회복하게."

최관의 배려로 여인은 쉽게 건강을 되찾았다. 연로한 부친과 살았는데 두 달 전 세상을 떠나는 바람에 외갓집으로 가던 중 허기에 지쳐 쓰러졌노라 털어놓았다.

"나으리께서 거둬 주시면 이 집에 있고 싶습니다."

적적한 최관이 마다할 리 없었다. 처음에는 서먹했으나 차츰 잠자리 시중을 들다 보니 내외간으로 발전했다. 여든이 다된 몸으로 젊은 아내를 맞았다는 소문에 친구들이 몰려들었다. 잔치가 열리고 취기가 거나해지자 그는 지난 날을 회상했다.

"내가 젊었을 때 점을 쳤었네. 나의 운수는 장년 이후 좋아진다 했으니 말년에 맞이한 이런 경사를 두고 한 말이었을 것이네. 한데, 귀한 자식을 얻는다 했는데 그것만은 맞히지 못한 듯 싶네."

최관은 이로부터 여섯 달 후 세상을 떠났다. 그 무렵 여인은 임신 7개월이었다. 나중에 평장사(平章事)라는 높은 지위에 오른 홍륜(洪胤)이 최관의 아들이고 보면 신수점은 맞아떨어진 것이다.

상학적으로 최관은 '밝은 가운데 막힌 기운이 있는 격'이라 하였다. 다시 말해 '막힌 가운데도 밝은 기운이 있는 것은 구름이 개었기 때문에 햇빛을 보는 격'이라 할 수 있다. 관상가는 이렇게 평한다. 오악(五嶽)에 어두운 기운이 있으면 불길한 일이 있고, 흉한 가운데 인당에 누런 기운이 윤택하면 반대로 좋은 일이 있는 것과 같은 이치라 하였다.

바로 최관과 같은 경우를 의미한다.

탁(濁)한 가운데 부귀가 숨어 있는 남치근

의령 남씨의 자손 가운데 지사(知事)로 있던 치근(致勤)이란 분에 대해 어떤 관상가는,

"사람의 얼굴이 준수하지 못하니 장차 무슨 일을 할까. 벼슬길에 나가야 겨우 고을 원이나 할까?"

이렇듯 비아냥댔지만 당시 이름께나 날리던 혜원이라는 스님은 『달마상법』을 빌어 다른 설명을 내놓았었다.

"대부분 사람들은 용모가 탁한 것으로 금방 길흉을 헤아려 버리는 데 그건 옳지 않다. 부하고 귀한 상은 항상 탁한 가운데 나오기 때문이다."

그래서인지 일반적으로 '탁하다'는 상에서 지사 자리에까지 오른 것이다. 한 번은 그가 영남 지방에 내려가는 조카에게 넌지시 운을 떼었다.

"우리 가문의 시조께선 고려 왕을 보필한 재상이었다. 전란의 와중에 혈족들이 뿔뿔이 헤어진데다 묘역 또한 어디에 있는 지 알 수가 없으니 참으로 난감한 일이야. 이참에 우리 남씨들이 모여 사는 영남에 가거든 필히 선조의 묘역이 어디에 있는지 찾아

내 제사를 드리고 오너라.”

그렇게 하여 남치근의 조카는 영남 지방으로 떠났다. 그곳 관아에 이르러 나이든 아전을 찾아갔다.

“이곳 어딘가에 우리 의령 남씨의 중시조 묘가 있다는 말을 들었습니다. 이곳에서의 식견은 당신을 따를 사람이 없다 하니 아는 대로 들려주었으면 합니다.”

나이든 아전은 이리저리 생각하는 듯 심각해졌다. 그러다가 조심스럽게 운을 뗐다.

“객사 가까이에 몇 기의 무덤이 있습니다만, 그게 선비님 가문의 선조 무덤인지는 알 수 없습니다. 비석 하나 세워져 있질 않으니 장담 할 수는 없습니다만, 전해 내려온 얘기로는 아마 죽림의 묘가 분명할 것으로 보입니다만…….”

그것만으로도 큰 수확이었다. 남치근의 조카는 객사 근처와 죽림 가까이를 깨끗이 쓸고 제사 드릴 차비를 서둘렀다. 일곱 기의 무덤이 있었지만 한결같이 비석이 없고 보니 어느 것을 택해 제를 올릴 수 없었다. 그날 밤이 이슥해졌을 때였다. 비몽사몽간에 바람이 일어나더니 노인이 나타나 흔들어 깨웠다.

“네가 찾는 무덤은 저 앞쪽에 있다.”

“무덤 중 하나인데 어느 것인지는 정확히 알 수 없습니다.”

“그래서 찾아왔다. 내 무덤은 가장 왼쪽에 있는 것으로 금관자 하나는 혈(穴) 위에 묻어 놓았고 다른 하나는 묘 앞에 묻었다. 그것을 징표로 찾으면 될 것이다.”

휘그르르 바람이 일어나더니 홀연 노인은 사라져 버렸다. 깨어보니 꿈이었다. 남치근의 조카는 선령(先靈)의 계시를 따라 징표를 찾아내 묘를 고쳐 썼다. 금관자를 가지고 서울로 돌아와 그 일을 말했더니 모두 기이한 일이라고 입을 모았다.

오관(五官)이 바르고 큰 휴정

법명이 휴정(休靜)인 서산대사의 속성은 완산 최씨(完山崔氏)다. 아버지는 평양에서 기자 전감(箕子殿監)을 지내다 안주로 내려온 최세창(崔世昌)이고, 외조부 한남(漢南)은 연산군 때 안릉(安陵;지금의 안주)으로 귀양 갔다 관서 지방에 눌러앉게 된 전력을 갖고 있었다.

휴정이 태어난 것은 중종 15년(1520) 3월로 속명은 여신(汝信)이었다. 여신의 나이 세 살이 되었을 때였다. 꿈길을 찾아온 노인이 아이를 추켜들었다.

"어허허, 소사문(小沙門)을 보러왔네. 이 아이의 이름을 운학(雲鶴)이라 하시게."

그런 이유로 어릴 때 이름은 운학이었다. 아이가 장성함에 따라 재질이며 풍신이 다른 아이들과 판이하게 달랐다. 모래로 탑을 쌓기도 하고 기와 조각으로 절을 짓는 것 등이 그러했다. 걱정없이 커야 할 운학에게 시련이 온 것은 아홉 살 때였다. 어머니를 여의더니 이듬해엔 아버지마저 이승을 떠났다. 피붙이로는 숙부가 있었지만 거두어 주지 않았다. 그때 이사증(李思曾)이라는 이가 찾아왔다. 아무도 돌보지 않은 이 아이를 거두기 위해 나선 것이다. 그는 아이를 불러 앉히고 저 멀리 송림 사이의 잔설(殘雪)을 가리켰다.

"내가 운을 부를 것이니 시를 짓겠느냐?"

"그리하지요."

"사(斜)!"

"향응고각일초사(香凝高閣日初斜)."

"화(花)!"

"천리강산설암화(千里江山雪岩花)."

이것이 인연이 되어 이사증이 체관(遞官)이 되어 서울로 올 때 함께 동행하게 된다. 세 해 뒤에 남쪽 지방을 여행하게 되었는데 지리산으로 들어가 반년 동안 머물며 산수에 취하였고, 숭인 장로(崇仁長老)로부터 설법을 들으며 인생의 깊은 의미를 생각하던 중 홀연히 깨달음을 얻었다.

문득 창밖에 우는 두견새 울음을 듣노라니(忽聞杜字啼窓外)
보이는 모든 산이 다 내 고향일세(滿眼春山盡故鄕)
물을 길어 돌아오다 문득 고개 들어 돌이키니(汲水歸來忽回水)
가없는 푸른 산이 흰 구름 속이로다(靑山無數白雲中)

그는 스스로 머리를 밀어 버리고 불문에 들어갔다. 이때가 그의 나이 스물 하나였다.

나라에서는 연산조 때 폐지되었던 선교(禪敎) 양종을 부활시키고 승려들의 과거제도가 시취되었다. 휴정은 응시하여 급제했다. 39세엔 금강산에 들어가 그 유명한 「삼몽사(三夢詞)」를 짓는다.

주인은 손을 대해 꿈 얘기를 하고(主人夢說客)
손은 주인에게 꿈 얘기를 하네(客夢說主人)
여기 둘 다 꿈이라고 말하는 나그네(今說兩夢客)
그도 또한 꿈속의 사람이로세(亦是夢中人)

오도(悟道)의 경지란 이런 경우에 해당되는 것이리라.

예로부터 꿈에 대해 많은 시가 있었지만 스무 자가 넘은 시가 몇이나 있을까. 이렇듯 뛰어난 휴정에게 시련이 닥친 것은 「향로봉시(香爐峰시)」였다.

모든 나라 도성이란 개미둑 같고
세상의 호걸이란 촛벌레 같네
창에 그득 밝은 달 청허의 맑은 베개 비치는데
솔바람 부는 소리 그지없어라

휴정 대사의 나이 70세 때에 무업(無業)이란 요승이 무함하기에 이른다. 대사를 정여립과 내통했다고 고변한 것이다. 그 증거가 바로 「향로봉시」라했다. 제왕을 모독했다는 이유로 불의에 투옥됐지만 왕(선조)은 그가 고승임을 알아보아 군신간의 은혜로운 댓귀를 주고 받았다.

또한 임진년 왜란이 일어났을 때엔 친히 승병을 모아 적과 싸웠는데 도승으로서의 경지는 성불(成佛)이오, 시적 감각으로서는 이백(李白)을 능가하였다.

십일삭(十一朔)을 빌어 태어난 신재효

조선 후기 판소리의 일인자 신재효(申在孝)는 본관이 평산(平山)으로 자는 백원(百源)이오, 호는 동리(桐里)다. 전남 고창 출생으로 아버지 광흡(光洽)은 경기도 고양 사람으로 한성부에서 직장으로 지낸 인물이다. 부친은 경주인(京主人)이라는 직책을 돈으로 사서 서울로 이사했다. 경주인은 본군(本郡) · 서울 · 관서(官署)의 연락을 맡아보는 직책인데 자리가 좋았던 지 상당한 재물을 모은 것으로 알려졌다.

돈이 고이자 광흡은 고창으로 내려가 일종의 아전과 비슷한 자리인 관약방(官藥房)이 되었는데, 요즘으로 치면 지방 유지에 해당하는 정도로 볼 수 있다.

신재효는 바로 신광흡의 아들이다. 어머니는 경주 김씨로 절충장군 상려(常礪)의 따님이다. 혼인한 지 여러 해가 지나도록 혈육이 없자 모친은 정읍에 있는 초산(楚山)의 월조봉(月照峰)에서 기도하여 십일삭(十一朔;삭은 매월 초하루)만에 사내 아이를 얻었다. 관상에 능한 어떤 이가 말하기를,

"아이의 얼굴이 옻을 칠한 듯하고 치아가 마치 은(銀)과 같으

니 필시 이 아이는 기예와 명예를 넓힐 것입니다."

『동리조고행록』에 의하면 그는 어려서부터 부모에게 거슬리는 일을 하지 않았다고 기록되어 있다. 효성이 지극한 그의 성품 그대로를 나타내어 '재효'라는 이름을 붙인 것이다.

신재효의 행적을 보면, 그는 고종이 왕위에 오른 후 대원군이 집권할 때 원납전(願納錢) 수천냥을 내놓은 것으로 알려져 있다. 그 덕분으로 호장(戶長)을 지냈는데 이것은 재정을 주무를 수 있는 노른자위라는 부연 설명이 따랐다.

이후 신재효는 절충장군(折衝將軍;외교적 담판이나 홍정을 잘하여 내리는 공명첩)에 특수(特授)되었는데 이것은 공명첩에 의한 것으로 실제적인 이유는 호장으로 있을 때의 공과를 인정받은 것이라 할 수 있다.

생활이 넉넉해지자 그는 동리정사(桐里精舍)에 틀어박혀 광대들로 하여금 판소리를 부르게 하고 이를 정착시키고 다듬었다. 수명의 광대들을 만나자 그들의 식견을 받아들였고, 나중에는 다른 사람을 가르쳤다. 그만큼 머리가 열려 있었다는 얘기다.

신재효가 판소리를 손질하기 전 이미 열두 마당은 광대들이 여러 곳을 돌아다니며 부르고 있었다. 춘향가(春香歌) · 심청가(沈淸歌) · 배비장타령(裵裨將打令) · 가루지기타령 · 강릉매화전(江陵梅花傳;失傳) · 가짜신선타령(失傳) · 홍부전(興夫傳) · 옹고집타령 · 토끼타령 · 무숙이 타령(失傳) · 장끼타령 · 적벽가(赤壁歌) 등이다.

이 열두 마당은 민중 속에서 고른 호흡을 하며 함께 웃고 울음을 터뜨리며 이어 내려온 것이다.

판소리는 '판의 소리'다. 땅재주를 하는 재인 광대(才人廣大)가 아니라 소리를 부르는 소릿광대가 판소리를 불렀다. 그러나 문제는 있다.

그들은 소리를 부를 수 있었지만 그것(사설)을 문자로 남기지는 못했다. 그런 이유로 신재효는 광대들의 뒤에서 사설을 전승·정착시키는 작업을 서둘렀다.

그는 광대들 뿐만 아니라 채선(彩仙)이라는 동기(童妓)를 지도하여 대성시키기도 하였다. 그렇게 하여 춘향가·심청가·흥부타령·토끼타령·적벽가·가루지기타령 등 열두 마당 계통의 판소리를 다듬은 여싯 바당이 남아 있다.

많은 사람들은 이렇게 얘기한다.

"신재효의 여섯 마당 사설은 금수(錦繡)이며, 삽입 가요의 만화방창(滿花方暢)이다."

즉, 그의 사설은 종래의 것과는 달리 씹으면 씹을수록 맛이 난다는 것이다. 그가 광대 노래에서 갖추어야할 요건으로 몇 가지를 들고 있다. 인물치레(人物)·사설(辭說)치레·득음(得音)·너름새(構成) 등인데 신재효는 네 가지 가운데 '너름새'를 가장 중요시 하였다.

신재효가 세상을 떠난 것은 고종 21년(1884) 11월 6일이다. 74세를 일기로 동리정사에서 조용히 눈을 감았는데 유해는 성두산(星斗山) 아래 묻혔으나, 판소리는 구한말 송만갑·이동백 등의 명창에 의해 다시 피어났다.

일반적으로 판소리를 창극이라 알고 있지만 결코 극은 아니다. 아무래도 판소리는 '창극'의 중간 형태라고 설명하는 것이 적합할 것이다.

사흘 동안 움직이지 않고 울지도 않은 경허

성우(惺牛). 이런 이름을 기억하는 사람은 많지 않을 것이다. 성은 송씨요, 속명은 동욱(東旭). 법호가 경허(鏡虛)다.

태어난 해에 아버지 두옥(斗玉)이 세상을 떠났는데, 사흘 동안 움직이지도 않고 울지도 않자 사람들은 모두 죽은 것으로 생각했다. 그런데 나흘째 되는 날 핏덩이가 움직거리더니 우레와 같은 목소리로 울음을 터뜨렸다. 그곳에 있던 사람들이 질겁했던 것은 너무나 당연했다.

그는 아홉 살 때 어머니를 따라 상경했다. 광주군에 있는 청계사에 가서 계허대사(桂虛大師)에게 입산 수도 하였다. 그가 불경을 배운 것은 열네살 때였다. 그의 불경 공부가 새로워지자 계허대사는 계룡산 동학사(東鶴寺)의 만화강백(萬化講伯)에게 동욱을 보냈다.

그는 팔만대장경을 다 마치고 세속의 모든 경서까지 익혀버렸다. 자연 따르는 학인들이 구름처럼 모여들었다. 서른 한 살이 되었을 때, 동욱은 속세로 나간 계허대사를 떠올렸다. 날이 밝자 그를 찾아 길을 나섰다.

가는 날이 장날이라는 것은 이런 경우에 해당되는 것이다. 길을 떠난 동욱은 새로운 사태에 직면한다. 어느 동리를 찾아갔는데 마을 전체가 비어 있었다. 비어있는 마을, 어느 오막살이 앞에서 머리를 풀어헤친 노파가 그를 맞이했다. 마을에 유행병이 돌아 사람들이 모조리 앓고 있다는 것이었다.

그때 동욱은 깨달음이 있었다. 생사의 문제를 해결한 것이다. 즉시 동학사로 돌아왔다. 그리고는 이제부터 불경 공부를 폐지한다고 선포했나. 태어나고 죽는 것의 문제가 칼끝처럼 그의 전신을 찔러댔다.

'사람은 어디에서 왔는가? 태어나기 전에 나는 누구인가? 그리고 이 목숨이 다 하는 날 나는 어디로 가는가? 왜 죽어야 하는가? 꼭 죽어야 한다면 죽음 뒤의 세상은 또 무엇인가?'

끊임없이 이어지는 '왜'라는 의문 부호. 그로 인해 그의 마음은 갈 곳을 잃어버렸다. 백척(百尺)이나 되는 높은 곳에 올라가 진퇴를 잃었다는 표현이 옳은 것이다. 이러던 어느 날 아침, 한 승(僧)이 그의 방 문을 두드렸다.

"소(牛)의 구멍 없는 콧구멍이란 어떤 뜻입니까?"

이때 동욱의 마음에 폭풍이 일어났다. 내가(我) 무(無)의 상태로 바뀐 것이다. 이때부터 동욱은 경허(鏡虛)로 바뀐다. 빈거울이라는 뜻이다. 그는 외친다.

"아, 우습구나. 소를 타고 다니면서 소를 찾는구나. 그늘 없는 나무를 베어다 저 바다의 물을 태워버려라."

그는 대해탈을 얻어 생사의 문제를 풀어버리고, 조용히 「오도송(悟道頌)」을 읊었다.

홀문인어무비공(忽聞人語無鼻空)

돈각삼천시아가(頓覺三千是我家)
유월연암산하로(六月鷰巖山下路)
야인무사태평가(野人無事太平歌)
문득 콧구멍이 없다는 말에
삼천세계나 나라는 것을 알았다
유월 제비 나르는 아랫길에
할 일없는 녀석이 태평가를 부른다

경허는 이때로부터 승방의 계율같은 것에 구속을 받지 않았다. 그제야 배 고프면 먹고 졸리면 자는 것이 하나의 연극임을 깨달은 것이다. 어느 때인가 제자 만공(萬空)과 길을 가고 있었다. 경허가 물었다.

"만공, 다리가 아픈가?"

"예에, 몹시 아픕니다. 이렇게 걸은 지 열흘이나 됐습니다."

"그렇다면 안 아프도록 해주지."

"좋은 수라도 있습니까?"

"아암, 있다 마다."

만공은 몹시 궁금했다. 도대체 경허 스승에게 무슨 방법이 있단 말인가. 궁금증이 치밀어 올랐지만 꿀꺽 삼키고 가파른 언덕길을 묵묵히 따라 올랐다. 저만큼 목화 밭에는 아낙과 그녀의 남편인 듯한 사내가 김을 매고 있었다. 경허는 묵묵히 그녀 옆으로 다가갔다. 슬쩍 허리를 굽히는 가 싶더니 순식간에 아낙과 입을 맞췄다. 여인에게서 비명이 터져나오고 사내가 시퍼런 낫을 들고 좇아왔다. 경허는 있는 힘을 다해 빽소니 치며 뒤를 향해 외쳤다.

"어이, 동생 어서 오게!"

삼십육계를 놓던 경허가 만공에게 던진 말이었다.

일이 이렇게 되자 사내는 만공에게 낫을 겨누고 쫓아왔다. 만공은 죽을 힘을 다해 도망쳤다.

온몸은 땀으로 범벅이 됐다. 등성이 너머 기다리고 있던 경허가 한소리 던졌다.

“만공, 아직도 다리가 아픈가?”

“다리 아픈 게 뭡니까, 목이 떨어지지 않는 것만도 다행이지요.”

경허는 도무지 지인들의 예상밖이었다. 어떤 때엔 양주의 부석사에서, 합천의 해인사에서, 동래의 범어사에서 그러다가는 몇날 며칠이고 독서삼매에 빠져들었다. 결정적으로 고정된 것이 없는 것, 이것이 진리라는 반야의 공관(空觀)을 체득하고 몸으로 실천한 것이다.

그의 나이 56세 되던 해, 경허는 갑산의 강계에서 홀연히 자취를 감춰버렸다. 이후 그의 모습은 사라지고 대신 장발에 유관(儒冠) 복장을 한 난주(蘭州)라는 이가 나타났다. 그는 흐르는 물처럼 떠돌아 다녔다.

이를테면 정처없이 흘러가다 바람이 불면 파도가 되어 춤을 추고 다시 흘러가다 겨울을 만나면 잠이 들었다. 그러다가 봄이 오면 다시 깨어나 무심히 흘러갔다.

그가 인연 닿는 데로 갈 뿐이라며 입적에 든 것은 함경도 갑산 도화동의 웅이방(熊耳坊)이다.

나이는 64세요, 법랍 56년의 일이다.

붉은 비단을 감고 다닌 황사영

황사영(黃嗣永)은 초기 조선 천주교회의 신자이며 순교자다. 세례명은 알렉산드르, 자는 덕소(德紹)다. 그는 한림학사 석범(錫範)의 유복자로 강화도에서 태어나 정약용에게 사사하였다.

나이 열여섯의 나이로 사마시에 합격하여 진사가 되었으며 정약종의 맏형인 약현의 딸 명련(命連)과 혼인하였다. 사마시에 합격하자 영조는 친히 궁안으로 불러들여 손목을 잡고 일렀다.

"네가 스무살이 되면 내게 오라. 내 너를 중히 쓰리라."

황사영은 궁에서 물러나온 후 영광스러운 자신의 손을 다른 사람이 만질새라 붉은 비단을 감고 다녔다. 당시로서야 왕을 알현한다는 것도 어려운 일이었는데, 항차 손을 잡아주었으니 이 얼마나 큰 영광인가.

그러나 그가 천주교에 개종하였다는 말을 듣고 영조는 대단히 슬퍼했다. 그러나 탁월한 재능을 아껴 괴롭히지 않았다는 기록이 있다.

당시 천주교는 쇄국 정책에 맞물려 고전하고 있었다. 그런데도 나라밖과 통했던 것은 해마다 겨울이면 떠나는 동지사(冬至使)들의 중국 왕래 때문이었다. 그로인해 조선에 신학문이 소개된 것이고, 천주교가 전래되었다.

처음에는 학문과 서적을 받아들였지만 그것이 종교로 틀을 잡은 것은 1784년 이승훈이 영세를 받고 돌아오면서였다. 이승훈은 귀국과 동시에 신도들을 천여명이나 얻었다. 그러나 당시 천주교에 입교한 대부분은 정계에서 소외된 남인 시파(時派)였다.

이가환 · 정약전 · 정약용 · 권철신 · 권일신 등이 그들이다. 남인 시파의 인물들이 천주교에 입교하자 벽파에서는 그들을 제거할 절호의 기회로 삼았다. 이들이 우리나라의 미풍양속을 해친다는 구실 아래 정치적 보복을 가했다. 그런데도 천주교의 교세는 날로 높아갔다.

이후 황사영은 주문모 신부를 만나 성사(聖事)를 받은 뒤 지성으로 맡은 바 일을 처리해 나갔다. 그 사이 정조가 세상을 떠나고 어린 순조가 즉위하자 대왕대비가 섭정했다. 이후 정권은 일시에 노론과 남인 벽파의 수중으로 들어갔다. 황사영은 일이 심상치 않음을 알고 몸을 피했는데 계동에 있는 용호영(龍虎營) 안의 한 군사의 집이었다. 이후 동대문 안에 있는 송재기 집으로 옮겼다.

이 집에서 김의호를 만나 망명책을 의논했다. 얼마후 윤이 나는 수염을 잘라버리고 상복으로 갈아입었다. 평구를 거쳐 제천으로 갔다. 황사영은 서울 소식이 궁금하여 3월말에 김한빈을 서울로 올려보냈는데 그가 이레 만에 돌아왔다.

"한양은 사옥이 한창 벌어지고 있습니다."

황사영은 생각했다. 하루 빨리 모교회(북경교회)에 이 소식을 알리고 도움을 청해야겠다는 생각이었다. 땅속에 움을 파고 출입구를 옹기그릇으로 막고 촛불을 켰다. 그런 연후에 먹을 갈고 붓을 들었다. 그로부터 한 달 남짓 걸려 장문의 글을 썼다. 이른바

「황사영 백서」다.

백서(帛書)란 본시 비단에 쓴 글을 말한다. 그러나 황사영이 쓴 것은 비단이 아니라 명주였다는 심증이 굳다. 여기에 흥미로운 전설이 남아 있다.

이능화(李能和)는 『조선기독교 및 외교사』에서 '하얀 비단에 백반으로 적어 얼른 보면 한폭의 비단이나 물에 담그면 글자 모양이 살아나서 완전히 읽을 수 있다'고 했다. 그리고 다른 하나는 불란서 인 '달레'가 '이 편지는 생빠딕 잉크(레몬쥬스같은 재료를 써서 만든 잉크)를 명주 위에 썼으므로 그 비밀을 모르면 이것을 읽을 수 없다'는 것이다. '달레'는 계속해서 말했다. '황사영이 잡히자 몸속에서 이 편지가 나왔는데 한 신도가 죽는 게 두려워 그 비밀을 폭로하였다'는 것이다.

백서는 넓이가 38센티, 길이 62센티이며 백서의 전문은 121행이고 각행마다 110자로 합계 13,310자에 달하는 장문의 편지였다.

황사영은 그의 나이 스물 일곱에 육시(六屍)의 형에 처해졌다. 목이 떨어지고 몸은 여섯 토막으로 나뉘어졌다. 재산은 몰수되고, 늙은 어머니는 거제도로, 젊은 아내는 제주도로, 아들 경헌은 추자도로 유배되었다. 백서는 황사영의 개인적인 의사표시임에도 불구하고 이로인해 정적을 모해하고 나라와 민족의 불구대천의 원수로 몰아간 것은 크나큰 비극이라 아니할 수 없었다.

점법(占法)에 이르기를 삼베와 견직물을 얻으면 먼곳에서 친구가 온다 했다. 또한 실과 견직물을 늘리면 친구가 많아지는데, 방적사(紡績絲)가 꼬이면 사람에게 수치를 당한다는 것이다.

황사영이 붉은 비단을 팔목에 감고 다녔던 것은 어떻게 받아들여야 할까.

적의 허를 찌른 전봉준의 육효점(六爻占)

동학에 입교한 전봉준(全琫準)은 얼마 후 고부군(古阜郡)의 접주가 되었다. 당시엔 동학의 2대 교주 최시형의 지시 아래 통문이 보내질 무렵이었다. 그들은 전주 교외 삼례역(參禮譯)에 모여 전라도와 충청 감사에게 교조의 신원 및 교도에 의한 박해 중지를 청원하였다. 모여든 수천 명의 교도들을 보자 감사는 사태가 파행으로 치닫을 것을 우려했다. 신원 문제는 감사의 권한 밖이라는 점도 못을 쳤다.

감사에 대한 청원이 불가능해지자 교도들은 다음해 복합 상소할 것을 결의했다. 그렇게 되어 1893년 3월, 과거를 보러 한양길에 나선 유생들처럼 변장을 한 수천의 교도들이 상경하였다. 그들 중 대표격에 해당하는 40여명이 광화문 앞에서 연좌 데모를 벌여 사흘만에 소기의 목적을 달성했다. '소원에 의해 답을 한 것이니 모두 돌아가서 생업에 종사하라'는 명을 받은 것이다. 이렇게 되어 일단 해산했다. 그러나 서울에서의 청원은 성과를 가져오지 못한 채 흐지부지 시간만 끈 셈이 돼 버렸다. 이로 인해 대규모 항쟁의 빌미를 제공하게 된 것이다.

이듬해 5월 보은의 집회엔 2만 수천에 이르는 교도들이 모여들었다. 그들은 교조 신원이 목적이 아니라 「척양척왜 보국안민(斥洋斥倭保國安民)」을 내세웠다. 혁명 운동을 교도에 한정시킨 것이 아니라 국정에 불만을 품은 민중들을 충동시켰다. 당시 정부에서 급파된 양호선무사(兩湖宣撫使) 어윤중은 중앙 정부에 다음 같이 보고하였다.

<……집회에 참가한 교도들의 성분을 분석하면 다음 같습니다. 불우를 자탄하고 기회를 얻으려는 자, 탐관오리를 소청하여 제폭구민을 뜻하는 충분의 지사, 외세의 침략을 개탄하는 민족주의자, 탐관오리와 토호들에게 억울한 일을 당하고 풀 길이 없는 한을 가슴에 담고 있는 자, 억울한 죄명을 쓰고 도피 중에 있는 자, 농사를 짓거나 상업에 종사하는 자 가운데 극빈자, 동학에 입교하면 천국 세상을 만나 잘 살게 된다는 풍문을 믿고 따르는 자, 빚독촉에 쫓겨 나온 자, 생사를 도외시한 자 등등으로 이들은 혁명적 기상이 넘친 일단이다>

그들은 지도층이 지닌 조화(造化)를 믿었다. 선무사 어윤중은 이번 집회는 「외탁양이 내외사란(外託攘夷內外思亂;밖으로 양이를 구실 삼고 안으로 혁명을 기도함)」하는 혁명의 기세가 농후하다는 보고를 올렸다. 이런 가운데 다음해 1월 전봉준은 탐악한 군수 조병갑에게 진정했으나 거절당했다. 그렇게 하여 2월 15일 농민을 이끌고 군아를 습격해 군수를 내쫓고 무기고를 부수고 세미(稅米)를 백성들에게 돌려주는 한편 만석보 등을 헐어 버렸다. 그들은 어느 누가 안핵사로 오든 상관할 바가 아니라는 태도였다. 그러나 고부군의 안핵사로 온 이용태(李容泰)가 동학당 가족들에게 악랄한 보복을 가하자 상황은 달라졌다. 즉, 잠잠해지려는 동학교도들의 행보를 빠르게 하는 한편 집회 · 결사에 불을 지른 것

이다. 전라감사 김문현(金文鉉)은 대책 마련에 나섰다. 그는 휘하에 있는 두 명의 장수를 불러 은밀히 명을 내렸다.

"너희도 아다시피 지금 동학의 위세는 하늘을 찌를 듯 높다. 모름지기 전봉준 휘하에 있는 4천여 명의 폭도들도 함부로 방치할 수 없는 일이다. 그러니 너희 둘은 담배 행상객으로 변복하여 전봉준을 암살하라."

그러나 암살 계획은 실패로 돌아갔다. 그것은 이미 암살객이 올 것을 내다본 전봉준이 함정을 파고 기다리고 있었다는 얘기다. 어떤 방법이었는가? 그것이 점법의 하나인 육효점(六爻占)이다. 이 점법은 『주역』의 팔괘 원리를 이용한다. 복희씨(伏羲氏)의 하도(河圖)와 주문왕(周文王)의 낙서(洛書)에 근거를 두고 있다.

처음에는 64괘의 변화에 따라 길흉을 판단하였을 뿐, 육효의 세부적인 사항엔 관심이 없었다. 그러나 역학이 발달되어 오면서 삼전(三傳) · 사과(四課) · 구궁(九宮) 등의 법이 발달되어 새로운 연구가 시도되었다. 그 결과 육효의 기본이 형성된 것이다. 이러한 법의 시행에는 몇 가지가 있다.

첫째가 시구법(蓍龜法)이다. 이것은 나무 등으로 거북 모양의 귀점구(龜占具)를 만들고, 그 안에 108개의 시초를 넣어 흔들다 그것을 뽑아 괘를 만든다. 둘째는 점엽법(占葉法)이다. 솔잎을 가지고 왼손 · 오른 손 · 왼손의 순으로 세 번 뽑아 괘를 만든다.

셋째는 척전법(擲錢法)이다. 엽전 세 개를 던져 그 표리에 따라 괘를 만든다. 넷째는 습자법(拾字法)이다. 책을 놓고 숫자를 손으로 세 번 짚어 그 수로 괘를 만들거나, 글자를 짚어 획수를 셈한 뒤 9로 나누어 나머지 수로 괘를 만드는 법 등이다.

바로 이러한 육효점에 능한 전봉준이었기에 함정을 파고 암살자를 기다렸다 포획한 것이다.

일생을 결정한 운명점(運命占)

무라야마 지쥰(村上智順)의 『조선의 점복…』에 의하면 흥미로운 기록이 눈에 띈다. 그것은 1932년 말에 있었던 여담(餘談)을 기록 형식으로 옮겨 놓은 사연 때문이다.

경성의 다옥정(茶屋町)에 김성식(金性植)이라는 이가 있었는데 우연히 새해 첫날 동묘(東廟)에 들르게 되었다. 당시 이곳은 관성교(關聖教)의 기도소로 이용되고 있었다. 유학 계통이었지만 불교도를 비롯하여 도교의 수법자들이 간간이 들리는 곳이었다. 1932년에서 1933년 경의 신도 수는 대략 6천여명이었다. 신도들은 동묘에 들르면 첨(籤)을 뽑아 운명점을 쳤다.

이곳은 본래 선조 32년에 명나라 신종 황제의 칙령으로 건립하여 2년 후 완공되었다. 동묘에서 첨을 뽑아 점을 치는 자는 촛불을 켜고 향을 사른 후 마음속의 생각을 말한 다음 일백가지의 산가지(죽간)가 들어 있는 통에서 한 개의 제비를 뽑아 낸다. 그것을 관제영첨(關帝靈籤)과 대조하여 풀이서가 씌어 있는 종이를 받는다. 이렇게 하여 거기에 씌어 있는 종이로 점풀이가 기록된 종이를 받는다.

그 당시 김성식이가 관제영첨으로 받았던 점사는 이러했다.

장성귀로(長城歸路)
암상침상(岩上寢裳)
필유대복(必有大福)
장성에서 돌아오는 길에
바위 위에 놓인 치마에서 쉬면
반드시 큰 복을 받는다

김성식이는 그 말이 무슨 뜻인지를 알지 못했다. 그런 예참서(豫讖書)를 받고도 두 해가 훌쩍 지나갔으니 지난날의 점괘는 기억 밖의 일이 돼 버렸다.

그러한 김성식이가 어느 대지주의 연락을 받고 남도 지방의 소작미 조사를 나가게 되었다. 이곳 저곳을 다니다가 이윽고 장성 땅을 지나게 되었다. 그러다 보니 불현듯 예전에 점쟁이가 끄적거린 예참서의 내용이 떠올랐다.

자신이 장성에 우연히 왔으니 어쨌거나 점쟁이의 말 가운데 첫 대목은 맞은 셈이다. 그렇다면 다음으로는 바위를 찾아야겠다고 생각했다. 한동안 앞으로 나가니 강기슭에 바위가 있는 게 눈에 들어왔다. 일단 그 위로 올라갔다. 울퉁불퉁한 바위 위를 살피니 약간 오목한 곳에 치마가 놓여 있었다.

'아하!'

김성식은 내심 쾌재를 터뜨렸다. 장성에 왔으며, 바위 위로 올라와 치마를 보았으니 영락없이 「암상상(岩上裳)」까지는 적중했다. 그러나 다음에 써 있는 「침(寢)」이 문제였다. 이모저모로 생각을 기울였으나 그 뜻이 전연 분간이 되지 않았다. 그러다가 '에라 모르겠다' 하는 심정으로 치마 위에 앉아 피곤함을 달래 보았다.

그때였다. 저만큼에서 바라보고 있던 처녀가 가까이 다가와 곱지 않게 눈을 흘겼다.

"이보세요, 그 빨래는 소녀가 깨끗이 빨아 말려 놓은 것인데 무슨 억하심정으로 그 위에 앉으십니까. 너무 무례하지 않습니까?"

가까이 온 처녀의 얼굴이 빼어났다. 쉬이 볼 수 없는 미인형 얼굴이었다. 기품이 있어 뵈는 처녀를 물끄러미 바라보다 김성식은 정중히 사과했다. 그러면서도 마음속으로는 '이제부터 필유대복이다!' 하는 생각을 품게 되었다.

빨래를 마친 처녀가 돌아가자 김성식은 그 뒤를 따라갔다. 처녀가 어느 대갓집으로 들어가자 어찌할까를 망설이다가 이윽고 집안으로 들어갔다.

"저는 경성에서 일이 있어 장성까지 왔습니다. 우연히 이곳을 지나가게 되었는데 해가 저물어 하룻밤 쉬어 가기를 청합니다."

전후 사정을 모르는 주인 영감은 쾌히 승낙했다. 저녁상을 물리고 주인 어른과 세상 돌아가는 얘기를 나누었는데 상대방은 김성식에 대해 무척 호감을 갖는 눈치였다.

일단 사랑방에서 나와 따로 마련된 객실에서 잠을 자는데 멀지 않은 곳에서 수런거리는 소리가 들려 왔다. 좀처럼 잠이 오지 않아 고양이 걸음으로 다가가 엿들었다. 노부부는 자신에 대해 얘기를 나누고 있는 것 같았다.

"……멀리서 친구가 찾아와 좋은 인연을 맺는다는 게 바로 오늘이 아니오. 벌써 자정이 가까워지는데 달리 올 사람이 없으니 우리가 기다리는 귀인은 저 사람이 분명한 듯 싶소. 부인의 생각이 어떤 지 말해 봐요."

부인 역시 좋은 말로 받았다.

"내가 보기에도 그렇습니다. 말이며 행동이 범상치 않으니 괜찮은 사람인 듯 싶어요. 그 사람을 사위로 맞는 것은 나도 찬성입니다."

"어찌되었건 내일 아침에 얘기를 해봅시다. 혼인을 하였다면 모르거니와 그렇지 않다면 청혼하는 것이 좋겠소."

김성식은 여기까지 듣고 일단 물러 나왔다.

날이 밝자 길 떠날 차비를 하고 주인 내외가 있는 곳으로 인사를 드리러 갔다. 잠시 들어오라는 주인 내외의 말에 따라 방에 들어가니 간밤에 들었던 혼사 문제를 꺼내 들었다.

"그래, 젊은이는 슬하에 아이가 몇이나 되오?"

"부인이 없는데 어찌 자식이 있겠습니까. 사실을 말씀드리면 이곳 장성 땅에 시생의 천생배필이 있다는 말을 듣고 길을 떠나왔습니다. '장성 귀로에 암상상침'이라하여 이곳에 온 즉시 바위위에 올라가 빨아 놓은 치마 위에 앉았던 것입니다. 그렇게 하면 시생의 인연을 만날 수 있다는 예참 때문이었습니다."

낮의 일을 들었던 주인 내외는 몹시 기뻐하였다. 이것은 모두 하늘이 정해 준 인연이라 하여 즐겁게 사위로 맞아들였다. 점복자의 예언이 그림처럼 맞아떨어진 것이다.

박사주가 저승에서 배운 관매점(觀梅占)

박원명(朴元命)이라는 선비가 있었다. 장가들던 첫날밤에 갑자기 숨이 끊어지는 바람에 난리가 벌어졌다. 신방에 들어가던 즉시 숨이 넘어갔으니 시시비비를 논할 어떤 실마리를 제공한 것도 아니었다. 일단 양가의 어른들이 만나 중차대한 이 일을 의논했다. 딸아이를 가진 집에서는 이 혼인을 애당초 무효화하려 들었고, 신랑댁에서는 어떻게든 신방을 차리지 못한 신부를 데려가려고 안달이었다.

당시의 윤리적인 관점에서 본다면 신부는 의당 신방을 차리지 못한 신랑 집으로 가야 했다. 그러나 세도로 본다면 신부 집이 훨씬 센데다가 신랑집은 몰락한 양반가였으니 큰소리를 낸다 해서 먹혀 들어갈 상황은 아니었다.

우왕좌왕 하던 중 뜻밖의 상황이 벌어졌다. 이미 죽은 것으로 판명이 난 신랑이 이틀만에 깨어난 것이다. 양가에서는 다시 한번 난리 굿이 벌어졌다. 그러나 소년 과부 신세를 면치 못하리라던 신부는 안도의 한숨을 내쉬었다. 그런데 괴이한 일이 하나 더 있었다. 저승에 갔다가 그냥 돌아온 게 아니라 기이한 재주까지 함께 들고 온 것이다. 그것은 복숭아나무 가지를 잘라 베어진 부분으로 길흉을 헤아리는 관매점이라는 것이었다. 신랑은 자신이 다시 살아온 이유를 들려주었다.

저승 문에 들어가니 염라부에서 심판관이 나와 말하기를,

"너는 올 때가 멀었는데 무슨 연유로 이렇게 일찍 왔느냐. 늦기 전에 어서 돌아가거라."

서둘러 돌아오려는 데 선관(仙官) 하나가 그의 얼굴을 물끄러미 바라보나가 매화나무 가지를 쓱 베어 던져 주었다. 엉겁결에 받아 들었는데 소스라치게 놀라 깨어 보니 꿈길이었다. 그런데 신랑은 깨어나자 마자 뚱모를 소리를 지껄였다.

"어허, 어서 돌아가시오. 지금 가지 않으면 둘째 아이가 크게 다칩니다. 어서 돌아가시오, 아직 늦지 않았습니다."

친척 한사람에게 그렇게 말했는데 모두들 코웃음치고 말았다. 그런데 저녁 늦게 들려 온 소식은 그분의 둘째 아들이 나무 위에 올라가 떨어졌다는 것이었다.

그날 밤에야 신방을 차렸고, 날이 밝기 전에 신랑은 이런 얘기를 들려주었다.

"지금 와 생각해 보니 그것이 관매점이라는 것을 알았어요. 그러고 보니 내게 점법을 가르친 선관은 아무래도 소강절(邵康節) 어른인 듯 싶소."

신랑이 말한 강절 소옹(康節 邵翁), 이 사람은 송나라 때 관매점으로 이름을 떨친 기인이다. 그에 관한 무수한 일화 가운데 이런 내용이 있다. 어느 때인가 소강절이 자신의 운수점을 쳐보았다. 자신의 후손들이 어떻게 살아갈 것인지에 궁금증이 일어난 것이다. 후손들의 운수를 주욱 헤아리던 중에 11대 손에 이르러 문제가 있음을 발견했다.

그러니까 3백년 후에 일어날 일들을 손금 들여다보듯 헤아린 셈이다. 소강절은 궤를 만들고 그 안에 비방을 넣은 후 유언으로 남겨 두었다. 그 궤는 향후 3백여년 후인 11대 후손에게 어려운 일이 생길 때에야 개봉하라는 내용이었다.

이윽고 문제의 11대 손에 이르렀을 때였다. 소강절의 후손은 보도 듣도 않았던 어떤 자의 모함에 걸려 살인 누명을 뒤집어썼다. 증인도 없고 범인이 아니라는 물증도 없었다. 이제는 꼼짝없이 형장의 이슬로 사라질 판이어서 소강절의 후손들은 선조가 남긴 궤를 개봉하기로 결정했다. 궤를 부수자 안에서 편지 한 장이 나왔다.

<궤속에 든 작은 함을 지방 관장에게 급히 가져가라>

후손들은 작은 궤를 관장에게 가져갔다. 평소 소강절에 대한 이름을 들었던 터라 관장은 작은 궤를 열었다. 그 안엔 짤막한 편지가 들어 있었다.

<대들보에 깔려 죽을 그대를 구해 주노니 불쌍한 내 후손을 구해 주시오. 이 글을 보는 즉시 관아 밖으로 나가시오>

관장은 즉시 밖으로 나갔다. 그 순간 관장이 앉았던 건물은 와르르 무너져 내렸다. 지은 지 너무 오래 되어 순식간에 무너져내린 것이다. 이것만으로도 소강절의 점법이 어느 정도인지를 짐작할 수 있다. 이렇듯 신묘한 소강절의 점법이 바로 매화나무를 베어 내 잘려 나간 부분을 살펴 길흉을 헤아리는 법술이었다.

이렇듯 신묘한 법술로 이름을 날리자 장안 사람들은 그를 불러 박사주(朴四柱)라 하였다. 어느 날 종실 한사람인 덕원군(德原君)이 심심파적으로 그를 불러 운수점을 쳤다. 점사가 맹랑했다.

"참으로 말씀드리기 민망합니다만, 점사가 참으로 기이합니다. 있는 것 같지만 있지 않고 그렇다고 없느냐 하면 그렇지도 않습니다. 허허실실이라고나 할까요?"

덕원군이 당치않다는 표정을 지었다.

"무슨 점괘가 그런가?"

"두고보시면 아실 일입니다."

그날 저녁 무렵이었다. 사랑방에 들었던 한 사내에게서 연락이 왔다. 바둑을 좋아하는 덕원군에게 내기 바둑을 청한 사내가 있다는 것이었다. 덕원군은 그 사내를 불러들였다.

"너는 누구냐?"

"시생은 향군(鄕軍)으로 번을 서고자 한양에 왔습니다. 바둑에 관한한 조선에서 당할 자가 없다는 공에 대한 소문은 익히 들어 알고 있습니다. 원컨대 한수 지도해 주시기 바랍니다."

"내가 직위 고하를 가리지 않고 바둑을 두고 있네만, 내 취향은 그냥은 두지 않는다는 것이네. 아시겠는가?"

"하오면……."

"내기 바둑을 두자 그 말이네."

"좋습니다, 그렇게 하지요. 하지만 저는 품안에 지닌 재물이 없습니다. 만약 제가 이기면 공께선 식량을 좀 주십시오. 또한 제가 지면 타고 온 말을 드리겠습니다."

"그게 좋겠네. 어디 실력이 어느 정도인지 한 번 보세."

바둑은 시작되었다. 결과는 덕원군의 완승이었다.

"저는 도무지 적수가 못됩니다. 약속했던 대로 말을 드리겠습니다."

덕원군이 몇 번을 사양했지만 사내는 기어코 말을 놓고 물러갔다. 몇 달이 훌쩍 지나갔다. 예전에 들렀던 그 사내가 다시 덕원군을 찾아왔다. 이번에도 그 사내는 내기를 걸었다.

"그래 이번에는 무슨 내기를 걸 텐가?"

"예에, 이번에는 저의 집안 대대로 내려오던 백옥소(白玉簫;백옥으로 만든 퉁소)를 걸겠습니다. 공께서 이기시면 이것을 접수하시고 만약 지시면 말 한 필을 주셨으면 합니다."

"좋으이."

예전처럼 만만하게 보고 바둑을 두었지만 그게 아니었다. 이번에는 도저히 사내의 적수가 되지 못했다. 할 수 없이 예전에 접수했던 말을 다시 내어 주게 되었는데 이상하다는 생각에 물었다.

"가만, 자네의 바둑 실력이 이만저만함이 아닌 것 같은데……, 어찌 예전에는 맥없이 무너졌는가?"

사내의 답변이 담담했다.

"향군으로 번을 서고자 오긴 했습니다만, 한양 땅에 아는 사람이 있어야지요. 말을 끌고 오긴 했습니다만 맡길 곳이 없어 참으로 난감한 일이었습니다. 공께서 내기 바둑을 좋아하신다 하여 처음엔 일부러 져서 말을 맡겼습니다. 이제 번을 서는 기한이 다 되어 고향으로 돌아가게 되어 말을 찾아가는 것입니다. 공께선 어여삐 보아 주십시오."

"허어, 참으로 고수로세."

"아닙니다, 조선의 국수는 공이라 들었습니다."

"아닐세, 자네처럼 신축력있게 바둑 수가 고무줄 수법인줄 어찌 알았는가. 참으로 대단하이. 내 가는 길의 노잣돈을 보태 줌세."

"참으로 황감한 일입니다."

"아닐세, 다음에 한양 나들이엔 이곳을 다시 한 번 들려 달라는 것일세. 아시겠는가."

그 사내가 돌아간 후 덕원군은 비로소 김성식의 점괘가 허허실실이라는 것을 떠올렸다.

원진살(元嗔煞)을 깨뜨린 홍언필

조선의 풍속에 궁합(宮合)이라는 게 있다. 이것은 혼인을 앞두고 서로 간에 생년 간지를 맞추어 길흉을 헤아리는 것을 말한다. 이를테면 자(子)와 미(未), 인(寅)과 유(酉), 진(辰)과 해(亥), 축(丑)과 오(午)·묘(卯)와 신(申)·사(巳)와 술(戌)은 서로 원진이다. 다시 말해 이 살에 걸리면 부부지간에 평생 불화하거나 생이별을 한다.

서기양두각(鼠忌羊頭角)……쥐는 염소 머리의 뿔을 꺼린다.

우진마불경(牛嗔馬不耕)……소는 말이 밭 갈지 않음을 노여워한다.

호혐계취단(虎嫌鷄嘴短)……호랑이는 닭의 부리가 짧음을 미워한다.

토한후불평(兎恨猴不平)……토끼는 잔나비 같지 않음을 한한다.

용증저면흑(龍憎猪面黑)……용은 돼지의 낯이 검음을 미워한다.

사경견폐성(蛇驚犬吠聲)……뱀은 개 짖는 소리에 놀란다.

여기에 나오는 진(嗔;성냄) · 혐(嫌;혐오하다) · 한(恨;한 되다) · 증(憎;미워하다) · 경(驚;놀라다) 등은 원진살격이다. 예전에는 이러한 궁합이 떨어지면 무당을 불러 살풀이굿을 하는 것이 정해진 코스였다.

이러한 원진살격에 해당되는 부부 관계가 성종 임금 때의 재상이었던 송질(宋軼)이었다. 부부 관계를 유지하고 있었지만 그야말로 궁색하기 짝이 없는 엄처시하의 생활이었다.

어느 날 아침 느지막이 일어난 송질은 보료에 비스듬히 누워 나라 일을 생각하고 있었다. 그때 세수물이 든 대야를 든 여비(女婢)가 들어오자 송질은 가까이 불렀다. 처음에야 당황스럽고 부끄러워 망설였지만 노재상의 마음에 들기라도 한다면 천한 종 신세는 면할 수 있을 것 같아 그저 두 손을 맡기고 입술을 한 번 맞추었다. 그것뿐이었다. 그런데 아침 밥상을 받은 송질은 질겁했다.

밥그릇 안에는 조금 전에 입을 맞추었던 여비의 입술과 손목이 들어 있었다. 송질은 자신도 모르게 비명을 지른 것이다.

"이게 무슨 짓이오?"

"몰라서 물어요. 당신이 그 아이의 손과 입술을 탐내었으니 아예 드시라고 가져다 놓은 것이오. 그러니 맘껏 사랑해 주시구려."

무서운 투기가 아닐 수 없었다. 그런데 이러한 투기는 세 딸들도 마찬가지였다. 이른바 모전여전(母傳女傳)이다. 이미 출가한 두 딸들은 남편을 상갓집 송장 막대기 정도로 여기었다. 그러니 집안이 하루인들 편할 리 없었다. 그런데 아직 시집을 가지 않은 막내딸은 언니들 못지 않게 기승을 부렸다. 그것을 볼 때마다 송질은 한숨을 몰아쉬었다.

어느 날 출가했던 딸들이 다니러 왔다. 세딸이 다 모인 셈이다.

송질은 잘됐다 싶어 그들을 불러 꿇어앉혔다.

"너희는 어찌 성질이 그리 모진지 알다가도 모르겠다. 계집이라면 유순해야 함에도 어찌 독하고 못난 짓만을 하는지 애비는 부끄러워 얼굴을 들지 못하겠다. 가정의 화목을 일깨우지 못할 때엔 이 애비의 얼굴에 침을 뱉는 것이나 다름이 없다. 그러니 너희들은 이 약을 먹고 죽어라. 그것만이 가문의 수치를 멀리할 수 있는 방법이다."

비장한 각오를 보이는 부친의 얼굴을 흘낏거리며 딸들은 표정이 변했다. 아무리 부친의 지엄한 분부라 해도 생에 대한 애착이 없겠는가. 큰딸과 둘째딸은 선뜻 자신들의 행동에 대해 잘못을 시인했다. 그녀들은 이내 부친 앞에 무릎을 꿇었다.

"아버님, 불초한 저희로 인해 상심하셨을 줄 압니다. 차후로는 이런 일이 없도록 하겠습니다."

"너희 둘의 생각은 알겠다. 하면, 막내 너는 어쩔 작정이냐?"

"무슨 뜻인지요?"

"너도 언니들과 생각이 같으냐 그 말이다?"

"나는 달라요. 언니들이 어찌 생각하든 저는 제 방식대로 살 거예요. 그렇게 하지 못한다면 차라리 약을 먹고 죽겠어요."

막내딸이 차라리 죽겠다고 서두르는 바람에 송질은 다급히 약사발을 잡아당겼다. 도무지 방법이 없어 보였다. 모든 것이 아내의 독랄한 성품을 그대로 이어받은 듯 싶었다. 세딸이 나가자 송질은 혼잣말처럼 중얼거렸다.

"셋째의 신랑으로는 강골을 얻어야지 웬만한 녀석은 송장메뚜기 신세겠구만."

이로부터 일 주일인가 지났을 때였다. 퇴궐하여 집안으로 들어서려는데 행랑채 쪽이 시끌덤벅했다. 언뜻 바라보니 듬직한 허우

대에 눈썹이 호미(虎眉)로 치켜 올라간 사내가 대문을 들어서는 송질을 향해 대뜸 퉁을 놓았다.

“이것 보십시오 대감마님, 나도 명색이 사대부 집의 자식이오. 옛글에 이르기를 탐화봉접(探花蜂蝶)이라 하여 댁의 종년의 미색이 곱기로 따라온 것뿐인데 이 소란이 벌어졌소이다. 영의정 댁 가솔들의 아량이 이래 가지고서야 무슨 일을 할 수 있는지 짐작이 가오이다.”

송질은 한 마디로 사내의 기골찬 행동으로 보아 머지않아 한가락 할 것으로 보았다. 사내의 출신 성분부터 따져물었다.

“옳거니, 자네의 말이 옳아. 탐화봉접이 죄가 될 수는 없지. 그래, 뉘집 손인고?”

“홍승지의 아들입니다.”

홍승지라면 홍형(洪炯)을 말한다. 본관이 남양인 홍형은 성종 8년 춘장문과(春場文科)에 병과로 합격하여 벼슬길에 나온 후 송질이 영상에 올랐을 때 승지에 제수 되어 있었다.

송질은 반색했다.

“가만, 네가 정녕 홍승지의 자제란 말이냐? 흐음, 네 기품이 하늘을 찌를 듯 한다더니만 그 말이 허언이 아니로세. 너는 흑두재상(黑頭宰相;나이가 어린 재상) 감이로다. 잘 만났다. 내가 너에게 할 얘기가 있으니 사랑채로 따라 오너라.”

주위에 사람이 없자 송질은 청을 넣었다.

“기상을 보아하니 장부로서 손색이 없네. 해서 부탁이네만, 내게 과년한 딸아이가 있느니. 인물은 그런 대로 미색이다만 성깔이 어찌나 곱지 못한지 내 근심이 모두 그쪽에 있네. 어떤가, 그 아이를 길들이고 내 사위가 되지 않겠는가?”

송질의 단도직입적인 청을 받은 홍언필은 잠시 어리둥절했다.

그러나 상대는 이 나라 최고의 관직에 올라 있는 영상 대감이다. 그런 사람에게서 사위가 돼 달라는 청을 받았으니 얼마나 기뻤겠는가.

"대감마님의 청이 그러한데 어찌 거절할 수 있겠습니까."

속으로야 태산을 업은 듯 좋아할 일이지만 겉으로는 눈썹 하나 까딱하지 않고 그렇게 주워섬겼다. 일단 가닥이 잡히자 본론으로 들어갔다.

"내 단도직입적으로 말하겠네. 네 아내가 될 사람은 여간 고집스럽지가 않아. 어쩌면 평생을 두고 화가 미칠지도 모를 성품이라 그 말이야. 그런 말이 있잖은가. 집안이 흥하고 망하는 것은 계집 하나 잘 들어오고 잘못 들어오는 것이라 했네. 그러니 내 걱정은 오직 그 뿐이야."

막내딸의 성격을 시시콜콜 들려주자 홍언필은 별로 대수롭지 않게 생각하는 투였다.

"일단 모든 것을 제게 맡기십시오. 대감 마님께서는 모른 척 해 주시면 알아서 처리하겠습니다."

홍언필은 돌아가는 즉시 혼사를 서둘렀다.

이윽고 혼인날이 되어 신랑이 당도하자 모두들 기겁했다. 신랑이라는 자가 어느 때인가 춘매라는 종년의 꽁무니를 쫓아왔던 건달 녀석이었기 때문이었다. 혼사를 치른다 못 치른다 실랑이를 하던 중 밤이 되었다. 그러나 신부의 얼굴을 한 번 구경도 못한 채 신랑은 홀로 신방에서 날을 지샜다. 다음날 홍언필은 일찍 일어나 떠날 것을 서둘렀다.

"이보게 조반이나 먹고 가야지."

송질의 말에 새신랑의 말소리가 시큰둥했다.

"조반은 무슨 조반입니까. 제가 신부를 데리러 왔지 조반 먹으러 왔습니까?"

신랑이 휑하니 나가 버리자 송질도 부인에게 나무랐다.

"아무리 사위가 미워도 그렇지 어찌 가만 있는단 말이오. 배웅이나 좀 하구려."

"뭐라구요, 배웅? 미친소리 작작해요!"

한바탕 소란이 지나가고 두 달이 되었을 때였다. 혼인을 했지만 신랑을 따라가지 못하고 본댁에 그냥 눌러 있는 딸을 보자 그의 모친은 죽을 맛이었다. 이제 와서 신랑 댁으로 보낸다는 것도 그렇고, 이대로 지내게 하는 것도 도리가 아니었다. 이래저래 걱정이 한아름이었다.

그 무렵에 송질은 뜻밖의 소식을 가져왔다. 홍언필이 문과에 급제한 것이다. 송질의 부인은 그 말을 듣고 크게 탄식했다. 그렇듯 훌륭한 사위를 박대하였으니 무슨 낯으로 딸을 대하느냐 싶어진 것이다. 삼일유가를 나온 홍언필이 일부러 송질의 집앞을 지나가게 되었다. 마누라는 조바심을 쳤다.

"영감, 제발 사위를 안으로 불러들이세요."

송질은 못이기는 척 홍언필을 불러들였다.

"이보게 이 늙은 것이 눈이 멀어 그리 된 것이니 용서하게."

홍언필 또한 모르는 척 청을 넣었다.

"그러시게, 나를 보아서라도 저 사람의 허물을 용서해 주시게."

홍언필 또한 마지못해 장모에게 인사를 올리는 척하였다. 이날 밤에야 비로소 화촉동방이 이뤄졌다.

신부는 부끄러움을 참지 못하고 자꾸만 얼굴을 숙였다. 남녀간의 궁합이란, 처음부터 잘 맞는 것이 아니다. 그러나 허와 실을 잘 분변하여 부족한 것을 채운다면 어느 점법보다도 인생을 기름지게 할 묘방이 될 것이다.

단시점(斷時占)에 능한 안변댁(安邊宅)

서산 대사의 시에 다음 같은 내용이 있다.

고운 사람이 어느 곳에 있는가(美人何處在)
저 멀리 하늘가를 오늘도 바라본다(望之天一方)

여기에 나오는 미인은 다정한 친구 양사언(楊士彦)을 뜻한다. 이조 중기의 문신이며 글씨를 잘 쓰는 것으로 유명하다. 자는 응빙(應聘)이오, 호는 봉래(蓬萊) · 완구(完邱) · 창해(滄海) · 해객(海客)이며 본관은 해주다. 부친은 돈령주부(敦寧主簿)를 지낸 양희수(楊希洙)다.

양사언이 서출(庶出)로서 크게 성공할 수 있었던 것은 모두가 그의 어머니에 대한 공이었다. 얘기는 우선 양희수에게로 넘어간다. 그는 나이 오십에 이르러 상처했다. 마음이 허전한데다 평소 풍류를 좋아하여 여생의 즐거움으로 강산을 유람하였다. 그가 안변(安邊)에 이르렀을 때였다.

날은 어두워지고 갈 곳이 마뜩잖을 때 멀리서 반짝이는 불빛을 발견하였다. 그 집을 찾아가 하룻밤 쉬어 갈 것을 청하였는데 집 안엔 나이 어린 처녀뿐이었다. 처녀는 양희수를 안방에서 쉬게 하는 한편으로 말죽을 쑤어 먹였다. 다음날 길을 떠나기 전에 양희수가 물었다.

"네 나이 몇이냐?"

"열 셋이옵니다."

"참으로 고맙구나. 이것은 변변찮은 액수다만 받아 두거라."

처녀는 정색했다.

"나으리, 우리 집에 온 손님에게 어찌 밥값을 받겠습니까. 예로부터 정해 놓은 아름다운 풍속을 해칠까 염려스럽습니다."

양희수는 할 수 없이 짐짝 속에서 붉고 푸른 부채 한 쌍을 내놓으며 농담 삼아 한 마디 던졌다.

"네가 돈을 받지 않으니 이것을 채단 삼아 주마."

처녀의 대꾸가 맹랑했다.

"나으리, 주시는 부채가 채백이라 하옵시면 그냥 맨손으로야 받을 수 있겠습니까. 청홍의 부채를 이 보자기 위에 놓으십시오."

그리고는 언제 준비해 두었는지 붉은 보자기를 펼쳐 두었다. 양희수는 거듭 감탄했다.

'어허, 궁벽한 곳에 봉황이 있었구나.'

그러고 나서 양희수는 그곳을 떠나왔다. 사건은 3년이 지난 후에 일어났다. 어느 날 텁수룩한 시골 노인이 찾아와 계단 아래에 무릎을 꿇고 머리를 조아렸다.

"대감 마님께 한가지 여쭐 말씀이 있삽기에 이렇듯 찾아왔습니다. 다름아니라 세 해전 대감께서 안변 땅을 지나가실 때에 어느 촌가에서 한 쌍의 부채를 나이 어린 처녀에게 주신 일이 있으신지요?"

"흐음, 그렇네만."

"그때 부채를 받았던 아이가 제 딸년입니다. 나이가 차매 출가시키려 했습니다만 그 애가 하는 말이 대감께서 채단으로 부채를 받았는데 어찌 다른 곳으로 시집을 가겠느냐 우기는 바람에 이렇듯 찾아왔습니다. 여러 모로 회유를 해보았습니다만 뜻이 한결같아 이렇듯 대감마님을 찾아왔습니다."

양희수는 어설픈 웃음을 지어 보았다.

"이보게, 내 나이 오십 고갤세. 아니지 몇 해만 지나면 예순이야. 그런 내가 어찌 자네의 딸을 맞아들이겠는가. 사실 그 당시에 그런 것을 주었네만 내가 딴 욕심이 있어 그런 것은 아니었네. 너무 고맙고 갸륵하여 내린 것이지. 저승길이 멀지 않은 이 나이에 어찌 어린아이에게 몹쓸 일을 저지른단 말인가. 그러니 돌아가서 내 뜻을 전하고 좋은 배필을 만나 시집가도록 하게."

"잘 알겠습니다. 그렇게 타이르겠습니다."

노인은 그렇게 말하고 돌아갔다. 십여 일이 지난 어느 날 예의 그 노인이 다시 나타났다. 이번에는 더 침통한 모습이었다.

"대감마님, 소인이 돌아가서 대감 마님의 뜻을 전하였습니다만 딸아이는 조금도 움직일 기미가 없습니다. 만약 대감 마님께 시집을 가지 못한다면 차라리 죽겠다고 합니다. 그때로부터 지금까지 아무 것도 먹지 않고 대감 마님의 하명이 있을 때까지 먹지 않겠다 하니 이보다 난감한 일이 어디 있겠습니까. 딸아이는 지금 한양에 올라와 있습니다."

그냥 놔두면 굶어 죽을 것 같아 데려왔다는 바람에 양희수의 놀라움은 이만 저만이 아니었다. 이렇게 되고 보니 허락하지 않을 수 없었다.

"그렇다면 할 수 없는 일. 그 아이를 내 집으로 보내 주시게."

그렇게 하여 촌로의 딸은 양희수의 집으로 들어오게 되었다.

양희수는 본시 성품이 고절 하여 비록 소실이라고는 하나 안변에서 온 처녀를 가까이 하지 않았다. 나이가 나이인지라 함부로 상관하는 것이 마땅한 것이 아니라는 생각이었다.

날이 갈수록 집안이 다르게 변해 있는 것을 발견했다. 화단에는 기화요초가 만발하고 집안은 몹시 정갈했다. 이상하다는 생각에 양희수는 큰며느리를 불러 물었다.

"집안이 전에 없이 향기가 진동하니 무슨 일이냐?"

큰며느리는 얼굴을 붉히며 더듬거렸다.

"사실은 안변에서 서모(庶母)님이 오신 후부터 그렇게 되었습니다. 집안을 가꾸고 아랫사람을 다스리는 법도가 어찌나 매끄러운지 무엇 하나 허술하게 다루지를 않습니다. 덕성이 높으시고 마음이 순후하시니 집안 사람들이 한결같이 따르옵니다."

"허어, 그랬어?"

그제야 양희수는 거둬들인 소실을 박대하였다는 생각에 그 날 밤 잠자리를 같이 하였다. 세월이 흘러 안변댁이 아이를 낳으니 이가 바로 양사언이다.

점법서에 의하면 안변댁은 단시점에 능했다는 것이다. 본래 단시점은 문복자(問卜者;점을 치러 오는 자)의 생년 간지와 점을 치는 자의 일간과 일시를 합하여 괘를 만든다.

그녀가 안변의 촌가에 있을 때에 단시점으로 운수를 헤아렸을 때 괘사는 「구괘(鳩卦)」였다.

<……신학(神鶴)이 알을 품었을 때에 춘학(春鶴)이 구구 운다. 소원은 금은 옥으로 기쁘고, 경사스러운 일들이 문 앞에 닥친다. 출유하면 영화와 복이 있어 만사가 길하다…….>

특히 점괘의 뒷부분에 그녀의 마음이 설레었다. 운명적으로 기

다리는 사람이 사흘 안에 온다는 것이었다. 부모님이 집을 비운 바로 그 시각이다.

그렇게 하여 양희수가 찾아왔을 때에 극진히 대접하여 인연을 성취시킨 것이다.

흥미로운 것은 역사서에 나와 있는 다음과 같은 기록이다.

안변댁은 아들이 여덟 살이 되었을 때 분가해 달라는 청을 넣었다. 평소 집을 비운 적이 없었던 그녀는 자하문(紫霞門) 근처가 합낭하며 솟을대문을 해 달라고 재차 청을 넣었다. 양희수는 그녀의 뜻대로 해주었다.

어느 날 성종 임금이 시종들과 자하문 밖에서 봄나들이를 왔다가 갑자기 소나기를 만나게 되었다. 소나기는 곧 우박처럼 내리퍼부어 군왕과 신하가 낭패였다. 비를 피할 적당한 곳을 찾던 중 모두 안변댁 대문 앞에 모이게 되었다. 성종 임금이 문간에 서서 안마당을 들여다보니 마당에는 온갖 기화요초가 만발하여 봄꽃 향기가 진동했다.

"뉘집이냐?"

"양희수의 소실이 사는 곳이라 들었습니다."

여전히 쏟아지는 빗줄기를 바라보며 성종은 낭패스러운 듯 하늘을 쳐다보았다.

그때 안에서 기별이 왔다.

"밖에 계시는 분들은 모두 안으로 들어오시랍니다. 안변댁 마님께서 수라를 진찬하신다 하옵니다."

성종은 깜짝 놀랐다.

자신이 어찌 이곳에 올 줄을 알고 준비했는가 싶었다. 상감 일행이 안내된 방엔 꽃방석이 준비되어 있었다. 음식은 하나같이 입안에서 살살 녹아 상감의 허기를 말끔히 씻어 주었다. 이때에 어린 양사언은 상감에게 처음으로 알현하는 영광을 갖게 되었다.

세월이 흘렀다. 양희수도 세월의 무게를 이기지 못하고 세상을 떠났다. 안변댁은 사흘 동안 물한모금 먹지 않더니 성복(成服) 날이 오자 한 자루의 비수를 품고 종친들을 만났다.

"천한 것이 감히 종친 여러분에게 한 가지 사뢸 말씀이 있습니다. 첩이 대감을 모시고 종문에 들어와 아들을 두었는데 그 재간으로 본다면 크게 옹졸한 것 같지는 않습니다. 그러나 나라의 국법이 적서(嫡庶)의 차별이 심하여 종친지례에도 참여할 수가 없습니다. 제가 살아 있을 때에는 여러분의 크나큰 배려를 받을 것입니다만, 제가 죽은 후에는 세상에 나가 활달하게 살아갈 수 있을 지 걱정이 태산입니다. 대감께서 돌아가시고 또 성복하는 이 마당에 첩이 자결하면 적서의 구별이 없어질 듯 하니 제 소생의 아이들을 서자로서 세상을 살아가게 하는 한을 남기지 말아 주십시오."

그 말을 끝으로 안변댁은 비수로 가슴을 찌르고 앞으로 고꾸라졌다. 이를테면 늙은 남편의 뒤를 따라 순절한 것이다. 일가 친척들의 놀라움은 이만 저만이 아니었다. 평소 현덕한 행동으로 생각한다면 의당 그러고도 남을 것이라는 생각을 추슬렀다.

종가의 어른들이 한자리에 모여 이 문제를 의논했다. 이윽고 결론이 났다.

"이제 우리 집안에는 적서의 구별이 없다."

양희수의 후손이 그러하였다.

양사언은 비록 소실 태생이었지만 후세에 이름을 날렸다. 이 모든 것은 안변댁의 순절 때문이라고 말을 하지만 한편으로는 '단시점'에 뛰어난 혜안 때문이라 전한다.

오행점(五行占)으로 살아난 홍우원

이조 중기의 명신 홍우원(洪宇遠)은 자가 군징이오, 호는 남파(南坡)다. 타고난 성품은 온후 자애하였지만 용모가 깨끗하여 실로 남중 미색이었다. 이를테면 아름다운 남자라는 애칭이 붙을 정도의 미남이었다. 여자를 싫어하는 남자가 없을 터이지만 홍우원은 한 번도 곁눈질을 하지 않았다. 어느해 봄빛이 유난히 화창할 때 그는 황해도 어사를 제수 받고 길을 떠났다.

황해도를 헤집고 다니며 벌줄 자를 벌주고, 상 받을 자는 상신하여 상을 받게 했다. 상감(효종)의 명을 온전히 수행한 터여서 이제는 구월산 구경이나 하고 가려고 길을 나서는 참이었다. 저자 거리에서 점심때를 만나 장국밥으로 끼니를 때우고 일어섰다. 그때 늙수구레한 노인장이 다섯 개의 나무토막을 주며 운수점을 쳐보라고 건네주었다. 그것은 당시 유행했던 오행목(五行木)이라는 것으로 그것을 던져 길흉을 알아보는 것이었다.

무료했던 터이라 홍우원은 그것을 던졌다. 목화토금수(木火土金水)가 씌어진 나무토막은 모두가 뒤집어진 채 땅에 떨어졌다. 그것이 윷놀이였다면 '모'였을 터이지만 오행점으로는 점사가 아주 고약스러웠다.

"점괘가 아주 좋지 않습니다. 모름지기 여색(女色)을 삼가십시오. 여차하면 그로 인해 저승길에 갈 운셉니다."

"허허허, 여색이라면 걱정하지 않아도 되네. 그쪽과는 담을 쌓았으니까."

그러나 나이든 사내는 막무가네로 몇 마디를 던지고 물러섰다.

"나는 한 번도 오행점이 빗나간 적이 없습니다. 앞으로 사흘 안에 죽음이 닥친다는 점괩니다. 내 말을 명심해야 합니다."

홍우원은 길을 나서려다 괜스레 마음이 찜찜했다. 점괘란 때로 들으면 기분이 언짢아지는 것이 있기 마련이다. 아니 들은 것만도 못할 때가 있었다. 이런 경우다.

'가만 오행점이라…….'

당시 유행하던 오행점은 목화토금수(木火土金水)의 문자로써 괘를 만들고 이로써 길흉을 헤아리는 투척점이다. 동쪽으로 뻗은 대추나무를 잘라 직경이 2센티 길이는 3센티 어림으로 잘라 세로로 이등분한다. 그 평면에는 각기 목화토금수의 다섯 자 중의 한 자씩을 써넣어 신에게 기원한 후 뿌려서 나온 것으로 괘를 만든다. 쓰이는 괘사 가운데 상괘(上卦)는 목화토금수(木火土金水)가 모두 나타난 경우다. 그리고 가장 불길한 괘는 오행목이 다 뒤집어진 경우다. 이를테면 오행목의 평면에 씌어진 글귀를 하나도 볼 수 없는 경우다.

<……명경(明鏡)이 먼지에 덮이고 백옥(白玉)이 진흙 속에 묻힌다. 가난한 선비가 보잘 것 없는 마을에 묻혀 있다. 어느 날 어느 때에나 세상에 나올는 지 알 수 없다…….>

단순한 듯 싶지만 죽음을 나타내는 글귀가 분명해 보였다. 그런 이유로 홍우원은 괜스레 마음 자리가 불편했다. 그냥 돌아갈

까 하다가 이왕 내친걸음이니 구월산을 구경하고 가야겠다는 생각을 굳혔다.

산 구경을 마치고 내려오는 길이었다. 어느새 밤이 깊어졌다. 주위를 둘러봐도 인적은 없었다. 너무 서두는 바람에 길을 잃은 것이다. 한동안 헤매다가 불빛을 발견하고 그곳으로 달려가 문을 두드리자 유난히 미색이 고운 여인이 문을 열어 맞이했다.

"한양으로 가는 길이오. 하룻밤 쉬어갈까하여 문을 두드렸습니다. 헛간이든 부엌이든 상관없습니다."

여인은 호들갑스럽게 맞아들이며 식사 준비를 서둘렀다. 식사를 마치고 나자 어느 정도 여유가 생겨났다.

"바깥양반은 어디 가셨습니까?"

"멀리 갔답니다."

"그게 무슨 말입니까, 멀리 가다니오?"

"한번 가면 못 올 길로 갔다니까요. 지난 해에 삼기(三忌)를 지냈답니다."

여인은 신세 한탄을 늘어놓았다. 남편과 함께 정을 붙이고 산 이곳을 떠나기가 싫어 이렇듯 외롭게 지내고 있다는 탄식이었다. 이런 저런 얘기 끝에 여인은 벽장에서 이불을 꺼내 깔았다. 한 채밖에 없으니 부득이 함께 덮어야 한다는 말을 들은 것은 그 다음이었다. 여인은 애정이 뚝뚝 떨어지는 눈빛으로 홍우원을 바라보았다. 아무 소리 말고 이 밤을 함께 보내 달라는 간절한 소망이 깃들인 눈빛이었다.

"객지에 나와 아주머니와 같은 아름다운 얼굴을 보니 사내로서 견디기 어려운 충동이 있습니다."

여인의 눈이 반짝 빛을 뿜었다.

"그러나 오늘은 너무 피곤하니 견딜 수 없습니다. 구월산 깊은 골짝을 헤맸으니 이만저만 피곤해야지요. 아무래도 오늘밤은 이대로 자는 게 좋겠습니다.”

그런데도 여인은 쉬 물러갈 기색이 아니었다. 홍우원은 다시 말했다.

“내 한숨 붙이고 나면 피곤기가 사라질 겁니다. 그리되면 아주머니와 좋은 사연을 만들겠습니다.”

“내 걱정 마시고 주무세요. 이곳에 앉아 선비님이 잠드신 보습을 보고만 있겠어요.”

“어찌 그럴 수 있습니까. 곁에 사람이 있는데 잠이 쉬 오겠습니까. 내 한숨 자고 일어나면 아주머니를 부르겠습니다. 그러니 아랫방으로 가시어 쉬십시오.”

홍우원은 가까스로 달래어 여인을 아랫방으로 내려보냈다. 이 순간에도 창밖에는 사내 하나가 숨죽인 채 방안 동정을 살폈다. 여인의 남편이었다. 자신이 집을 비울 때면 사내를 끌어들여 온갖 음탕한 짓을 자행한다는 소문을 들었다.

이 날은 볼일을 보러 간다는 핑계를 대고 아침 일찍 집을 나와 집주위를 맴돌며 누군가 나타나기만을 기다리던 참이었다. 그러던 차에 홍우원이 나타났고 바야흐로 그와 아내가 한 이불 속에 들어가기만을 기다렸다.

금방 잠자리에 들어갈 것 같던 남녀는 왠지 그럴 기색이 없었다. 뜻밖에 아내가 아랫방으로 내려간 것이다. 그런데 잠시후 여인이 다시 나타나더니 이불 밑에 손을 넣고 너스레를 떨었다.

“방이 좀 춥지요? 이럴 때엔 체온을 나눌 사람이 필요하거든요.”

그러나 홍우원은 과감히 물리쳤다.

“아닙니다, 아무래도 오늘밤은 피곤하여 안되겠소이다. 어서 아랫방으로 내려가시오."

여인은 입술을 꽉 깨물며 노려보더니 벌떡 일어섰다. 그리고는 코방귀를 날리며 나가 버렸다.

두어 식경이 지났을 무렵이었다. 문밖에서 인기척이 들리더니 사내의 목소리가 들려 왔다.

"서방님, 서방님!"

"누구시오?"

"저는 이 집 주인입니다."

"그래요? 어서 들어오시오."

방으로 들어온 사내는 턱밑에 고슴도치 수염이 수북히 자란 험상궂은 사내였다. 그는 품안에서 비수를 꺼내 보이며 쓸쓸하게 말했다.

"오늘밤 기어코 연놈의 명줄을 끊어 놓았습니다. 제 처는 금년에 스물 다섯입니다. 얼굴이 반반하면 온갖 음행을 마다하지 않더니 오늘밤에도 지나가는 길손을 끌여들여 과부인 척 하며 음행을 되풀이했습니다.

선비 님께서 응하지 않자 아랫길에서 올라온 어떤 놈과 울타리 밑에 엉겨 붙어 그 짓을 하고 있었습니다. 연놈을 한칼에 요절내어 저승길로 보내 버렸습니다. 저는 이제 멀리 떠나겠습니다. 부디 옥체 보중하시어 훗날 대성하시기 바랍니다."

사내가 사라지고 난후 홍우원은 자신의 운명점을 풀어낸 '오행점'의 점괘를 떠올리며 나직이 중얼거렸다.

'나무관세음보살…….'

왼손과 오른손도 몰랐던 이순지의 '윷점'

이순지(李純之)는 이조 세종 때의 수학자(數學者)다. 자는 성보(誠甫)이며 본관은 양성(陽城)이다. 세종 9년에 문과에 급제하였으며 어명으로 산법(算法)을 공부한 후 간의규표 · 태평현주 · 앙부 · 흠경각의 물시계를 만들었다. 성미는 꼼꼼하였고 산학이며 천문 · 음양 · 풍수에 밝았다. 그래서인지 이순지는 새해 첫날에는 반드시 윷점으로 새해의 길흉화복을 천신께 물었다. 이것은 윷을 세 번 던져 나온 것으로 점사를 헤아렸다. 그런데 뜻밖에도 이 해의 점사가 '모개개(蒙)'였다. 이른바 '사람에게 손과 팔이 없다'는 점괘였다.

여기에서 잠깐 윷점에 대해 잠깐 살펴본다. 조선 시대의 유생들이 가장 많이 보았던 것은 오행점과 윷점이었고 조선 후기에 와서야 토정비결을 보았다. 『동국세시기』에 의하면 윷점은 새해에 길흉을 점치는 것으로 알려져 있다. 보통 싸리나무를 두 토막을 쪼개어 네쪽으로 만든다. 길이는 세 치 가량이다.

물론 크기에 차이는 날 수 있다. 세 번을 던져 나오는 것으로 점을 치는데 네 개가 엎어진 것을 '모', 네 개가 모두 젖혀진 것을

'윷', 세 개가 엎어지고 하나가 젖혀진 것을 '도', 두 개가 엎어지고 두 개가 젖혀진 것을 '개', 하나가 엎어지고 세 개가 젖혀진 것을 '걸'이라 한다. 이 윷괘와 64개의 관계는 다음 같다.

도도도(乾) 아이가 어머니를 만난다
도도개(履) 쥐가 창고에 들어간다
도도걸(同人) 밤중에 불을 얻는다
도도모(无妄) 쉬파리가 떼를 만난다
도개도(姤) 큰물이 거슬러 흐른다
도개개(訟) 죄를 자복하는 중에 공을 세운다
도개걸(遯) 나방이 날아다니다가 등불에 부딪친다
도개모(否) 금이나 쇠가 불을 만난다
도걸도(夬) 학이 날개를 잃는다
도걸개(兌) 배고픈 자가 밥을 얻는다
도걸걸(革) 용이 대해로 들어간다
도걸모(隨) 거북이가 죽순 속으로 들어간다
도모도(大過) 나무가 뿌리가 없다
도모개(困) 죽은 자가 회생한다
도모걸(咸) 추운 자가 옷을 입는다
도모모(萃) 가난한 사람이 재물을 얻는다
개도도(大有) 해가 구름 속으로 들어간다
개도개(睽) 장마에 해를 본다
개도걸(離) 활이 화살을 잃는다
개도모(噬嗑) 새가 날개를 잃는다
개개도(鼎) 허약한 말에 무거운 짐이 실린다
개개개(未濟) 하늘 높이 학이 오르다
개개걸(旅) 주린 매가 고기를 얻는다

개개모(晉) 차에 두 바퀴가 없다
개걸도(大壯) 어린아이가 젖을 얻는다
개걸개(歸妹) 중병에 걸린 자가 약을 얻는다
개걸걸(豊) 나비가 꽃을 얻는다
개걸모(震) 활이 화살을 얻는다
개모도(恒) 서먹한 손님에게 얼굴을 내민다
개모개(解) 물고기가 물을 잃는다
개모걸(小過) 물위에 무늬가 일어난다
개모모(豫) 용이 뜻을 얻는다
걸도도(小畜) 고기가 물을 얻는다
걸도개(中孚) 한여름에 부채를 기증한다
걸도걸(家人) 매가 발톱이 없다
걸도모(益) 구슬을 강속에 던진다
걸개도(巽) 용에 뿔이 생긴다
걸개개(渙) 가난하고 천하다
걸개걸(漸) 가난한 선비가 녹을 얻는다
걸개모(觀) 고양이가 쥐를 만난다
걸걸도(需) 물고기가 변해 용이 된다
걸걸개(節) 소가 풀과 꽁깍지를 얻는다
걸걸걸(旣濟) 나무의 꽃이 열매 맺는다
걸걸모(屯) 중이 환속한다
걸모도(井) 나그네가 고향을 생각한다
걸모개(坎) 말에 안장과 채찍이 없다
걸모걸(蹇) 행인이 길을 묻는다
걸모모(比) 해가 풀의 이슬을 비친다
모도도(大畜) 부모가 아들을 얻는다

모도개(損) 공이 있으나 상이 없다
모도걸(蠙) 용이 깊은 물로 들어간다
모도모(頤) 무당이 문밖에 와 있다
모개도(蠱) 어둠 속에서 불을 본다
모개개(蒙) 사람에게 손과 팔이 없다
모개걸(艮) 대인이 이득을 취한다
모개모(剝) 각궁에 화살이 없다
모걸도(泰) 귓가에서 바람이 일어난다
모걸개(臨) 어린아이가 보배를 얻는다
모걸걸(明夷) 사람을 얻었다 잃는다
모걸모(復) 어지럽고 길하지 못하다
모모도(升) 살 일이 아득하다
모모개(師) 고기가 낚시를 삼킨다
모모걸(謙) 나는 새가 사람을 만난다
모모모(坤) 형이 동생을 만난다

그는 평소 역서(易書)에 대한 관심이 많았기 때문에 아주 불길한 것으로 여겼다. 집안에 무엇이 불길한 것일까? 신년벽두에 떨어진 윷점의 점사를 놓고 이순지는 심각해졌다. 문제는 엉뚱한 곳에 있었다.

이 집안에 사방지(舍方知)라는 종이 온 것은 신년 벽두였다. 바느질이며 길쌈 솜씨가 뛰어난데다 용모 또한 절색이어서 아는 사람의 소개로 집안에 들였다. 이러한 배경에는 그의 집안에 과부가 된 딸이 있었기 때문이었다.

딸아이는 김구석(金九石)이라는 이에게 시집을 갔는데 어느새 청상과부가 되어 후원에 머물렀다. 바느질을 하고 길쌈도 하면서 무료한 딸아이의 한가한 생활을 도와주라고 데려온 것이 사방지였다. 문제는 청상과부인 아씨에게 있었다.

집안 깊은 곳에 거하면서 은밀히 두 사람만 있게 되자 묘한 감정이 꿈틀댄 것이다. 평소에는 아무 탈이 없던 사방지의 남성이 슬그머니 고개를 든 것이다. 본시 사방지는 양성(兩性)을 지니고 태어났었다. 처음부터 여인네 행세를 한 탓에 사내로서의 기운은 쇠하였다. 그런데 이순지의 딸과 호젓한 곳에서 동거하게 되자 알게 모르게 잠자던 남성이 눈을 뜬것이다.

사내와 잠자리 경험이 있는 아씨는 밤이 깊어지면 사방지를 끌어안았다. 물론 어떻게 해볼 생각이 있어 그러는 것이 아니었다. 자신도 모르게 무의식적으로 상대를 끌어안고 힘을 주거나 입을 맞추었다.

그러던 어느 날이었다. 몹시 비바람이 불던 날이었다. 뇌성이 일고 번개가 일어났다. 갑작스런 일기 변화에 아씨는 뇌성이 일자 크게 놀라 사방지를 끌어안았다. 무언가 딱딱한 물체가 아씨의 허벅지를 쿡 찔렀다.

"이게 웬일이야?"

"……."

"너는 사내더냐?"

"아니에요 아가씨."

"아니라면?"

"전 남자도 되고 여자도 되거든요."

"필요에 따라서?"

"예에."

"아이구, 네가 구세주구나."

이날부터 아씨의 외로움은 사방지가 해소시켰다. 낮과 밤을 가리지않고 천생배필처럼 뒹굴자 이제는 집안에 모르는 사람이 없을 정도였다. 이런 것을 아는지 모르는지 둘은 문밖 나들이를 나갔다. 불공을 핑계 삼아 홍천사(興天寺)로 간 것이다.

개가를 할 수 없는 양반집 딸로서는 사방지가 절대적인 구원자였다.그러다보니 한평생 사방지와 함께 살게 해 달라고 불공을 드렸다. 객방에서 사방지와 잠을 자던 아씨는 밤이 깊어서야 눈을 떴다. 의당 곁에 있어야 할 사방지가 보이지 않자 혹시나 싶어 여승방으로 달려갔다.

과연 그곳에서 사방지의 웃음소리가 들려 왔다. 벌써 여승과 한차례 즐거움을 나누고 다독거리고 있었다. 아씨는 사방지를 데리고 객방으로 돌아와 다시 정분을 나누었다. 사방지는 집에 돌아와서도 마찬가지였다. 은근히 여종들의 치마 속에 바람을 집어넣었다. 소문이 장안을 휩쓸자 한성부윤은 해괴한 이 일을 세조 임금께 고하지 않을 수 없었다.

"그것참 괴이한 일이다. 여의(女醫) 반덕(班德)으로 하여금 자세히 조사케 하라!"

지엄한 분부 앞에 사방지가 끌려나왔다. 그는 반덕 앞에서 옷을 벗었다. 과연 소문대로 사방지의 몸에는 남녀 양성의 기관이 달려 있었다.

그녀는 어명에 의해 충청도 신창현으로 귀양 갔다. 풍속을 해치고도 죽음을 피할 수 있었던 것은 모두가 이순지의 면목 때문이었다.

이순지가 신년 벽두에 쳤던 윷점의 점사처럼 '사람에게 손과 팔이 없다'는 것은 여러 모로 해석될 수 있었다.

출세를 내다본 점법(占法)

이문원(李文源)은 이조 정조 때의 문관으로 본관은 연안이며 자는 사질(士質)이다. 그는 어릴 때에 친척이며 정승이던 이천보(李天補)에게 양자로 들어갔다. 그렇게 된 배경에는 종친들이 모인 자리에서 보았던 「성명삼자길흉점법」 때문이었다. 이것은 성의 획수를 백단위에 놓고, 이름은 십단위, 그리고 이름의 두 번째 획수를 일 단위에 놓아 합수를 만든다. 그렇게 한 수를 384로 나누어 얻은 나머지 수를 지수로 하여 괘효를 만들어 길흉을 판단한다. 이 점법에 의거하여 이문원을 가까이 불러들였고 그의 골격과 관상을 보고 집안을 망칠 위인이 아니라는 것을 인식하고서야 양자로 받아들인 것이다.

그런데 총명한 반면 공부에는 진력을 냈다. 전연 흥미를 보이지 않는 것도 그러했지만 장난질이 심했다. 몇 번을 타일렀지만 결과가 신통치 않자 이천보는 자신의 식견을 탓했다. 사람 보는 눈이 남달랐던 그로서는 자존심이 상할 일이었다. 될성부른 나무는 떡잎부터 알아본다고 했다. 공부하는 데엔 흥미를 보이지 않으니 다시 이문원의 생가로 데려다 주라는 명이 떨어졌다. 업고

가는 하인이 딱하다는 생각에 넌지시 물었다.

"도령님, 무슨 장난을 그리 심하게 치십니까. 글을 읽지 않고 장난만 치시니 결국 이렇게 되지 않았습니까. 글만 열심히 읽으시면 높은 자리에 오를 수도 있고, 이대감님의 많은 재물도 도령님의 수중에 들어갈 것인데 참으로 딱도 하십니다. 이처럼 기막힌 일이 세상 천지 어디 있습니까?"

아직도 어린애에 불과한 이문원의 입에서 뜻밖의 말이 튀어나왔다.

"이 사람아 무슨 말을 그리 하는가. 내가 글을 읽기 싫어 그러는 줄 아는가? 글만 읽다가는 대감님의 서고에 있는 책을 평생동안 읽어도 다 읽지 못할 것이네. 글을 읽는 중에 머리가 희어 죽어 나갈 판이니 그놈의 책을 무엇 하러 읽는단 말인가? 나는 결코 윗대의 찌꺼기를 이어받지 않을 것이네."

청직이가 돌아오자 이천보가 물었다.

"그녀석이 갈 때 어떤 말을 하더냐?"

청직이는 자초지종을 아뢰었다. 그 말을 듣고 이천보는 무릎을 쳤다.

"하기야 사람이 의기만 있으면 되었지 책을 많이 읽는다고 크게 되는 것은 아니지. 호기가 그만하다면 다시 데려오너라."

이렇게 하여 이문원은 다시 재상가로 돌아왔다. 과연 「성명삼자길흉점법」에 나타난 괘사처럼 이문원이 그 몫을 다할 것인가? 이천보는 그 점이 자못 궁금하였다.

다시 이문원은 불려 왔다. 책을 읽기 싫어하는 이문원에게 특별한 재주가 있는지를 시험하기에 이르렀다. 하루는 입궐할 때에 한 말의 팥을 내어놓으면 몇 개인지 세어 놓으라고 지시했다.

"말씀대로 해 놓겠습니다."

그러나 이문원은 점심때가 지난 지 한참이 되었는데도 아이들과 어울려 장난질이었다. 보다못해 청직이가 채근했다.

"대감 마님께서 돌아오실 시간입니다. 불호령이 떨어지기 전에 서둘러 팥을 세어 놓아야 합니다."

그러나 이문원은 서두르는 기미가 없었다. 이윽고 해가 서산에 늬엿할 무렵이 되었다. 그제야 이문원은 하인들에게 한 움큼의 팥을 주며 세어놓으라 했다. 자신은 약서울를 가서와 헤아린 것을 모아 놓고 그것이 얼마 나가는 가를 저울로 달아 놓았다. 퇴궐하여 집으로 돌아온 이천보는 오늘에야 따끔한 맛을 보이리라 작심하고 불러들였다.

"그래, 팥은 다 셌느냐?"

이문원이 숫자를 내어놓았다.

"어느 틈에 팥을 셌느냐?"

"그많은 숫자를 어떻게 세겠습니까."

"하면?"

"아버님께서는 조정에서 일을 보실 때 도둑질한 놈까지 일일이 관여치는 않잖습니까."

"그래서?"

"저 역시 그렇습니다. 아랫것들에게 얼마간의 개수를 헤아리게 하고 그것을 저울로 달아 무게를 보고 개수를 알았습니다."

'과연 내 아들이다.'

이천보는 그런 생각으로 고개를 끄덕였다. 학문을 싫어하지만 장차 조정에 나가 큰일을 도모하리라는 생각을 가진 것이다.

과연 그는 통과거(統科擧;과거시험을 치르지 않고 벼슬에 나감)로 나가 벼슬을 얻은 후 도승지 · 이조판서 · 병조판서를 역임하였다.

행년수법(行年數法)으로 본 이안눌의 운수

이안눌(李安訥)은 인조 때의 중신이다. 자는 자민이오, 호는 동악(東岳)이다. 본관은 덕수이며 행(荇)의 후예이다. 1599년 문과에 2등으로 급제하여 형조와 호조에 3조 좌랑을 역임하였다.

그는 열여덟에 장가를 들었다. 그시절로 보아 조혼은 아니었다. 첫날밤 신랑의 친구들은 억수로 술을 먹이고 괴롭혔다. 거의 곤죽이 되었을 때에야 신랑을 풀어주었다.

"좋아, 좋아. 술을 이만큼 샀으면 됐어. 돌아가서 신부의 몸이나 주무르지 그래."

짓궂은 농담들을 뿌리며 신랑의 친구들은 이안눌을 풀어주었다. 잔뜩 취기가 오른 그는 큰 거리를 휘저으며 걸었다. 그러다가는 어느 대갓댁 대문 앞에서 쓰러져 버렸다. 술을 이기지 못하고 그곳에서 떨어져 버린 것이다.

시간이 얼마나 지났는지 모른다. 골목을 누비며 사람을 찾아다니던 일단의 행렬이 이안눌을 발견하고 우르르 달려들었다.

"여기 계셨구만 그래. 아이구, 얼마나 드셨나. 술냄새가 코를 찌르누만 그래."

누군가 뒷말을 받았다.

"원 세상에 이렇게 곤죽이 되어 첫날밤을 어찌 치르누."

"취하면 안되나?"

"어렵지 아암 어렵고 말고. 맨정신으로 가도 알딸딸한데 이렇게 취해가지고서야 문 찾아들어가기가 쉽지 않지."

어렴풋이 그런 말을 들었지만 이안눌은 코방귀를 뀌었다. 이정도 술을 마시고 첫날밤을 그냥 보낸다는 것은 말도 안된다는 속내였다. 그들은 취기가 동하는 이안눌을 신방에 던져놓은 채 돌아가 버렸다.

기다렸다는 듯이 불이 꺼졌다. 거칠게 신부의 옷을 벗기고 다짜고짜 껴안았다. 그때마다 신부는 밀어냈지만 그것은 겨우 시늉에 불과했다. 여인의 몸에 두른 모든 옷가지가 벗겨졌을 때 이안눌이 말했다.

"어떻소."

"……."

"불을 켜는 게 어떤가 그 말이오?"

"안돼요."

그냥 해본 말이었지만 서로 간의 행동이 일생을 바꾸어 버렸다. 이미 두 남녀의 운명은 이제부터 다른 쪽으로 흘러가기 시작한 것이다.

이안눌은 여인의 몸을 벗기고 한식경이 되도록 못살게 굴었다. 닭이 여러번 홰를 쳤지만 그래도 재차 신부를 끌어안고 짓궂은 장난을 계속했다. 고통스러워하는 여인네의 콧소리를 한 귀로 흘리며 돌아누울 때였다. 무언가 섬뜩한 예감에 이안눌은 화다닥 일어났다. 그리고는 신부의 얼굴을 뚫어져라 바라보았다.

"아니 당신은 누구요?"

느닷없는 소리에 자지러질 듯 놀란 사람은 신부였다. 하복부가 떨어져나가는 것 같은 진통을 겨우 참고 있는데 엉뚱한 질문을 던진 것이다. 신부 역시 상대의 얼굴을 보며 혼비백산했다. 어렴풋이 들었던 바로는 새신랑의 왼쪽인가 오른쪽 볼에 콩알만한 점이 있다고 했다. 그런데 점은커녕 얼굴이 조약돌처럼 매끈한 훤훤장부가 아닌가. 신부 역시 핏기가 가신 낯으로 되물었다.

"당신은 누구지요?"

그제서야 두 사람은 일이 잘못되었음을 깨달았다. 한동안 넋이 달아난 듯 정신이 없었지만 그렇다고 이대로 있을수만은 없었다. 자리끼의 물을 한 대접이나 마시고 생각을 추스렸다.

지난밤, 친구들이 찾아와 그를 납치하다시피 술집으로 데려갔었다. 술을 마시기 전에 그들은 신랑의 운수를 들려줘었다. 그것은 행년수법(行年數法)이라는 것으로 1년간의 운수를 뜻했다.

좋은 꽃 봄이 저물매(好花春暮)
저물어 가는 남쪽인줄 알았다(暮覺南川)

생각하면 할수록 기가막혔다. 취기가 어느 정도 가신 지금 간밤의 일을 더듬어 보았다. 보아하니 이 집안도 명문대가임이 분명했다. 그런 곳에 들어와 이런 생난리를 쳐놓았으니 앞 일이 그저 난감할 뿐이었다. 이미 벌어진 일은 누구에게 잘잘못을 물을 게재가 아니었다. 신부는 골똘히 생각하더니 단안을 내렸다.

"이것 보세요."

"……."

"일이 이렇게 됐으니 달리 방도가 없지 않아요. 어서 빨리 나를 데리고 이집에서 도망이나 가 주세요."

이안눌은 고개를 숙인 채 듣고 있었다.

“나는 아들이 없는 이집안의 맏딸이에요. 도리를 따져 말을 한다면 사대부가의 처녀가 실덕한 것으로 봐야겠지요. 백번 천번 자결을 해야 마땅하지만 지난밤의 허물은 내뜻과는 거리가 먼 어쩔 수 없는 상황에서 일어난 일이었어요. 그러니 내 힘으로도 어쩔 수 없는 일일밖에요. 날이 밝으면 부모님에게 자초지종을 말하는 것이 옳다 싶지만 그리되면 두 분이 상심하실 것은 불을 보듯 뻔하잖아요. 그러니 지금으로서는 나를 데리고 멀리 도망가는 것 밖엔 다른 도리가 없어요.”

사실 생각해보면 그 방법 외엔 없었다.

이안눌은 신방에서 빠져나와 뒷담을 넘었다. 신부를 데리고 이모님 댁으로 가서 자초지종을 고했다.

“이모님, 간밤에 두 번 장가를 갔습니다.”

홀로 사는 이모님은 심심 하던 차에 잘됐다 싶어 아주 좋아했다. 적적하던 참이었으니 친구가 생긴 셈이다. 이미 등과 하기 전인데 첩을 얻어들였다면 부모님들이 그냥 둘 일이 아니었다.

그런데 문제는 여기에서 끝난게 아니었다. 그즈음 신부집에서는 소란이 일어났다. 아침 늦게 신랑이 어슬렁어슬렁 나타난 것이다. 하인배들은 일이 잘못된 것을 알고 얼굴이 핼쓱해졌다.

신랑은 아무렇지 않게 신방으로 들어갔다. 금침 위에 두 개의 베개가 놓여있는데 사람이 없다. 언제 나갔는지 보는 사람이 없으니 기가 찰 노릇이었다. 그러나 남녀가 누웠던 흔적을 발견할 수 있었던 모친은 핏기가 가신 낯으로 탄식했다.

‘이 일을 어쩌면 좋은가. 우리 아이에게 상서롭지 못한 일이 생겼어.’

그러나 사태를 진정 시키려면 무엇보다 딸아이가 실종되었음을 알리는 일이었다.

한쪽에서는 신부가 없어졌지만 다른 쪽에서는 신부가 하나 더 생겨 싱글벙글이었다. 이안눌은 여차 하면 이모님 댁으로 달려갔다. 그때마다 여인은 다른 방에 숨어 버렸다. 그로부터 수년이 지났을 때였다. 이안눌은 문과에 급제하였다. 그제야 정장을 한 여인이 함박 웃음을 지으며 맞아들였다.

"엄밀히 말한다면 첩의 신분인데 이렇듯 정장을 했으니 용서해 주세요. 그러나 이보다 좋은 일이 어딨겠어요. 어서 우리 부모님을 뵈러 가요."

오래 전에 죽은 줄 알았던 딸이 살아있다는 사실만으로 부모님들은 반가워했다. 사위가 문과에 급제했으니 이 역시 경하해야할 일이었다.

정통 달마 관상법

2015년 11월 25일 인쇄
2015년 11월 30일 발행

지은이 | 강 영 수
펴낸이 | 최 상 일

펴낸곳 | 태을출판사
서울특별시 중구 동화동 52-107(동아빌딩내)
등 록 | 1973.1.10(제4-10호)

■ 주문 및 연락처
우편번호 100-456
서울 특별시 중구 동화동 제52-107호(동아빌딩내)
전화: 2237-5577 팩스: 2233-6166

ISBN 978-89-493-0477-9 03820